朝起きたら探索者《シーカー》になっていたのでダンジョンに潜ってみる

いかぽん

[Illustrator] tef

CONTENTS

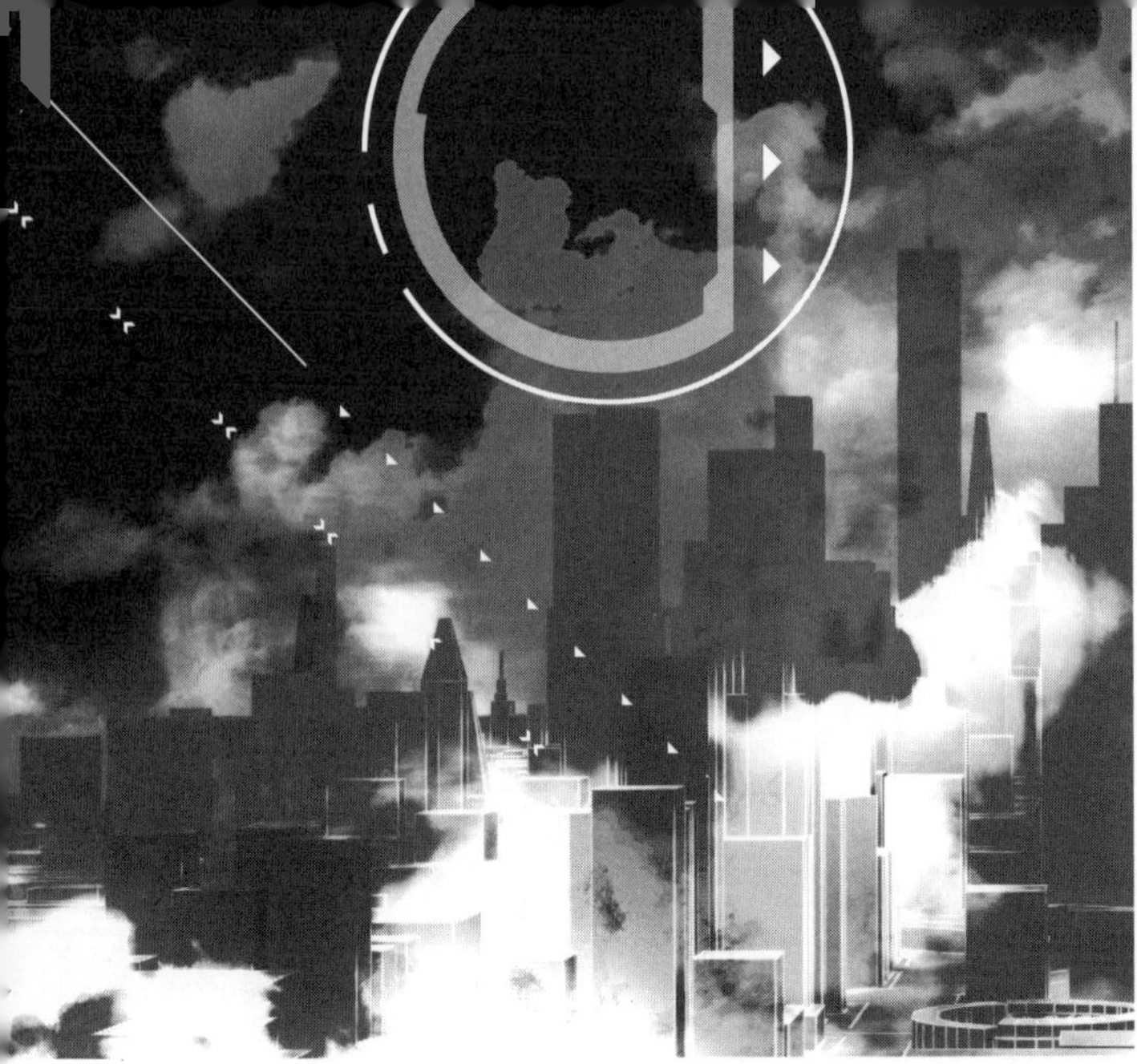

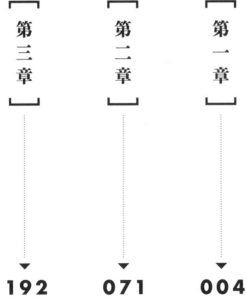

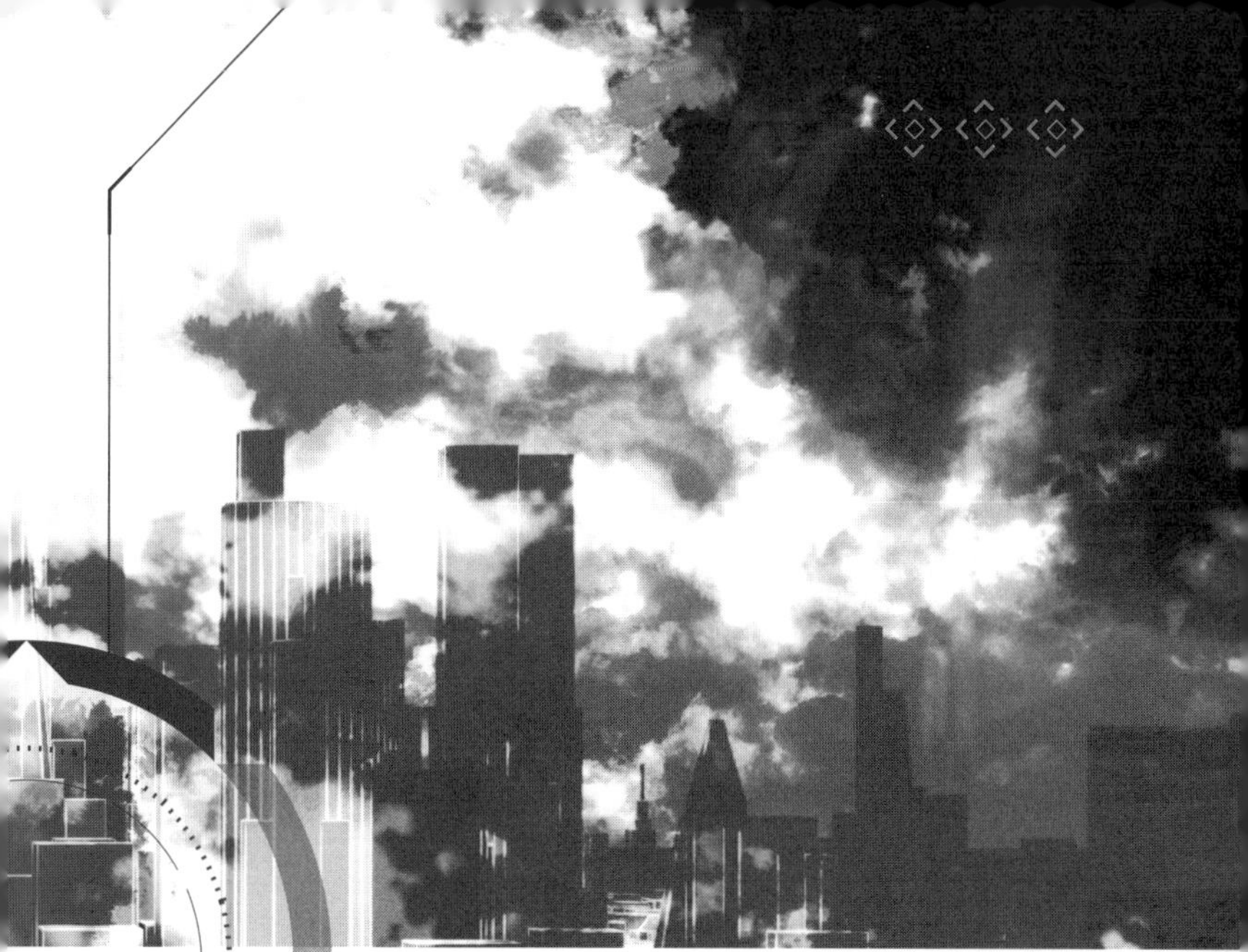

[Illustrator]
tef

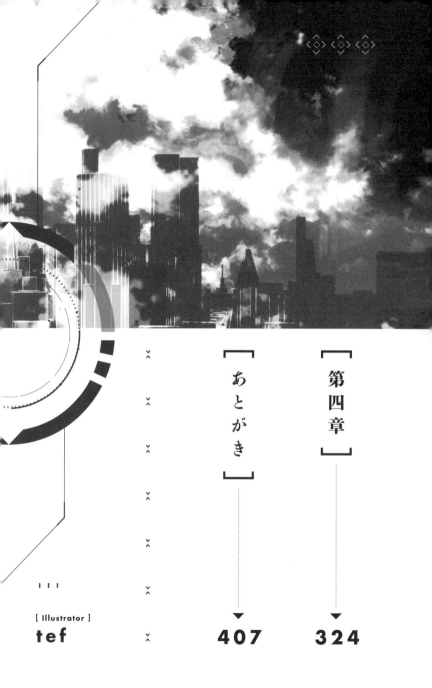

第一章

「あっ。俺、『探索者《シーカー》』になったのか」

ある日の朝、俺は目覚めたベッドの上でそう思った。

起き上がって右手の甲を見ると、不思議な紋様《もんよう》が浮かび上がっていた。

俺は六槍大地《むそうだいち》。現代日本で暮らすしがないフリーターだ。

十九歳、独身、一人暮らし。

高校卒業と同時に就職して家を出たが、就職先のあまりのブラックぶりに三ヶ月でドロップアウト。今はバイトで日銭《ひぜに》を稼《かせ》ぎながらどうにか暮らしている。

そんな俺にも、千載一遇《せんざいいちぐう》のチャンスがやってきたのかもしれない。

家賃5万9000円の狭いボロ部屋のベッドの上、俺は頭に思い浮かんだその言葉を、ぽつりと口に出す。

「【ステータスオープン】」

すると視界に、半透明のボードのようなものが浮かび上がった。

六槍大地
レベル：１　経験値：０／１０
ＨＰ：２４／２４　ＭＰ：２１／２１
筋力：７　耐久力：８　敏捷力《びんしょうりょく》：６　魔力：７
スキル：（なし）
残りスキルポイント：１

誰から教わったわけでもないのに、俺はこのこと——「【ステータスオープン】とつぶやくと自身の『ステータス』が表示されること」を感覚的に知っていた。

なお半透明のボードは物質ではなく、手で触っても透過《とうか》する。

でも指先でタッチするように触る仕草をすると、いろいろと操作できる。

ほかにもいくつか、もともと知らないはずのことを今の俺は知っていた。

探索者《シーカー》に「なる」というのは、どうもそういうことらしい。

「よし、ダンジョンに行ってみるか」

今日はバイトも休みだ。

俺はトーストと目玉焼きなどで簡単な朝食を済ませてから、身支度を整えて家を出た。

第一章

＊＊＊

現代の地球に「ダンジョン」が生まれてから、およそ三十年。

世界各地に突如《とつじょ》現れたダンジョンには、幾多《いくた》の「モンスター」が徘徊《はいかい》していた。

それが地上にあふれ出てきて、当初は大騒ぎになったという。

各国の軍隊が出動してモンスターを撃退《げきたい》しようとしたが、うまくはいかなかった。

モンスターたちの体は不思議な障壁《しょうへき》で覆《おお》われていて、現代兵器がほとんど効力を持たなかったのだ。

軍人も民間人も、世界各地にあふれ出したモンスターに蹂躙《じゅうりん》されようとしていた。

だがそこに、救世主となる者たちが現れる。

ダンジョンの発生とほぼ同時に、人類の中に現れた「探索者《シーカー》」。

超常的な「力」を与えられた彼らは、モンスターたちを次々と撃退していった。

探索者《シーカー》たちは人並み外れた身体能力を持ち、「スキル」や「魔法」と呼ばれる力を駆使《くし》して戦う。

彼らの攻撃に対しては、モンスターが持つ障壁も効果がなかった。

まさにモンスターの天敵《てんてき》と呼べる存在が、探索者《シーカー》たちだったのだ。

モンスターへの対策は、彼らに一任されることになった。

地上にあふれてきたモンスターを掃討した探索者《シーカー》たちは、やがてモンスターの発生源であるダンジョンへと潜《もぐ》っていく――

と、これが現代史の授業で習う、ダンジョンと探索者《シーカー》に関する簡単な歴史だ。

現在では、探索者《シーカー》の力に覚醒した者は、その多くがフリーランスとして活動しているという。

ダンジョンに潜り、モンスターを倒して、手に入れた「魔石」と呼ばれる宝石を収入源として生活している者たち――それが現在の探索者《シーカー》だ。

＊＊＊

家から最も近いダンジョンは、隣県との県境にある川の土手に入り口がある。

俺は自転車を十分ほど漕《こ》いで、そこにたどり着いた。

ダンジョンの入り口付近には、いくつかの特殊な施設がある。

俺はそのうちの一つ、看板に「ダンジョン総合案内」と書かれた建物に入った。

「いらっしゃいませ。こちらは探索者《シーカー》専用の案内所です」

窓口の受付嬢が営業スマイルを見せる。

俺は右手の甲に現れた紋様を見せた。

「今朝起きたら探索者《シーカー》の力に覚醒していました。ダンジョンに入りたいんですが、手続きはどうすればいいでしょうか」

「まず探索者《シーカー》として登録していただきます。こちらに住所、氏名、電話番号などをご記入ください」

用紙を受け取って記入し、その後にいくつかの検査と簡単な講習を受ける。

二十分ほどでそれらが終わり、仮の免許証を渡された。

後日に顔写真などを持ってくると、正式な免許証を作ってもらえるらしい。

受付に戻ってくると、一揃《ひとそろ》いの衣服を渡された。

「こちらは支給品の『ダンジョン用衣服』です。すぐにダンジョンに向かわれる場合は、更衣室を使ってこちらに着替えてから向かわれることをお勧《すす》めします」

「ダンジョン用衣服？」

「はい。魔石由来の衣服で、攻撃を受けて破れても自動的に修復されるものとなっております。武器や防具などの支給はございませんので、まだお持ちでなければ武具店で購入されることをお勧めします」

「このあと寄ってみます。ありがとうございました」

備え付けの更衣室を使って「ダンジョン用衣服」に着替えてから、俺は総合案内を出る。

次にすぐ近くにある「ダンジョン用武具店」へと入った。

店内には所狭しと武器や防具が陳列され、それぞれに値札が付けられている。

「いらっしゃいお兄さん。今日が初めてのダンジョン探索かい？」

俺が「初心者コーナー」と銘打たれた一帯で、武器や防具とにらめっこしていると、スキンヘッドのいかついおっさんが近付いてきた。

この武具店の店長のようだ。一見は強面《こわもて》だが、フレンドリーな笑顔を見せてくる。

「はい、今朝起きたら探索者《シーカー》になっていたので、試しにダンジョンに潜ってみようかと。そのための武器や防具を探しにきたんですが」

俺の財布には今、なけなしの1万円が入っている。

陳列されている商品を見てみると、まず一番安い武器は「ダガー」で5000円だ。包丁ぐらいの長さの大型ナイフで、値札には「分類：短剣」「装備部位：片手」「攻撃力：5」と付記されている。

次に安いのは「ショートスピア」で8000円。俺の背丈よりやや短いぐらいの槍で、値札には「分類：槍」「装備部位：片手」「攻撃力：6」と記されている。

武器はほかにも「ハンドアックス」「ショートソード」「ブロードソード」「レイピア」「バトルアックス」などいろいろとあったが、どれも1万円を超えていた。

防具も見てみる。

最も安いのは「ウッドシールド」で4000円だ。金属枠の付いた直径五〇センチぐらいの木製盾で、値札には「装備部位：片手」「防御力：2」と記されている。

次に安いのが「レザーヘルム」で6000円。革製の兜《かぶと》で、「装備部位：頭」「防御力：

2」だ。

鎧《よろい》らしいものとなると「レザーアーマー」が最も安くて、1万2000円。胴体を守る革製の鎧で、「装備部位：胴」「防御力：5」と書かれていた。

「この『攻撃力』とか『防御力』って何なんですか？」

「そいつは【アイテム鑑定】のスキルを使ったときに出る数値だ。参考にしてくれ」

「『分類』とか『装備部位』も、そのスキルを使ったときに？」

「おう。武器系のスキルがあるなら、『分類』は見といたほうがいいかもな。ていうか兄さん、最初のスキルポイントはもう使ったかい？」

「いえ、まだです」

「それなら武器を買う前に、修得可能スキルのリストは見といたほうがいいぜ」

そう言われたので、俺はステータスを呼び出して操作し、スキル修得のページを開いた。このあたりの操作方法は感覚で知っている。

●修得可能スキル（どれもスキルポイント1で修得可能）
武器：【槍攻撃力アップ（＋2）】
魔法：【ロックバレット】【プロテクション】【アースヒール】
一般：【筋力アップ（＋1）】【耐久力アップ（＋1）】【敏捷力アップ（＋1）】
【魔力アップ（＋1）】【HPアップ（耐久力×4）】【MPアップ（魔力×4）】

【マッピング】【隠密《おんみつ》】【気配察知】


「修得可能スキルにある武器系のものは、【槍攻撃力アップ（＋2）】だけみたいです」

「ほう、兄さんの得意武器は『槍』か。一種類でも武器系スキルがあるなら、武器戦闘で大成する可能性があるぜ。その手のスキルは（＋4）、（＋6）、と修得するたびに次が解放されていくからな」

「武器系が一つもないこともあるんですか？」

「人によってはある。武器系スキルもない、魔法もないってなると、下層でのダンジョン探索はかなり厳しくなってくるな。その点、兄さんは幸運だ」

講習で聞いた話によると、修得可能スキルのリストは、探索者《シーカー》一人ひとりのオリジナルなのだという。

俺の修得可能スキルには【槍攻撃力アップ（＋2）】があるが、これが「短剣」の場合も、「斧《おの》」の場合も、「剣」の場合もあるし、そうしたスキルが一つもないこともあるのだろう。

あとスキルリストには、新しいスキルの「解放」という要素もあるらしい。

特定のスキルを修得することで新たにスキルが解放されるスキルツリー要素や、レベルが一定値以上に上がることで新スキルが解放される要素もあるという。

さておき俺は、8000円を支払って「ショートスピア」を購入することにした。

なけなしの1万円が、あっという間に2000円になった。

「本当は保険として『HPポーション』も持っておきたいところなんだが、予算が残り2000円じゃなぁ」

「修得可能スキルのリストに【アースヒール】という回復魔法があるみたいなので、それを修得しようと思っているんですが」

「おっ。兄さん、回復魔法まで修得可能なのか。そりゃツイてるな。回復魔法は真っ先に取っておいて損はないと思うぜ」

そう言われたので、俺は早速ステータスを操作して【アースヒール】の魔法を修得する。

ステータスの「スキル」の欄《らん》に【アースヒール】と表示された。

「いろいろありがとうございました。これからダンジョンに行ってみようと思います」

「おう、気を付けろよ。第一層のモンスター『コボルド』は強くはねぇが、油断は禁物だ。特に二体以上と遭遇《そうぐう》したときは厄介《やっかい》だからな」

俺は武具店の店長に会釈《えしゃく》をして店を出ると、ダンジョンの入り口へと向かった。

＊＊＊

ダンジョンの入り口は、川べりの土手にぽっかりと開いた洞窟《どうくつ》だ。

入り口前にある管理小屋の職員に仮免許証を見せてから、洞窟の中へと踏み込んでいく。

少し進むと、地面に光り輝く魔法陣が描《えが》かれた場所に出た。洞窟はここで行き止まりだ。魔法陣に足を踏み入れる。

右手の甲にある紋様が光って、視界が真っ白な光に包まれた。

一瞬の後、知らない場所にいた。

洞窟の中のようだが、あたり一面の壁が穏やかな明かりを放っていて、ちょっと幻想的だ。

俺がいる場所は、小会議室ぐらいの広さがある。

背後の地面を見ると、例の光り輝く魔法陣があった。

ダンジョンの出口だろうと思ったが、念のためもう一度踏んで往復してみた。予想通りの働きをしてくれた。

退路の確認は済んだ。あらためてダンジョン探索の開始だ。

部屋からは三方に道が続いている。正面、左手、右手のそれぞれに、洞窟の通路が続いているようだ。

「よし。行くか」

不思議と恐れはない。探索者《シーカー》は命を落とすこともあるというが、その時はその時だと割り切った穏やかな精神状態だ。これも探索者《シーカー》になったことによる影響なのかもしれない。

どの道が正解かも分からないので、とりあえず正面の道に進んでみる。

洞窟はゆったりと蛇行《だこう》しながら続いている。

第一章

「……長い。ていうか、何も起きないな」

十分ほど歩いてみたが、同じような景色が延々と続くばかりで何も起こらなかった。

さらに十分ほど歩いたところで、十字路に差し掛かる。

道に迷うといけないので、まっすぐ進むことにした。

するともうしばらく歩いたところで、「ト」の字形の三叉路《さんさろ》。

これもまっすぐ進むことにする。

さらに十分ほど進んだ頃のことだった。

洞窟の前方から、「何か」が駆け寄ってくるのが見えた。

人型で、小柄《こがら》。頭部は獰猛《どうもう》な犬のそれに似ていて、目は赤く輝き、口からはだらだらと唾液《だえき》を垂らしている。手には粗末《そまつ》な短剣。

そいつが一体、俺に向かって襲い掛かってきた。

俺は右手の槍の感触を確かめ、迎え撃つ。

武具店のおっさんが言っていた第一層のモンスター「コボルド」だろう。

「くらえっ！」

俺は相手が間合いに入ったタイミングを見計らって、槍を勢いよく突き出す。

ギャッというモンスターの悲鳴。槍はそいつの胸に突き刺さった。

槍を引き抜くと、突き刺した部分から血が出る代わりに、黒い靄《もや》のようなものが漏れ出す。

コボルドはよろめくが、倒れはしない。

飛び掛かるようにして、再び間合いを詰めてきた。

俺はもう一撃と思って槍を突き出す。

だが今度は予想されていたのか、素早く横に跳んで回避された。

「くっ……！」

コボルドが突き出してきた短剣を、かろうじてかわす。

前のめりでバランスを崩したそいつに肘《ひじ》を落として、倒れたところを槍でもう一度突き刺した。

それがトドメになったようで、犬面《いぬづら》の怪物は全身が黒い靄になって消え去った。

どういうわけか手にしていた短剣まで同じように消滅する。

あとには黒と紫を混ぜたような色の宝石が一つ、転がっていた。

モンスターは一般の生物とは異なるもの――すなわち「生物ではないもの」と規定されているらしい。

彼らには一般の生物の常識からは考えられない現象が起こる。

「はぁっ、はぁっ……ふぅっ。何とか勝てたな」

俺は宝石を拾い上げて、財布の中に入れる。宝石は小指の先ほどの大きさだ。

この宝石は「魔石」というものらしい。

持って帰ると、換金所でいくらかの値段で買い取ってもらえる。

講習で聞いたところによると、コボルドの魔石なら一個400円だ。

厳密に言うと、そこから源泉所得税が一割引かれて、還付前《かんぷまえ》の手取りは360円になる。

命懸けの戦いを繰り広げて360円とはずいぶんと世知辛《せちがら》いが、四の五の文句を言っても仕方がない。

ステータスを確認すると、「経験値」の欄が「0／10」から「4／10」に変わっていた。今後に期待だ。

「よし。この調子で進もう」

俺はさらに先に進むことにした。

＊＊＊

ダンジョンはとにかく広い。

入り口こそ川べりの土手にあったが、ダンジョン本体はどこにあるのか知れたものではない。

俺は道に迷わないことを最優先に意識しながら、ダンジョン探索を続けていった。

途中、あの犬面のモンスターに二度ほど遭遇して戦った。

余裕というほどではないが、いずれもどうにか無傷で勝利した。

最初の遭遇も含めて、三体目のコボルドを撃退したときだった。

俺の体に力が湧き上がってくるような感覚があった。

ステータスを呼び出して確認すると、レベルが上がっていた。

六槍大地
レベル：２（＋１）　経験値：１２／３０
ＨＰ：２４／２４　ＭＰ：２１／２１
筋力：８（＋１）　耐久力：８　敏捷力：７（＋１）　魔力：７
スキル：【アースヒール】（new!）
残りスキルポイント：１

レベルが１から２に上がって、筋力と敏捷力が１ずつ上昇。

あとスキルポイントが１ポイント増えていた。

「次のスキル、どうするか。せっかく槍を買ったんだから【槍攻撃力アップ（＋２）】を取ってもいいんだが、それよりも――」

少し迷ったあと、俺は【マッピング】のスキルを修得した。

ステータスを呼び出すときと同じように、スキル名を口にする。

「【マッピング】」

すると俺の視界に、ステータスボードを少し横に押しのけて、マップ画面が表示された。

正方形の半透明のボードに、俺の現在位置と、これまでたどってきた順路、それにダンジョンの入り口である魔法陣の位置が示されている。

まだ歩いていない場所は表示がないが、それはこれから埋めていくべき部分だ。

「よし。このスキルは必須だよな」

はっきり言って、今一番怖いのは、コボルドとの戦闘よりも「道に迷うこと」だ。

何なら【アースヒール】より先にこっちを取っておいても良かったかもしれない。

レベルが上がり、スキル修得も終えた俺は、さらに先へと進んでいく。

＊＊＊

その後もだだっ広《ぴろ》いダンジョンを探索し続けること、およそ一時間。

この間に二度ほどコボルドに遭遇し、いずれも無傷での撃退に成功した。

敏捷力が上がったせいか、心なしか体の動きが軽くなり、対応がいくらか楽になった気がする。

とはいえ、それも一対一ならばの話だ。

「ついに来たか、コボルド二体」

そろそろ昼食のために一度ダンジョンを出ようかと思っていた頃のこと。

ついに二体のコボルドと遭遇する事態が起こった。

武具店の店長から、二体以上と遭遇したときには気を付けろと言われていたが、その忠告がなくても厄介さはよく分かる。

一体のコボルドを二回相手にするのと、二体のコボルドを同時に相手にするのとでは、難易度に雲泥《うんでい》の差《さ》があるに違いない。

どこか二体が同時に襲い掛かって来られないような狭い通路でもあればいいのだが、そんなものは近場では見つからない。

周囲を軽く見回している間にも、二体のコボルドは俺に向かって駆け寄ってくる。

「ま、やるしかないか」

厄介だとは思うが、負ける気はしない。

俺は槍を手に、二体のコボルドを真正面から迎え撃つことにした。

＊＊＊

「痛《い》ててて……」

数十秒の死闘の後、二体のコボルドは二個の魔石へと変わっていた。

だが俺のほうも、無傷ではいられなかった。

敵の攻撃をさばききれずに、一体のコボルドの短剣を左肩に受けてしまったのだ。

すぐに命を落とすようなダメージではないが、痛いものは痛い。

ただ探索者《シーカー》は一般人と比べてはるかに死ににくく、自然治癒力も比べ物にならないほど高いらしい。

深手の切り傷や刺し傷でもすぐに流血はなくなるし、命を落とさない限りは、損傷した臓器だって一晩休めば元通りに修復しうるという。すでに人間じゃないな。

なので短剣で肩をぐさりと刺されたぐらいなら、探索者《シーカー》にとって致命傷にはほど遠い。

治癒する前にステータスを開いてHPを確認するぐらいの余裕は普通にある。

確認したところ、HPは「20／24」になっていた。これでHPが4点減少か。

このまま活動を続けてもいいぐらいの状態ではあったが、さすがにそれもどうかと思うので、魔法を使って回復することにした。

「【アースヒール】」

傷口に手を当てて回復魔法を使うと、スッと痛みが引いて体が楽になった。

服をめくって見てみると、傷口はどこを刺されたのかも分からないぐらい綺麗《きれい》にふさがっていた。

ステータスを確認すると、HPが「24／24」、MPが「17／21」だ。

「よし、一度帰ろう」

俺は二体のコボルドの魔石を拾って財布に放り込んでから、帰路をたどった。

ステータス的にはこのまま進んでもまったく問題ないと思うが、昼飯を持ってきていないのだ。腹が減っては戦《いくさ》はできぬ。

ちなみに帰り際にも一体のコボルドと遭遇して、これを撃退。

このタイミングでレベルアップした。

六槍大地
レベル：3（+1）　経験値：32／70
HP：27／27（+3）　MP：20／24（+3）
筋力：9（+1）　耐久力：9（+1）　敏捷力：7　魔力：8（+1）
スキル：【アースヒール】【マッピング】（new!）
残りスキルポイント：1

レベルが2から3に上がって、筋力、耐久力、魔力が1ポイントずつ上昇。

スキルポイントも、やはり1ポイント獲得。

HPやMPは、特に関連スキルを持っていなければ「耐久力×3」「魔力×3」になるとのことで、3ポイントずつ上昇していた。

スキルの修得はダンジョンを出てからでいいだろう。

俺はダンジョンの入り口にある魔法陣まで戻り、川べりの土手にある洞窟に転移。

初めてのダンジョン探索を終えて、数時間ぶりの地上へと帰還した。

＊＊＊

ダンジョンから戻った俺は、まずダンジョン総合案内の建物に向かった。

魔石の換金所や、装備品の預かり所など、基本的な施設はこの建物内に揃っている。

まずは魔石の換金だ。

魔石換金窓口に行って、手に入れたコボルドの魔石八個を職員に提出すると、番号札を渡された。待つこと少々。

査定が終わったらしく、提出した魔石の代わりに、現金と支払伝票が渡された。

「お待たせしました。魔石の買い取り額３２００円から、源泉税額で一割をお預かりしまして、２８８０円のお渡しになります」

千円札二枚と小銭八枚が、トレーに載せて差し出された。

俺は渡されたお金を財布に入れ、窓口の職員さんに会釈をしてからその場を後にする。

何とも言えないむず痒《がゆ》さだ。バイトの給料などは口座に入るので、自分で稼いだお金を現金で手渡しされたのは初めての経験だった。

「でも、２８８０円か……」

俺は職員に聞こえない位置でそうつぶやく。

ダンジョンに潜っていたのがだいたい四時間ぐらいだから、時給換算でざっと７２０円。

手取りの額であることを考慮しても、命懸けの労働の報酬額《ほうしゅうがく》じゃないな。

ただ将来に希望が持てるのはある。

第一層のコボルドは魔石の換金額も安いが、下層に進むほど、そこに徘徊しているモンスターの魔石換金額は高くなる。今後に期待だ。

「さておき、昼飯だな」

腹が減った。壁掛けの時計を見れば、時刻は午後一時半。

装備品の預かり窓口で槍を預けてから、総合案内を出る。

自転車を漕いで、近くのラーメン屋に向かうことにした。

だがそのとき、予想外のことが起こった。

「こーんにーちはー！」

どこかから女性の声が聞こえてきた。聞き覚えのない声だ。

それとなくあたりを見回してみると、一人の若い女性と目が合った。

少し離れたところで自転車にまたがっていた彼女は、俺に向かってニコッと微笑《ほほえ》みかけてくる。

俺と同い年ぐらい――十代後半か二十歳《はたち》ぐらいに見える。

ポニーテールの黒髪に、パーカー、ズボン、スニーカーというスタイル。パッと見でかわいいなと思うぐらいには、顔立ちもプロポーションも整っていた。

周囲を見回しても、彼女の相手らしき人物は俺のほかに見当たらない。

「お兄さんですよ！　今、ダンジョン総合案内から出てきましたよね？」

女性は俺の前まで来て自転車を止める。

俺はようやく自分が声をかけられているのだと確信した。

「えぇっと……はい。たしかに総合案内から出てきましたけど……」

「ですよね！　あ、はじめまして。私、小太刀風音《こだちかざね》といいます。一週間ぐらい前から探索者《シーカー》を始めたんですけど、歳《とし》の近い探索者《シーカー》って初めて見かけたので、思い切って声をかけてみました。――あっ、お兄さんも探索者《シーカー》ですよね？」

「え、あ、まあ……そうだけど」

「……ひょっとして、声をかけたの、ご迷惑でした？」

「い、いいえ、そんなことは」

俺は見知らぬ女性（美人さん）に突然声をかけられて、しどろもどろになっていた。

こういうときに使える鮮やかなトーク技術など持ち合わせていないし、突然のことで頭の回転も追いついていない。

だがそんな俺の無様さなど気にした様子もなく、女性――小太刀風音は人懐っこく接してくる。

「よければお名前、聞いてもいいですか？」

「えっと……六槍大地、です。六つの槍って書いて、六槍」

「へぇっ、格好いい名前ですね。六槍さんは、今日はもうダンジョン上がりですか？」

「いや、昼飯食べに行こうかと思って。近くのラーメン屋に」

「これからお昼ですか。私もまだお昼食べてないんです。もしよかったら、ご一緒させてもらってもいいですか？」

「え、ええ。そっちがよければ、よろこんで」

「よかった！　一度同業の方とお話してみたかったんです」

「それはあまり、役に立てないかもしれないけど……」

ぐいぐい来る小太刀さんを相手に、俺はどうにか受け答えをするだけで精一杯だった。

これはダンジョンやモンスターより強敵かもしれないな……。

＊＊＊

「へぇー、それじゃあ六槍さんは、今日が初めてのダンジョン探索なんですか」

「うん、ごめん。お役に立てそうになくて」

「いえいえ全然。あ、ラーメン来ましたよ」

ダンジョンのある土手から、自転車で少し走ったところにあるラーメン屋。

俺と小太刀さんは、テーブル席に対面で腰かけていた。

昼時を少し過ぎた時間だけに、客の姿はまばらだ。

「いただきまーす♪」

「いただきます」

二人で箸を手に、豚骨《とんこつ》醤油《しょうゆ》ラーメンを食べはじめる。

小太刀さんは「んーっ、おいしーっ！」と言って満足そうに麺《めん》を啜《すす》っていた。

確かにラーメンはうまいのだが、俺はどうにもその味に集中できずにいた。

俺はどうしてこんな美人さんと一緒にラーメンを食べているのか。

彼女いない歴イコール年齢の青少年（？）には、ドキドキするなというほうが無理がある。

「それで、どうでした？　初めてのダンジョン探索は」

小太刀さんが好奇心に満ちた瞳を俺に向けてくる。

そうまっすぐ見つめられると惚《ほ》れてしまうのでやめてほしい。

「何とか、ってところです。四時間ぐらい歩き回って、3レベルまで上がりました」

「おーっ、順調ですね」

「小太刀さんは今、何レベル？」

「私はね、今9レベル。第一層と第二層はわりと順調に進めたんですけどね。第三層から敵が多くなってしんどくって。ソロだとポーションの消費がヤバいんですよ。最悪、赤字まであります」

「回復魔法も、すぐに使い切ってしまう感じですか？」

「いやいや、回復魔法なんていいもの持ってないですよ。――えっ、ひょっとして六槍さん、回復魔法持っていたりします？」

「ええ。【アースヒール】という魔法を」

「いいなぁーっ！　大当たりじゃないですか」

「ほかの人がどうなのか分からないけど、そうなんですかね」

「絶対そうですよ。回復魔法持ちは当たり、間違いないです。たしか初期で修得できる回復魔法って【アースヒール】か【アクアヒール】しかなかったはずですし」

「そうなのか……」

「そうなんですよ。――あっ」

そこで小太刀さんは口元に手を当て、考え込むような仕草を見せた。

何かまずいことでも言ったかと思って内心恐々《きょうきょう》としていると、しばらくして小太刀さんが、意を決したように口を開く。

「あの、六槍さん。もしよければなんですけど」

「はい、何でしょう」

「私とパーティを組んでもらうことって、できたりしませんか？」

「パーティ……？　俺が、小太刀さんとですか？」

「はい。六槍さんが回復魔法持ちだというのを聞いて、図々しいのは承知の上でなんですけど、どうでしょう？」

「あー……考えてもなかったな……」

探索者《シーカー》は必ずしも単独《ソロ》でダンジョン探索をするわけではない。

複数人で組んで一緒にダンジョンに潜ることもある。

それを「パーティを組む」と呼ぶわけだが。

ダンジョンでは下層に潜るほど、モンスターが手ごわくなっていく。

第一層ぐらいならソロで攻略できても、第二層、第三層と下りていくにつれて、徐々に厳しくなっていくと講習で聞いた。

小太刀さんは第三層で苦戦していると言っていたし、その原因として敵の数が多いこと、ポーションの消費量が激しいことをあげていた。

回復魔法を使える俺にパーティを組んでほしいと提案するのが、おかしな話ではないのは分かる。

一方で俺はというと、「え、いいの?」というのが率直《そっちょく》な感想だった。

こんな美人さんとパーティを組めるとか、ダンジョン探索時のメリット・デメリットを抜きにして、単純に男子として嬉《うれ》しかった。

とはいえ――

「でも俺、まだ3レベルですよ。それにバイトもあるから、予定が合わせられるかどうか分からないし。小太刀さんは、別に仕事は?」

「あーっと……私はわけあって、前やっていた仕事はやめちゃったんです。今は探索者《シーカー》一本ですね。でもそうですよね。今朝探索者《シーカー》になったのなら、普通そうか……。すみません、無理を言って」

「あ、いや全然。誘ってくれて嬉しかったし」

パーティを組む話がお終いになりそうで、心の中のもう一人の俺が「バカ野郎!」と叫んで俺の頬《ほお》をぶん殴っていた。

せっかくのチャンスを自分でふいにしやがって、と。

いや待て、まだ諦めるには早い。何とか繋《つな》ぐんだ、小太刀さんとパーティを組むチャンスを――などと魂が叫んでいると、彼女のほうからこんな提案をしてきた。

「それじゃあ、せめて連絡先だけでも交換しておきませんか? 新人探索者《シーカー》同士、情報交換でも役に立つかもしれないですし」

「押忍《おす》! よろこんで!」

俺は一も二もなく、前のめりになって飛びついた。

小太刀さんは驚いた様子できょとんとしていた。

＊＊＊

昼食を終えて、再びダンジョン前に戻ってきた。

小太刀さんも一緒だ。彼女もこれからダンジョン探索に向かうつもりだったらしい。

つまり何のことはない。焦らなくても、今日の午後は小太刀さんとパーティを組んでダンジョン探索をすることは、普通に可能だったわけだ。

そんなわけで、お試しで一時的にパーティを組んでみることになった俺と小太刀さん。

ただ3レベルで経験も浅い俺が、いきなり第三層に踏み込むのは危ないかもしれないと考え、肩慣らしのためにひとまず第二層を二人で探索することになった。

総合案内の預かり所で二人分の装備品を回収して、更衣室で身に着ける。

俺は槍だけだが、小太刀さんは革鎧《レザーアーマー》と短剣《ダガー》二本という、いくらかハイスペックな装備だ。

しかし俺のほうも、装備を強化する余地はある。

俺は小太刀さんに断って、先に武具店へと向かった。

「おっ、何だい兄さん。小太刀ちゃんと知り合いだったのか？」

小太刀さんと一緒に武具店に入ると、スキンヘッド店長が声をかけてきた。

俺が答える前に、小太刀さんが返事をする。

「ううん、初対面ですよ～。さっき偶然会って、私が声をかけたんです。話の流れで、パーティを組んでもらえないかってなって、これからお試しで第二層に行ってきます」

「ほう。確かに兄さんは【アースヒール】を使えるって話だったしな。パーティメンバーとしては有望株だわな」

「ですです。私のほうが役に立つかは、今日の探索で六槍さんに見てもらうってことで」

「ま、単純に頭数が増えるだけでも違うからな。――で、何か買いに来たんじゃないのか？」

「あ、それは俺が。『ウッドシールド』が４０００円だったと思うので、お金が入ったから買っておこうかと」

俺は４８８０円に増えたなけなしの予算のうち、４０００円を払って「ウッドシールド」を購入。残金は８８０円になった。

ちなみにラーメン代などの生活費は、ダンジョン予算とはひとまず別勘定だ。

初期投資で1万円は突っ込む気で来たが、それ以上際限なしに投入すると、普段の生活がヤバいことになりそうだからな。

買い物が済んだので武具店を出て、今度こそダンジョンに向かった。

小太刀さんと二人で魔法陣に乗って、ダンジョンの中へと転移。

そのタイミングで、俺はもう一つ、やっていなかったことを思い出した。

「そうだ、スキルを取ってなかった。小太刀さん、少しだけ待ってもらえますか」

「いいですよ～。ごゆっくり～」

3レベルになったときに得たスキルポイントをまだ使っていなかったのだ。

ステータスボードを開いて、スキル修得画面へと移行する。

修得可能スキルのリストを眺めて、思案する。

俺の頭の中で、いくつか有力候補があった。

一つは、せっかく槍を買ったのにずっと修得していない【槍攻撃力アップ（＋2）】

武具店のおっさんが言った「これを持っている探索者《シーカー》は武器戦闘で大成しうる」という話から逆算すると、それなりの強スキルであろうと推測される。

一つは、遠隔攻撃《えんかくこうげき》手段として【ロックバレット】の魔法だ。

たいていの遭遇では近接戦闘になる前に一手ぶんぐらい間があるので、遠隔攻撃ができると攻撃の手数が増えて大幅に有利になるはず。

ただ当然MPを食うので、【アースヒール】の使用回数を削ってしまうのが難点か。

一つは【HPアップ（耐久力×4）】。

スキルなし状態でのHPが「耐久力×3」なので、HPが一気に三割以上爆上がりすることが見込める。つまり純粋に強い。

一つは【気配察知】。

モンスターなどの気配をいち早く察知するスキルだ。

効果の程度は分からないが、奇襲を回避できたり、逆に奇襲を仕掛けるチャンスが生まれたりするスキルと考えると、強スキルの可能性が高い。

さて、どうするか。

ここは一つ、ダンジョン探索の先輩の意見も聞いてみるか。

俺は小太刀さんに、獲得スキルについて相談してみた。

迷っている四つの選択肢について聞いてみると、小太刀さんは少し考え込む仕草を見せてから、こう返してきた。

「まず大前提として、どのスキルを修得するかは自分のことなので自分で決めるべき、と断った上でですけど。一つ確実に言えるのは、【気配察知】は私が持っているので、私と一緒のときは効果が被るってことですね。私とパーティを組む前提なら優先度は下がるかと」

「なるほど」

「でもソロで探索する前提なら優良スキルですし、参考程度にしてほしいかなと」

うん、余計に難しくなったな。

まあいいか。悩んでいても完全な正解は分かりそうにないし、適当に決めてしまおう。

俺は直感で、【HPアップ（耐久力×4）】を修得することにした。

これから高レベル探索者《シーカー》と一緒に未体験の危険地帯に潜るのだから、安全マージンを多く持っておいたほうが賢明という判断だ。

これで俺のHPは「27／27」から「36／36」にアップした。

レベルアップのときもそうだが、最大値が伸びるときに現在値も最大値側に引っ張られるのは地味にいいな。

「お待たせしました。完了です」

「了解です♪　じゃ、行きましょうか。第二層への階段はこっちですよ～」

小太刀さんは最初の広間から、左手側の道に向かって進んでいく。

俺は先導する先輩探索者《シーカー》のあとについていった。

＊＊＊

小太刀さんに先導されて、第二層へと下る階段を目指す。

階段までは一時間もかからないそうだ。

第一層全部を歩き回ったら二、三日は平気でかかりそうなだだっ広いダンジョンだが、階段は意外と近場にあるらしい。

だが階段までたどり着く前に、モンスターとの遭遇が起こった。

小太刀さんがいち早く敵の接近に気付く。

「六槍さん、前方からモンスターの気配です。二体」

「コボルドですか？」

「【気配察知】でモンスターの種類までは分からないですけど、第一層なのでそのはずです。不意は打てないですね。来ます」

その声と同時に、緩やかにカーブしている洞窟の先から、二体のコボルドが姿を現した。

二体とも短剣を振り上げ、こっちに向かって駆け寄ってくる。

小太刀さんは左右の手に短剣を一本ずつ持ち、身を低くして迎え撃つ構えだ。

洞窟の通路は、二人が並んで戦えるぐらいの広さがある。

俺も、槍と盾を構えて、コボルドたちが間合いまで来るのを待った。

俺がここだ、と思うタイミングよりもわずかに早く、小太刀さんが動いた。

地面を蹴った小太刀さんは、とてつもない速さで一体のコボルドに接近。

「――はあっ！」

左右の短剣が閃《ひらめ》く。

瞬《また》くほどの間に二度斬られたコボルドは、黒い靄となって消滅した。

強い。たったの一手で、一体のコボルドをあっという間に倒してしまった。

もちろん俺も、指をくわえて見てはいない。

小太刀さんよりわずかに遅れて、別のコボルドに向かって踏み込み、槍を突き出す。

その攻撃はコボルドの胸部に命中したが、小太刀さんと違って一撃必殺とはいかない。

倒し損ねたそいつは、俺に向かって飛び掛かってきた。

コボルドが突き出してきた短剣を、さっき購入したばかりの盾で弾《はじ》く。

バランスを崩した犬面のモンスターに、槍による攻撃をもう一撃。

そのコボルドも消滅。あとには魔石だけが残った。

小太刀さんは自分が倒した分の魔石を拾って、もう一つを俺が拾う。

それから小太刀さんは、俺に向かって微笑みかけてきた。

「六槍さん、レベルのわりに安定感ありますね。私が3レベルの時、そんなにうまくやれた自信ないですよ」

「小太刀さんこそ、めちゃくちゃ強いじゃないですか。短剣二本を同時に扱うとか、すごく器用だし。今のは真似《まね》できる気がしない」

「えへへーっ。でもこれ種明《たねあ》かしをすると、【二刀流】っていうスキルの効果なんです。スキルを修得したら、体が動き方を教えてくれる感じになって」

そんなスキルもあるのか。

あと、はにかんだ小太刀さんがすごくかわいい。

「魔石の取り分は、五分五分でいいですよね。後で合計を二等分する形で」

小太刀さんの提案にうなずく。どっちが倒したとかで揉《も》めたくはない。

ダンジョン探索を再開する。

しばらく進むと、第二層へと下る階段の前に到着した。

洞窟の行き止まり前の地面に、ぽっかりと長方形の穴が開いていて、そこから斜め下に向かって石造りの下り階段が続いている感じだ。

その階段を、勝手知ったる小太刀さんが先に下りて、俺があとをついていく。

いよいよ第二層だ。

ダンジョンの特性として、層を下るほどモンスターは強くなっていくという。

心強い先輩探索者《シーカー》はいるが、気を引き締めて行こう。

＊＊＊

螺旋状《らせんじょう》の階段を、ぐるりぐるりと下りていく。

普通の建物の三階分ぐらいは、ゆうに下ったんじゃないかと思った頃に、第二層へとたどり着いた。

見た目は第一層と代わり映えがしない。

淡い明かりを宿す、赤茶けた土壁の洞窟がずっと続いている風景だ。

「第五層まで行くと、一気に景色が変わるらしいんですけどね」

「第四層まではモンスターが変わるだけってことですか」

「ですね。もちろんマップも第一層とは別物ですけど」

俺は試しに【マッピング】スキルを発動してみる。

正方形のマップはほとんど全体が未知領域で、わずかに一ヶ所、現在位置だけが明るく示されていた。

「じゃ、ちょっと歩き回ってみましょうか。でも六槍さん、3レベルでも安定感があるので、今日じゅうに第三層を視野に入れてもいいかもです」

小太刀さんはそう言って、再び先導して歩いていく。俺もそれに続いた。

進みがてら小太刀さんが、第二層で遭遇するモンスターについて簡単に説明してくれる。

「第二層にはコボルドも出るんですけど、新出のモンスターで言うと『ゴブリン』と『ホブゴブリン』が出ます。ゴブリンはコボルドに毛が生えた程度ですけど、ホブゴブリンはかなり強いです。第一層から下りてきたばかりのときには、一体相手でも苦戦しました」

「小太刀さんが苦戦……」

「や、今よりもっとレベルが低いときですよ。最初に戦ったのは5レベルとかだったかな。今でも厄介な相手ではありますけど、一体だけなら別にって感じです」

「俺、3レベルなんだよなぁ」

「あははは。大丈夫ですって。第二層ではホブゴブリンが単独《ソロ》以外で出てきたのは見たことないですし、私もついてますから」

「頼もしい先輩だ。頼りにしてます」

「ふふん。『お姉ちゃん』って呼んでくれてもいいですよ。ていうか、六槍さんって歳はおいくつです?」

「十九ですけど」

「じゃあやっぱり私のほうが一つ上ですね。どうぞ『風音お姉ちゃん』と呼んでください」

「じゃあ——風音お姉ちゃん」

「……っ！　ごめんなさい、調子に乗り過ぎました。許してください」

小太刀さんは頬を赤らめて、はぁはぁと荒く息をしていた。なんのこっちゃ。

そんな風におちゃらけながら二人で洞窟を進んでいくと、しばらくして小太刀さんがぴくっと反応した。

俺を手で制して、小声で伝えてくる。

「前方からモンスターの気配、一体です。第二層で一体だと、コボルドはないですね。ゴブリンかホブゴブリンです。ゴブリンだったら六槍さんにお任せします」

小太刀さんがそう言ってから、わずかの後――

洞窟の前方から、一体のモンスターが姿を現した。

＊＊＊

現れたモンスターは、コボルド同様、小柄な体躯《たいく》の人型をしていた。

頭部はコボルドと違って、犬に似たものではない。人間の子供をおそろしく醜悪《しゅうあく》にした感じで、耳と鼻がいびつに尖《とが》り、口は大きく裂け、目はらんらんと赤く輝いている。

肌はくすんだ緑色。妙に節くれだった細い腕で、小剣《ショートソード》のような形状の武器を手にしていた。

そいつが一体。

俺たちの姿を見ると、口からよだれを撒《ま》き散《ち》らしながらこちらに駆け寄ってきた。

「ゴブリンです。六槍さん、お任せします」

「了解です」

小太刀さんが身を引くように後退する。

俺は一歩前に出て、槍と盾を手に、初見のモンスターを迎え撃つ姿勢を取った。

コボルドと比べて動きが速いが、対応できないほどじゃない。

「――はっ！」

間合いまで飛び込んできたところに、俺は勢いよく槍を突き出す。

だがその攻撃は、相手に素早く後ろに跳《と》び退《の》かれ、回避されてしまった。

しかし攻めるタイミングを失ったのは向こうも同じだ。

俺とゴブリンは数歩の間合いで睨《にら》み合《あ》い、互いにじりじりと攻撃の機会をうかがう。

小太刀さんが加勢してくれれば造作《ぞうさ》もないが、この程度は一人でやってみせろということだろう。

『――キシャアアアアアッ！』

業《ごう》を煮《に》やしたのか、ゴブリンが奇声を上げて襲い掛かってきた。

俺は槍を突き出して、迎撃《げいげき》を試みる。

だがゴブリンはその身を半歩分ほど横に翻《ひるがえ》して、紙一重で俺の槍を回避。

そのままの勢いで間合いを詰めてきた。

「――うぉおおおおっ！」

槍の間合いから、小剣《ショートソード》の間合いへと詰められそうになった俺は、左手の盾を前に突き出して突撃。

ゴブリンはその動きに対応できずに、シールドタックルで撥《は》ね飛《と》ばされてよろめいた。

それを好機に、俺は槍でゴブリンを攻撃。

胸部をぐさりと突き刺したが、その一撃だけではゴブリンは消滅しなかった。しゃにむに飛び掛かって反撃してきたゴブリンを、俺は再び盾で殴りつけてノックダウンさせる。

そして倒れたところを再び槍で突くと、ゴブリンは今度こそ黒い靄になって消滅した。あとには黒と緑をマーブル模様に混ぜたような色の魔石が落ちる。

俺がそれを拾い上げたところで、パチパチという拍手の音が聞こえてきた。

戦況を見守っていた小太刀さんだ。

「お見事です、六槍さん」

「いや……なんというか、こんな泥臭い戦い方でギリギリって感じですね。やっぱりコボルドと比べるといくらか強いな」

「でも無傷で勝てるのは十分すごいですよ」

「もう一度やったら分からないです。負けはしないと思うけど、手傷の一つや二つは負いかねない」

「ふふっ、謙遜屋《けんそんや》さんですね六槍さんは。でも虚勢《きょせい》を張る人よりは、パートナーとして安心できます」

ステータスを開いて経験値を確認すると、ゴブリンの経験値は7ポイントだった。

コボルドの経験値4ポイントと比べると、いくぶんか多い。

なおモンスターの経験値は、トドメを刺した探索者《シーカー》が総取りする仕様とのこと。今の戦闘では、小太刀さんには経験値が入らない形だ。

「でも、どうかな、第三層……ちょっと厳しいかなぁ。無理ではないと思うんだけど、もう少し二層で様子を見るべきかどうか」

「俺はもう少し、この層で経験を積みたい感じですけど。それじゃ風音お姉ちゃん的にはうまみがないですよね」

「ううっ……私が悪かったから、それはもうやめてください。胸が痛いです」

小太刀さんは革鎧《レザーアーマー》の上から自分の胸に手を置いて、居たたまれない感じの顔をしていた。

お姉ちゃん攻撃、効くなぁ。

「じゃあ間を取って、俺が4レベルに上がったら第三層に行くのはどうです？　あと27の経験値でレベルアップだし、それまでに第二層の感覚もつかめると思いますし」

「んー、そうですね。六槍さんがそれでいいなら、それでいきましょうか」

ひとまず話がまとまり、俺たちは第二層の探索を続けることになった。

＊＊＊

第二層での探索を続けていく俺と小太刀さん。

探索者《シーカー》が二人いるだけあって、その流れは順調だった。

最初のゴブリン一体の次に遭遇したのは、ゴブリン二体の編成だ。

これは小太刀さんも加勢して、一人一体ずつ撃破する。

小太刀さんはコボルドばかりか、ゴブリンも一手で瞬殺していた。短剣【二刀流】の風音お姉ちゃん、クッソ強い。

一方で俺は、自分の担当のゴブリンを撃破するまでに、ゴブリンの攻撃を一発もらってしまった。

右の太ももを深々と刺されてHPが8点減少。痛い。

【アースヒール】を使ったら全快したが、小太刀さんとの戦力差がもろに見えてしまった感じがして、少し悔しかった。

次に遭遇したのはコボルド三体。

小太刀さんはちゃちゃっと一体を撃破して、あとは俺が残り二体のコボルドを相手にどう立ち回るかを見物《けんぶつ》していた。

この戦いでも俺は、コボルドの攻撃を一発被弾。

腹部に受けた一撃は、俺のHPを7点減少させた。やっぱり痛い。

これも【アースヒール】で回復。HPは全快。

一方で、俺のMPは「12／24」まで減少。わりとごりごり削られている。

俺はちょっとしたいじわる心で、小太刀さんをチクリと刺してみた。

「小太刀さんって意外とスパルタですね」

「うっ……。経験値を取ったら悪いなって思って、援護は最低限にしていたんですけど……すみません。……ていうか六槍さんこそ、意外といじめっ子ですか？」

小太刀さんは一度しゅんとして、次には拗《す》ねたような上目遣いで見つめてきた。

俺の胸はキュンキュンして痛くなった。平常心は瀕死《ひんし》だった。

俺は心の中で「小太刀さんはあくまでもビジネスパートナーだからな」と念仏のように唱えていた。

そして第二層に潜ってから、四回目の遭遇。

現れたのは、これまでに見たことのない大柄なモンスターだった。

コボルドやゴブリンが人間の子供並みの体軀なのに対して、そいつは鍛《きた》え上《あ》げた大人のアスリートという感じ。

小太刀さんが二本の短剣を構えてそいつを見据《みす》え、こう口にする。

「ホブゴブリンです。私がダメージを与えるので、六槍さんがトドメを刺してください。間違って倒しちゃったらすみません」

身を低くした小太刀さんは地面を蹴り、例の恐ろしい敏捷性でホブゴブリンに向かっていった。

ホブゴブリンが手にしているのは、中型の片手剣だ。

それを暴力的な勢いで振り回してきたが、小太刀さんは攻撃を俊敏《しゅんびん》にかわして、相手の懐《ふところ》に潜り込む。

「――はあっ！」

凛《りん》とした気合の声とともに、左右の短剣で連続攻撃。

ホブゴブリンは二つの斬撃《ざんげき》によって鋭く切り裂かれる。

「六槍さん！」

「了解です！」

俺は小太刀さんが素早く飛び退いたところに踏み込んで、槍で一撃。

ホブゴブリンは回避しようとしたが間に合わず、俺の槍はその腹部に突き刺さった。

それがトドメになったようだ。

ホブゴブリンは黒い靄になって消滅し、あとには――

「あっ、『宝箱』が出ましたね。ラッキー♪」

小太刀さんが声を躍《おど》らせる。

倒されたホブゴブリンがいた場所には、少し大きめの魔石に加えて、「宝箱」が出現していた。

＊＊＊

現れた「宝箱」は、海賊モノのファンタジー映画で見るような、赤地の箱に金縁《きんぶち》補強《ほきょう》がされたデザインのものだった。

大きさは、抱えるのも困難なほど。

「宝箱」はモンスターを倒したときに稀《まれ》にドロップするのだという。

中には武器や防具、消費アイテムなどのダンジョン産アイテムが入っているらしい。

だが宝箱には「罠《トラップ》」が仕掛けられているケースもあるとのこと。

それに対応するスキルがない場合には、かなり厄介なことになることもあるとか。

俺がその旨の言及をすると、小太刀さんはえへんと胸を張る。

「ふっふーん♪　実は私が、そのスキルを持ってるんだな」

小太刀さんはそう言って、箱に向かって手をかざし、こう唱えた。

「【トラップ探知】！」

すると宝箱が、ボウッと赤い光を放った。

それを見た小太刀さんは、「ふむふむ」とうなずく。

「しっかりトラップがあるみたいですね。種類は『クロスボウボルト』。開けようとすると中から矢が飛んできてダメージを受けるやつです」

「トラップの種類まで分かるんですか？　俺には赤く光っただけに見えましたけど」

「うん。その辺はスキルの使用者にしか分からないみたいです。ま、何であれ関係ないんですけどね――【トラップ解除】！」

今度は宝箱が緑色の光を放ち、次にカチャッと音がして、光がやんだ。

小太刀さんは「これでよし」とつぶやくと、無造作に宝箱のふたを開く。

小太刀さんが「おっ」と言って宝箱の中から取り出したのは、鞘《さや》に収まった一振りの中型剣だった。

宝箱自体は、剣を取り出したら黒い靄になって消滅してしまう。

小太刀さんは剣を鞘から引き抜いて、俺に見せてきた。

「これ、『ブロードソード』ですね。たしか武具店で3万円ぐらいしたと思うので、結構なお宝ですよ。私は短剣二刀流に慣れちゃったのであれですけど、六槍さん使ってみます？」

「えっ、いいんですか？」

「チッチッチッ、六槍さんにあげるとは言ってません。報酬の分配はダンジョンを出てからまた考えましょう。でも一時的な戦力アップになるんだとしたら、今はそれも一手かなって」

「なるほど。しかし、うーん……」

俺も槍に慣れちゃったんだよな。将来的にも槍スキルを伸ばしていく予定だから、槍の扱いに習熟しておいた方が得策だし。

それに、もう一つ。

「今から第三層に行くのに、使い慣れてない武器を使うのも、ちょっと不安なんですよね」

「今から……？　ああ、六槍さん、今のでレベルアップしました？」

「です。ホブゴブリンの経験値、なかなかですね。14ポイントか」

俺は自分のステータスボードを操作しながら、戦果《せんか》を確認する。

ホブゴブリンを倒して経験値を獲得したところで、レベルが3から4にアップしていた。

スキル修得画面に飛んで、迷うことなく【MPアップ（魔力×4）】を修得する。

第二層で戦ってみて、いま最も必要なのは【アースヒール】のためのMPプールだと実感したのだ。

4レベルになった俺のステータスはこんな感じだ。

六槍大地
レベル：4（+1）　経験値：72／130
HP：40／40（+13）　MP：24／36（+12）
筋力：9　耐久力：10（+1）　敏捷力：8（+1）　魔力：9（+1）
スキル：【アースヒール】【マッピング】【HPアップ（耐久力×4）】（new!）
【MPアップ（魔力×4）】（new!）
残りスキルポイント：0

増分は、前回レベルアップでステータスを確認した時と比べてのもの。

HPやMPは、スキル修得の効果もあって大幅に伸びているな。

俺も1レベルの時と比べれば、だいぶ強くなった感じはするが――

「そういえば、小太刀さんのステータスって、どんな感じなんです？」

「え、六槍さん、乙女《おとめ》のステータスを見たがるんですか？」

ドン引きした様子で自分の体を抱いて、身を引く仕草を見せる小太刀さん。

えっ、何それ知らない。ステータスってそういうものなの？

俺が下手を打ったかと恐々としていると、小太刀さんが警戒の素振りを解いて「えへっ」と笑う。

「という冗談は置いといて」

「冗談だったんですか。ヤバいこと言ったかと思って心臓バクバクでしたよ」

「あはは、すみません。でもやりこめられてばかりだったので、少しやってやった感あります」

そう言ってぺろっと舌を出す小太刀さんである。

いいように弄《もてあそ》ばれている気がするのはこっちなんだけどなぁ。

「でも実際、ステータスはセンシティブなものなので、あまりみだりに聞いたりしない風潮《ふうちょう》はあるみたいですね。人に『給料いくら？』って聞くと失礼になるのと同じで」

「そうなんですか。すみません、知りませんでした」

「いいですいいです、六槍さんなら全然教えます。それにパーティメンバーなら秘密主義も良くないですし――【ステータスオープン】」

小太刀さんはそう言って、自分のステータスを開いて俺に見せてくれた。

＊＊＊

「私の大切なステータス……六槍さんだから見せるんですよ？」

「あの、恥じらう仕草を見せながらそういうこと言うの、やめてください」

「ぴえんっ。六槍さんが冷たい」

俺をからかってくる小太刀さんに、冷たい目を向けておく。だってそうしないと勘違いしてしまうんだもの。

さておき、他人のステータスボードも本人が開いてくれれば見られるんだなということを思いつつ、俺は小太刀さんのステータスを確認してみた。

小太刀風音
レベル：9　経験値：960／1315
HP：40／40　MP：33／33
筋力：11　耐久力：10　敏捷力：18　魔力：11
スキル：【短剣攻撃力アップ（+2）】【マッピング】【二刀流】【気配察知】
【トラップ探知】【トラップ解除】【ウィンドスラッシュ】【アイテムボックス】

【HPアップ（耐久力×4）】
残りスキルポイント：0

……強いな、おい。

いや、9レベルなんだから当たり前といえば当たり前だが、それにしたって敏捷力18ってとんでもない。道理で動きが恐ろしく速いわけだ。

それに加えて、短剣、二刀流、気配察知、トラップ対応系——なんというか、ファンタジーで言うところのスカウトとかシーフとか、そんな感じだな。

そう思っていると、小太刀さんがにこっと微笑んだ。

「私が見せたんだから、六槍さんも見せてくれますよね？」

「え、ええ、まあ……どうぞ」

俺も自分のステータスを開いて小太刀さんに見せてやる。

すぐ横から覗《のぞ》き込《こ》んでくる小太刀さんの顔が近いし吐息が当たるヤバい。

「ふぅん……なるほど、こんな感じなんだ。なんか『男の子』って感じのステータスですね」

「何ですかそれ」

「だってほら、レベル差があるのに耐久力とか私と一緒じゃないですか」

「そういうの、性別の差があるんですか？」

「いえ、ないと思います」

「ないんじゃん」

「えへへーっ」

笑ってごまかす小太刀さん。クッソかわいいなおい。

と、そんなコントはさておき。この場には今、もう一つ問題があった。

「そのブロードソード、どうしましょう？　捨てるのはもったいないけど、持っていくと荷物になりますよね」

俺は小太刀さんが手にしている剣を指さして、そう聞いてみた。

せっかくのお宝だが、手に持っていると片手がふさがってしまって戦闘で不利になるし。

紐《ひも》か何かがあれば、背中にでも括《くく》りつけられるのだが……。

一方、それを聞いた小太刀さんは、「ふっふっふ」と笑って得意顔になる。

「六槍さんは宝箱のアイテムを手に入れたのは初めてなんですね。分かりますよ、私も通った道です。一時期はそれで困って、家から自前のナップサックを持ってきていましたからね。でもでも、今はこれがあるのです――じゃじゃーん、【アイテムボックス】！」

小太刀さんが地面に向かって手をかざすと、地面にドンと、光り輝く大きな箱が現れた。

さっきの「宝箱」と似ているが、衣装ケースほどの大きさで、デザインも違う。

小太刀さんは箱のふたを開けると、ブロードソードを鞘ごと箱の中に入れる。

すると剣が入るような高さはなかったのに、箱の中にするすると入っていってしまった。

剣が完全に呑《の》み込《こ》まれてから小太刀さんがふたを閉めると、箱は再び光り輝いてどこかに消え去ってしまった。

「今のは【アイテムボックス】というスキルの効果です。好きなものを入れておくことができて、それを好きなときに取り出せる、四●元ポケットみたいなやつですね。容量に限りはあるんですけど、便利ですよ」

「へぇー……」

またいろんなスキルがあるもんだな。

俺の修得可能スキルのリストにはなかったので、ちょっと羨《うらや》ましい。

しかし俺の【アースヒール】が「当たり」とか言ってたけど、小太刀さんだって【二刀流】【トラップ探知】【トラップ解除】【アイテムボックス】と、俺のリストにないお役立ちスキルがてんこ盛りだ。

戦力としても探索サポート役としても、この人が仲間にいてくれると非常に助かるのは間違いないだろう。

そんな小太刀さんが、キリッとしたいい顔を見せて、洞窟の前方を見据える。

「さてと――それじゃあ六槍さん。これから第三層に行くってことでいいですか？」

「はい。行きましょう、風音お姉ちゃん」

「うわぁあああっ！　だからもうそれ、やめてくださいってばぁっ！」

キリッとしたいい顔の小太刀さんは、羞恥《しゅうち》で頬を染めた涙目の残念女子に一瞬で変貌《へんぼう》した。かわいいなぁもう。

＊＊＊

第三層へと続く階段には、すぐにたどり着いた。

こうなることを予想して、小太刀さんは階段近辺で探索していたのだ。

二人で下層への階段を下りていく。

第二層に下りたときと同じような形状の螺旋階段をぐるりぐるりと下りて、やがて第三層へとたどり着いた。

第三層の景色は、相変わらず第一層、第二層と代わり映えしないものだ。

でも小太刀さんがまとう気配が、少し変わった。

「ここからは私も本気でやりますので。経験値配分をあまり意識できなくなると思いますけど、ご容赦《ようしゃ》を」

「了解です」

二人で第三層を進んでいく。

その途中、小太刀さんが腕時計《うでどけい》をちらりと見る。

「そろそろ五時ですね。六槍さんは午前中もダンジョンに潜っていたみたいですけど、どうします？　帰り道もありますし、軽く一時間ぐらい探索して上がりにしましょうか？」

「俺は遅くまででも行けますよ。ＭＰもだいぶ残ってますし、小太刀さんが都合悪くなければ、行けるところまで行ってみたい感じです」

「なら二人で行けるところまで行っちゃいましょうか。『ふっ、今夜は帰さないぜ』なーんちゃって」

「…………」

「だ、黙らないでくださいよ！　気まずいじゃないですかぁ！」

いや、だってさぁ……。

誘ってるの？　天然なの？　いたいけな男子の心を弄ぶのが趣味なの？

小悪魔風音お姉ちゃんを頑張ってスルーしつつ、俺は彼女と並んでダンジョンを進んでいく。

するとしばらくして、小太刀さんが反応した。

「六槍さん、モンスターです。三体」

ほどなくして、行く手の先から三体のモンスターが姿を現す。

しかし小太刀さんの【気配察知】、モンスターの気配に一足早く気付くは気付くんだけど、本当に一足なんだよな。

よっぽど絶妙なシチュエーションでもないと、奇襲を仕掛けるようなタイミングは取れない感じ。それでもスキルがないよりは全然いいけど。

現れたモンスターは、ホブゴブリンが一体と、ゴブリンが二体。

さすがは第三層、モンスターの編成がエグい。

さすがの小太刀さんでも、これをまとめて一人で相手にするのは大変だろう。

三体は洞窟の通路を、こちらに向かって駆けてくる。

ゴブリン二体が先に来て、ホブゴブリンがその後ろからだ。

俺はいつものように槍と盾を構え、迎え撃つ姿勢を取る。

だが小太刀さんは少し違った。

二本の短剣を構えた小太刀さんの体が、淡い緑色の光をわずかに発したかと思うと、次の瞬間――

「【ウィンドスラッシュ】！」

小太刀さんの凛とした声とともに、突き出した右の短剣の先から、緑色に光る三日月状の斬撃が高速で発射された。

それは前を走ってきたゴブリンを無視して、後ろのホブゴブリンに直撃する。

魔法によって胸部を深く切り裂かれたホブゴブリンは、苦悶《くもん》の叫びをあげた。

だが前を走っていた二体のゴブリンは、それを意に介した様子もなくこちらに向かってくる。

「――はぁあああっ！」

小太刀さんが駆け出して、ゴブリンのうち一体に、二本の短剣で斬りつけた。

そのゴブリンは、一瞬にして黒い靄となって消滅する。

ヒューッ。本気の小太刀さん怖いわ。

距離があるうちに魔法で一撃を加えて、彼我《ひが》の距離が近付いたら近接戦闘でさらに攻撃を仕掛ける。俺が【ロックバレット】を使ってやろうとしていたのと同じ戦術だな。

一方の俺も、ぽかんと見ているだけではない。

小太刀さんより少し遅れて、もう一体のゴブリンに向かって駆け出し、槍を突き出した。

攻撃は命中。だが一撃では倒せない。

槍を引き抜くと、そのゴブリンはいきり立って反撃してきた。

俺は、盾と槍を駆使してそれに応戦。

数秒の攻防の後、どうにか無傷のままに、そのゴブリンを倒すことに成功した。

一息ついて小太刀さんのほうを見ると、向こうもちょうどもう一体、ホブゴブリンを撃《げき》墜《つい》したところのようだった。

地面に落ちた三個の魔石を、二人で拾う。

その後、小太刀さんが俺のほうに向かって右手を上げて見せてきたので、俺はためらいつつも自分の手をパチンと合わせた。いわゆるハイタッチというやつだ。

「イエーイ！　六槍さん、ナイス援護です。おかげで楽に倒せました。第三層、全然イケますよこれ」

「い、いえーい……」

小太刀さんは嬉しそうだ。すごくテンションが上がって高揚しているように見える。

ちなみに俺はというと、小太刀さんと手を合わせたことにアホほどドキドキしていた。

静まれ、俺の中の青少年。

「あ、あれ……？　ひょっとして、私一人で盛り上がっちゃってます？　六槍さんとパーティ戦闘がうまくできたのが嬉しくて、つい」

「い、いえ。俺も別の意味で盛り上がって……いや、何でもないです」

「……？」

不思議そうに小首を傾《かし》げる小太刀さんだった。

＊＊＊

その後も俺たちは、第三層の探索を順調に続けていった。

第三層のモンスター編成は確かにエグい。

ホブゴブリン二体だの、ゴブリン四体だの、おおむね第二層の二倍に相当する敵戦力と遭遇する。

それに加えて「ゴブリンアーチャー」とかいう、射撃攻撃をしてくる初出モンスターまで混ざってくる。

そりゃあさすがの小太刀さんだって、ソロで攻略するのは厳しかろうという難易度だ。

だがそれも、小太刀さん一人であればの話。

低レベルであるにせよ二人目の探索者《シーカー》がいるとなれば、戦力バランスは大きく動く。

戦い方としては、本気になった小太刀さんがアタッカーとして大暴れして、俺がそれをサポートする感じだ。

結果、過半数の戦闘をノーダメージで完封したし、たまにどちらかが怪我《けが》をしたときも【アースヒール】であっさり全快できる。

ちなみにソロで探索していたときは、小太刀さんは大きなダメージを負うたびに一本3000円の「HPポーション」を使い捨てにせざるを得なかったらしい。

それじゃあ赤字にもなるだろう。

なのでこれまでは、余裕を持って戦える第二層で、地道にレベル上げに励《はげ》むしかなかったのだという。

結局この日、俺たちは夜の十時過ぎまで、どっぷりダンジョン探索をすることになった。

ダンジョンを出て久しぶりの外気に触れた小太刀さんは、月明かりが照らす暗い夜の草地で、うんと大きく伸びをする。

「んんっ……！　疲れたぁ～！　今日はお疲れ様です、六槍さん。本当に助かりました」

「小太刀さんもお疲れ様です。こっちこそ小太刀さんにおんぶに抱っこで申し訳ない」

「何をおっしゃるウサギさん。痒《かゆ》いところに手が届くフォローといい、いざというときの【アースヒール】といい、最高だったじゃないですか。私はもう六槍さんなしじゃ生きていけない体になっちゃいました。責任取ってください」

「はいはい、姫の仰《おお》せのままに。どこまでもお供しますよ」

お互い軽口を言い合っているのだが、どこまで本気なのか自分でもよく分からない。

小太刀さんもハイテンションのままにノリで言っているだけだろう。

「あと私ばっかり経験値を取ってしまってすみません。なるべく六槍さんにもトドメを回したかったんですけど、なかなかそうもいかなくて」

「いえ、そこはレベル差があるんで仕方ないですよ。それでも5レベルには上がりました」

第三層の探索で、俺のレベルは4から5に上がっていた。

ステータスはこんな感じだ。

六槍大地
レベル：5（+1）　経験値：143／220
HP：44／44（+4）　MP：12／36
筋力：10（+1）　耐久力：11（+1）　敏捷力：9（+1）　魔力：9
スキル：【アースヒール】【マッピング】【HPアップ（耐久力×4）】
【MPアップ（魔力×4）】【槍攻撃力アップ（+2）】（new!）
残りスキルポイント：0

スキルは念願の（?）【槍攻撃力アップ（＋2）】を修得。

その影響か、帰り道で遭遇したコボルドは、初めて一撃で倒すことができた。

ちなみに修得可能スキルリストには、新しく【槍攻撃力アップ（＋4）】が出現していた。

その後俺たちは、二十四時間営業のダンジョン総合案内に行って、換金窓口で獲得した魔石の精算を行った。

やがて魔石の買い取り伝票とともに、二人分の現金がそれぞれに渡される。

俺が渡された伝票には、このような内容が記載されていた。

コボルド……単価400円、個数6
ゴブリン……単価600円、個数18
ゴブリンアーチャー……単価700円、個数7
ホブゴブリン……単価1000円、個数7
小計……2万5100円
パーティ按分《あんぶん》（50%）……1万2550円
源泉税額（10%）……1255円
差引支払金額……1万1295円

……驚いた。

パーティ二人で頭割りした上で、一人分の手取りが1万1000円以上。

午前中の2880円と比べると、四倍近い金額だ。

午後にダンジョンに潜っていた時間が、ざっと七、八時間ぐらいなので、手取り時給およそ1500円。これはかなり人権を得た気がするぞ。

いや、命懸けの仕事の報酬としてこれで満足するのもどうなんだという気もするが、午前が午前だっただけに落差が激しい。

ちなみに大手飲食チェーン店でバイトしている俺の時給は1110円（額面）だ。

その前に勤めていたブラックな就職先は、いろいろあって時給換算の実質額面賃金は1000円を余裕で下回っていたと思う。

一方で小太刀さんも、伝票と現金を見て、にへらっと締まらない笑みを浮かべていた。

彼女は俺の視線に気付くと、喜色満面《きしょくまんめん》で訴えかけてくる。

「六槍さん、ヤバいですよ。これでポーション経費ゼロですよ？　ヤバいです。これは人権ですよ人権」

同じこと言ってるし。

だがそれだけではなく、小太刀さんはさらに、にひーっと笑いかけてくる。

「し、か、も。今回はこれだけじゃないんですよ。覚えてますか、六槍さん？」

「覚えてるって、何がです？」

「ふっふっふ。私の【アイテムボックス】には、何が入っているでしょーか！」

【アイテムボックス】？　あー、第二層でホブゴブリンを倒したときに手に入れた『ブロードソード』か。え、あれが売れるってことですか？」

「もっちろーん♪　でも武具店はこの時間には閉まっているので、それは明日のお楽しみですね」

ちなみに俺は今日の探索中に、明日も小太刀さんとパーティを組んで探索することを約束していた。

明後日《あさって》からは五連チャンでバイトが入っているのだが、明日はまだ休みだ。

実質、休日まで労働していることになるのだが、ダンジョン探索は別腹というか楽しいのでアリというか。体力面はヤバくなってきたら考えようと思っている。

なお、俺はバイトを辞めて、小太刀さんと同じように探索者《シーカー》一本でやっていく方向へと気持ちが傾きつつあった。

少なくとも食っていけるだけの稼ぎは得られそうだしな。

と、そこで小太刀さんがお腹を押さえる。

ぎゅるるるーっと空腹の音が鳴った。

「ううっ……六槍さん、お腹減ってませんか？　私もう腹ペコで」

「そうですね。じゃあ今日は解散にしますか」

「あ、いや、その、せっかくなので晩御飯もどこかへ一緒に食べに行かないかなーと思ったんですけど。ご迷惑でなければ、ですけど」

「えっ、行きます。ご迷惑でないです」

俺は即答した。

＊＊＊

「それでは、初めてのパーティ探索の大成功を祝して、かんぱーい！」

「か、かんぱーい……」

小太刀さんと俺、二人のビールのジョッキが打ち合わされる。

二人掛けのテーブルには、パスタやチキンソテー、フライドポテトやサラダなどの料理が次々と運ばれてきていた。

ここは駅前の繁華街《はんかがい》にあるファミリーレストラン。

ダンジョン探索を終えた後、小太刀さんと二人で自転車を漕いでやってきたのだ。

「んぐっ、んぐっ、んぐっ……ぷはぁああああっ！　やっぱこれですよね～。仕事終わりの一杯は格別です。——ほら、六槍さんも飲んで飲んで」

「いや、あの、俺まだ二十歳になってないんですけど……」

「あーっ、そういえばそうでしたっけ。でも大丈夫ですって。来年には二十歳なんだからイケるイケる。ほら、ぐーっと」

「はあ……」

その理屈はどうなんだと思いつつも、小太刀さんに勧められて飲まないのも気が引ける。

ちなみに問答無用で生《なま》を二つ頼んだのは小太刀さんである。

俺は一口、ジョッキのビールを口に含んで飲んでみる。

苦いけど、胃に落ちていく冷たい清涼感は、疲れた体に染みわたる感じはした。

一方の小太刀さんは、店員さんにビールの追加を頼みつつ、食事に手を付けていく。

「六槍さんも、すきっ腹にお酒だけ入れるとまずいですから食べて食べて」

「い、いただきます」

小太刀さんのこのノリは何なのか。

年下の面倒を見るお姉さんとか、なんかそういうテンションだ。

俺もそれに押されている。

なんだか小太刀さんの顔をまともに見れずに、うつむきながら食事をとっていた。

ちらりと視線を小太刀さんに向ければ、何とも幸せそうな表情で顔を赤らめながら、ビールや食事を口に運んでいる。

ダンジョン探索中は彼女との間合いをつかんだような気がしていたが、ダンジョンを出るとなんかダメだ。

「でも六槍さん、今日は本当に楽しかったです。私、こうやって誰かと一緒の時間って、久しぶりなんですよ。最近ずっと一人だったから」

「……そうなんですか?」

「そうなんです。私、おばあちゃんっ子でね。両親が事故で亡くなってからは、おばあちゃんと二人で暮らしていたんですけど、そのおばあちゃんも最近病気で死んじゃって」

なんか突然、重たい話が来たぞ。

俺が口を挟みかねているのも構わず、小太刀さんは自分語りを進めていく。

「それからなーんか、ぽっかり胸に穴が開いたみたいになっちゃって。なんか全部どうでもよくなって仕事もやめてしまって。そしたらある日突然、探索者《シーカー》になって。破れかぶれっていうか、自暴自棄っていうか、身を投げるみたいな気分でダンジョンに潜って」

「…………」

「ダンジョンの報酬に人権がなかったのが、逆に良かったのかな。命懸けの仕事で最低賃金以下の収入ってウケますよね。でもそれでムキになって、おうおうやっちゃるわいみたいになって。――で、今日初めて同い年ぐらいの探索者《シーカー》に出会って、声をかけちゃったんです。独りが寂《さみ》しかったんですよ」

お酒で顔を赤らめた小太刀さんの舌はよく回る。

もともとよくしゃべる人だと思っていたけど、これはもうなんか、彼女の中にあった「誰かにしゃべりたかったこと」が堰《せき》を切《き》ってあふれ出した感じだ。

「でも今日は本当、久しぶりに楽しかったなぁ。生きてるって感じがした。六槍さんって、いい人ですよね。優しくて謙虚で気遣いさんで」

「ど、どうも……」

これはいわゆる「くだを巻かれている」という状態なのだろうか？

俺は一向に構わないのだけど、この人は大丈夫なんだろうか。

気が付けば小太刀さんの前には三つ目の空きジョッキが並んでいるのだが。

さらに店員さんが次の一杯を持ってきて、空いたジョッキを下げていく。

ちなみに俺のジョッキはまだ最初の一杯目が半分も減っていない。

「あ、あの、小太刀さん。大丈夫ですか……？」

「……？　大丈夫って、何がれすか？　おばあちゃんが死んじゃって寂しくないかって、そういうことれすか？　それならいじょうぶれす。今のわらひには、六槍さんがいますから。えへーっ」

いつの間にか、見事に呂律《ろれつ》が回らなくなっているんですが。

あの飲みっぷりは酒に強いからやってたんじゃないの？

「いや、そうじゃなくて……」

「なんれすか？　まさか六槍さんは、わらひのこと捨てるんれすか？　ぐすっ……さっきは責任取ってくれるって言ったじゃないれすかぁ！」

「えぇーっ……」

待って待って、いろいろおかしい。

誰か彼女の保護者は……いない。しいて言うなら、俺しかいない。

その後も小太刀さんの勢いは止まらず――

やがて俺の前で、テーブルに突っ伏して眠りこけてしまった。

……無防備すぎんだろ。

なんで俺、こんなに信用されてるの？　俺が悪い狼《おおかみ》さんだったらどうする気だよ。

いろいろツッコミがやまない状況ではあったが、寝てしまったものはしょうがない。

ゆすってもムニャムニャ言うばかりで起きる気配を見せない。

……どうしよう、この人。

俺もまた、初めてビールを飲んだせいもあってか、頭がふわふわして思考が回らない状態だった。

どうしていいか分からなくなった俺は――

第二章

――チュン、チュンチュン。

家の外から、小鳥の鳴き声が聞こえてくる。

「うんっ……」

床で毛布に包《くる》まった俺は、ぶるりと震える。

初夏の暖かくなってきた時季とはいえ、まだ寒い日もある。

そんな日には、こうして床に毛布一枚で寝るのは少々厳しい。

「ん……？」

寝ぼけた頭が鮮明になってくる。

そもそもどうして俺は、床に毛布一枚で寝ているんだ？

「うぅん……」

そのとき俺のベッドのほうから、悩ましげな女性の声が聞こえてきた。

俺はそれで、びくりと震え上がる。

おそるおそるベッドを見る。

そこには俺がいつも寝ている布団に包まり、安らかな寝息を立てている若い女性の姿があった。

冷や汗が止まらない。

どうして小太刀《こだち》さんが、俺の家の俺のベッドで寝ているんだ。

「ムニャムニャ……もう、六槍《むそう》さん……それを入れるのは、ここですってばぁ……」

小太刀さんの寝言攻撃。

俺の混乱は止まらない。いったいどんな夢を見ているんだ。

……いや、落ち着け。

小太刀さんはしっかり服を着たまま寝ているし、俺は床で寝ていた。

何も間違いは起こってないはずだ。

思い出せ。昨日の夜、何があった？

打ち上げ、ファミリーレストラン、並んでいくビールのジョッキ、酔いつぶれて寝てしまった小太刀さん——そうだ、思い出した！

どうしていいか分からなくなった俺は、タクシーで俺の家まで小太刀さんを運んで、彼女を自分のベッドに寝かせたのだ。

タクシーの運転手に疑いの目で見られたのをうっすら覚えている。

てことは二人の自転車、ファミレスに置いたまんまじゃん——とか、問題はそこじゃない。

どうして俺は、自宅に運んだのか。

まだファミレスで一晩明かしたほうが健全だったんじゃないかとか……。

「んっ……ふわぁあああっ……。……あれ、ここどこ……？」

小太刀さんが起きた。上半身を起こし、寝《ね》ぼけ眼《まなこ》で周囲を見回す。

衣服がはだけて見えた首元から肩にかけてが、妙に艶《なま》めかしい。

俺と小太刀さんの目が合った。

小太刀さんは、かわいらしく小首を傾《かし》げる。

「あれ……？　おはようございます、六槍さん……？」

「お、おはようございます、小太刀さん」

小太刀さんはまだ寝ぼけた様子で、ぐるりと部屋中を見回す。

やがてその目がはっきりと見開かれていき、ぱちくりと何度もまばたきをした。

その表情が、徐々に青ざめていく。

「え……あの、六槍さん……？　こ、ここは……？」

「落ち着いて聞いてください、小太刀さん。まず、ここは俺の自宅です」

「ふぇっ……？　――えぇえぇええーっ!?」

「だから、落ち着いて聞いてくださいってば！」

顔を真《ま》っ赤《か》にして絶叫する小太刀さんが冷静さを取り戻すには、数分の時間を要することになった。

＊＊＊

「……面目次第もございません」

「いえ、こちらこそ。もっと気の利いたやり方があったのではないかと……」

肩身を狭くして恐縮する小太刀さんに、俺もまた反省の言葉を述べる。

朝食の席。狭いワンルームでちゃぶ台を挟み、俺は小太刀さんと二人で食事をしていた。

朝食といっても、トーストとハムエッグとトマト、インスタントのコーンスープぐらいのものだが。

ひとまず話は理解してくれた小太刀さん。

俺に何もやましいところがないと納得すると、今度は自己嫌悪に陥《おちい》ったようだ。

「六槍さんが優しすぎて、自分がダメすぎて、鬱《うつ》になる……。人間の屑《くず》でごめんなさい……」

「いや、俺はいいんですけどね。不用心ですよ。世の中には悪い男だっているんですから」

「あ、でもでも、それは六槍さんの人柄を見てですよ？　誰彼構わず気を許したりはしません。そこは大丈夫です」

「……つまり反省してないと」

「ぴえんっ！　反省してます！　本当にすみませんでした！」

ほとんど土下座のようにして、深々と頭を下げてくる小太刀さん。

いや、いいんだけどさぁ……。

俺は大丈夫だと思ってるんなら、その人を見る目、全然あてにならないからね？

「まあ今回の件は、後々しっかり反省してもらうとして。今日はこのあと、二人でダンジョンに向かうでいいですか？　ファミレスに止めっぱなしの自転車は回収しつつですけど」

「あー、えっと……すみませんけど一度、家に帰る時間をいただけると。さすがに身だしなみが……。お風呂にも入りたいですし」

「分かりました。じゃあ一度解散して、十一時ぐらいでいいですかね。ダンジョン前に再集合ってことで」

「了解です！」

びしっと敬礼してくる小太刀さん。

最初は美人のお姉さんキャラだったのに、すっかり三枚目キャラが板についてきたなぁ。

＊＊＊

俺と小太刀さんはそれぞれに準備を終えてから、予定した時刻にダンジョン前の河原で合流した。

預かり所で二人分の装備類を回収しつつ、まずは武具店に向かう。

昨日手に入れた「ブロードソード」を売却するためだ。

「武具はだいたい、店に並んでいる値段の半値ぐらいで買い取ってくれる感じですね。『ブロードソード』はたしか店売り価格3万円ぐらいだったと思うので、売却価格は期待できると思いますよ」

武具店に向かう道すがら、小太刀さんがそう教えてくれる。

それは確かに、追加収入としては相当魅力的な額だ。

――だが世の中、良いことばかりではない。

この日の屈辱《くつじょく》の出来事は、俺の記憶にずっと残り続けることになる。

といっても、それは武器の売却とは関係ない。

起こったのは、こんな一幕だった。

俺たちが武具店の前までたどり着いたときのことだ。

店の中から、一人のガラの悪い男が出てきた。

歳《とし》は二十代後半ぐらいだろうか。

男は鎖《くさり》かたびらを身に着け、背には盾をくくり付け、腰には剣を提げていた。

そいつの姿を見て、小太刀さんが「あっ」とつぶやいてうつむく。

一方の男は、小太刀さんを見てニヤリと笑った。

「おやぁ～？　どこかで見た顔だなぁ～。――あ、そうだ。一週間ぐらい前に探索者《シーカー》始めたって言ってた女だ。俺がせっかく善意で誘ってやったのに袖《そで》にされたから覚えてるわ」

「……どうも」

小太刀さんはうつむきながら、男の横を通って武具店に入っていこうとする。

だが男は「待てよ」と言って、小太刀さんの腕をつかんで引き留めた。

「やっ……」

「なあお前。この間は『私はソロでやりますので。パーティを組むつもりはないです』って言って、先輩探索者《シーカー》である俺の誘いを断ったよなぁ？　手取り足取り探索者《シーカー》のことを教えてやるって、親切心で言ってやったのによ。なのにそっちの男は何だよ、ああ？」

「は、離してください……！」

「何だよその態度。嘘《うそ》つきは良くねぇって話してるだけだろ。そうだよなあ？　親切心で声をかけてやった先輩に嘘をついたのは誰だ？　悪いと思わねぇのか？」

「そ、それは……気が変わったんです。離してください……！」

小太刀さんはつかまれた腕をどうにか引きはがそうとするが、男の力が強いのかそれが叶《かな》わないようだった。

背景事情はよく分からない。

だが俺は、目の前の男が不快で仕方がなかった。

だから俺は、特に考えもなしに男に噛《か》みついた。

「あの。先輩探索者《シーカー》だか何だか知らないですけど、彼女、嫌がってるじゃないですか。話があるなら、せめてその手を離したらどうですか？」

「……あぁん？」

男の注意が俺に向いた。

男は小太刀さんを突き飛ばすと、俺に向かってガンをつけながら歩み寄ってくる。

「おう、テメェも見ねぇ顔だな。新人か？」

「だから何です？　人としての礼節の話なら、新人もベテランも関係ないと思いますが」

「チッ、テメェも先輩に対する態度がなってねぇな」

「ぐっ……！」

男はいきなり俺の首根っこをつかみ、片手で俺の体を持ち上げてきた。

動きが速すぎて、まるで反応できなかった。

それにすごい力だ。俺の足が地面から離れ、宙をかく。

男の握力で首が絞《し》めつけられ、苦しくなる。

と言っても本気で絞め殺すつもりはないらしく、ただ俺を苦しめることだけが目的のような絞めつけ方だったが。

「あ、ぐっ……！　くそっ……は、離せ……！」

「六槍さん……！　や、やめてください！　六槍さんが何をしたって言うんですか！」

「ああ？　女ぁ、テメェともども先輩への態度がなってねぇから、新人教育してやろうって話だろうが。——おっ」

俺は思わず、男の胴を蹴りつけていた。

だがまるで効いた様子はない。赤ん坊が大人を蹴りつけているような、そんな無力感。

男はゲラゲラと笑い始める。

「ヒャハハハハハッ！　何だよそれ、攻撃のつもりか？　お前レベルいくつだよ？」

「レベル5、だよ……！　だから何だ……離せっ……！」

「レベル5！　クソ雑魚《ざこ》じゃねぇか！　それで25レベルの俺に逆らうとか、マジウケるわ。——いっぺん死んどくか？」

「あ、がっ……かはっ……！」

さらにギリギリと、首が絞めつけられる。命に別状がない程度に苦しめてくる。

今、俺の右手には槍がある。

もう、これで突き刺してやろうかと思ったとき——

「い、いい加減にしてください！　それ以上続けるつもりなら……！」

小太刀さんが腰の鞘《さや》から二振りの短剣を引き抜き、両手に構えて男を威嚇《いかく》した。

それを見た男の口元が吊《つ》り上《あ》がる。

「おいおい、探索者《シーカー》が探索者《シーカー》に武器を向けるのか？　こりゃあ許されねぇな。キツいお仕置きをして、体に覚えさせてやらねぇと」

男は俺を、ゴミのように放り捨てる。

俺の体は大きく宙を舞い、地面に転がった。

「がっ……！　げほっ、げほっ……！」

何なんだ、何なんだこの男は……！

俺がどうにか起き上がったときには、小太刀さんが再び男に捕まっていた。

小太刀さんは短剣を持った両手を、男の両手でつかまれ、そのまま男に押し倒されている。

あの小太刀さんが、まるで赤子の手を捻《ひね》るように組み伏せられるなんて。

「くっ……！　や、やめっ……！」

「ヒヒヒッ。人に武器を向けた女探索者《シーカー》には、キツ～イお仕置きが必要だよなぁ？」

男が舌を出し、小太刀さんの首筋に這《は》わせようとする。

小太刀さんはもがき、敵《かな》わないと知るとギュッと目をつむり――

俺が盾を前に構えて、男にシールドタックルを仕掛けようとしたときだった。

「……おい新田《にった》。テメェ、俺の店の前で何やってんだ」

ドスの利いた低い声が、武具店の入り口のほうから聞こえてきた。

その声を聞いて、小太刀さんを襲っていた男はビクッと震え上がる。

「お、大迫《おおさこ》さん……！　いや、これはこいつらの態度がなってねぇから、先輩探索者《シーカー》として教育してやろうと……」

男は小太刀さんを押さえ込んだまま、しどろもどろに言い訳をする。

武具店から出てきたのは、あの強面《こわもて》スキンヘッドの店長だった。

だがいつものフレンドリーな様子はなく、静かな怒りの表情を浮かべている。

その圧倒的な存在感に、男は完全にビビっていた。

スキンヘッド店長は、男を睨《にら》みつけて吐き捨てる。

「うるせぇ。いいから小太刀ちゃんを放して消えろ。殺すぞ」

「ヒッ、ヒィッ……！」

男は慌てて小太刀さんを解放すると、ほうほうの体《てい》で逃げ去っていった。

スキンヘッド店長は「まったく……」と言って、ため息をつく。

店長は一転して優しげな表情を浮かべると、小太刀さんと俺に声をかけてくる。

「大丈夫か、二人とも。何があった？」

ひとまず助かったようだ。

俺は小太刀さんと顔を見合わせて、ホッと息をついた。

＊＊＊

武具店に入って、スキンヘッド店長こと大迫さんに、外で起こった出来事を説明した。

この大迫さん、昔は凄腕《すごうで》の探索者《シーカー》だったらしい。

あの新田という男よりもはるかに高レベルなのだとか。

今も実力は健在なのだが、ダンジョンに潜《もぐ》ることは滅多《めった》になく、ここで武具店を経営しているのだという。

探索者《シーカー》同士で揉《も》め事《ごと》が起こったときの調停役としても期待されているらしい。

ひと通り話を聞き終えた大迫さんは、こう感想を漏らした。

「ふむ、なるほどな。新田の野郎、前々から素行があまりよくないとは思っていたが、今回のは極《きわ》めつきだな。新人イビリって時点でどうしようもねぇが、実際にやったことはそれすら軽く超えてんだろ」

「あの……私たちの言い分を、一方的に信じてくれるんですか？」

小太刀さんがおずおずと聞くと、大迫さんはニッと笑う。

「そりゃあな。あいつとお前さんたちとじゃ、普段の印象が違う。それもやつの自業自得ってわけよ。それに加えてさっきの状況だ。差し当たって疑う余地はないな」

「あ、ありがとうございます！」

「なに、礼を言われるようなことじゃねぇ。俺は客を選ぶタイプの武器屋のオヤジなのさ」

そう言って、歯をキラリと光らせるスキンヘッド店長。

格好いい。惚《ほ》れる。

小太刀さんの話によると、あの新田という男とは、小太刀さんがダンジョン探索を始めてから二日目に出会ったのだという。

「ベテラン探索者《シーカー》の俺がパーティを組んでやるよ」「俺が探索者《シーカー》のことを手取り足取り教えてやるぜ」などと言われたらしい。

小太刀さんは、あの男の態度に嫌なものを感じたから、適当な理由をつけて断った。

その結果、さっきの言いがかりをつけられることになったわけだ。

「けど、悔しいですね……。自分がまだ新人探索者《シーカー》で、力がないのは分かっていたつもりでしたけど、あれほどの力の差があるなんて」

俺は拳《こぶし》を握り締める。

俺の力は、あの男に対してまるで歯が立たず、戦いにすらなっていなかった。

槍を使ったところで、結果は何一つ変わらなかっただろうと確信できるほどだ。

今よりももっと、強くなりたい——切実にそう思った。

「一般的なベテラン探索者《シーカー》の実力はあの水準だな。俺みたいな『限界突破』の探索者《シーカー》は例外としてだが」

「『限界突破』、ですか……？」

「ああ。だがそいつぁ今は気にすることはねぇ。『限界突破イベント』に遭遇《そうぐう》できるかどうかは、どのみち運次第だしな」

そう言ってから、大迫さんはパンパンと手を叩《たた》く。

「さて、それじゃあ本業に戻ろうか。お前さんたち、今日は何を買いにきたんだ？」

「あ、そうでした」

小太刀さんが【アイテムボックス】を出現させて、剣を取り出す。

それを売却したい旨を大迫さんに伝えた。

「ふむ。【アイテム鑑定】をしてみたが、何の変哲《へんてつ》もない『ブロードソード』だな。『耐《たい》久値《きゅうち》』も減ってないようだし、1万5000円でよければ買い取るぜ」

それを聞いた小太刀さんが俺のほうを見てきたので、うなずいてみせる。

結果、1万5000円での売却が成立した。

だがこれにも税金の源泉徴収がかかるらしい。

普通のリサイクルショップであればそんな制度はないが、探索者《シーカー》のアイテム売却は事業としての性質が強いこともあり、そう定められているのだとか。

その結果、ブロードソードの売却金額によって、俺と小太刀さんは6750円ずつの追加収入を得ることになった。

ところで――

「あの、大迫さん」

「ストップ。俺は武器屋のオヤジだから、『オヤジ』あるいは『オヤジさん』と呼んでくれ」

スキンヘッド店長は、大迫さん呼びにノーを言い渡してくる。そこはこだわりがあるらしい。

あの新田という男も大迫さん呼びをしていた気がするが……まあどうでもいいか。

「分かりました。オヤジさん、さっき言ってた『耐久値』って何です？」

「ああ。そいつはな、武器や防具が壊れるまでの残り寿命みたいなもんだ。未使用状態なら一律１００。攻撃を命中させたりダメージを受けたりすると減って、０になるとそのアイテムは壊れる。『耐久値』の残量は【アイテム鑑定】のスキルで確認することができるぜ」

なるほど。

俺は【アイテム鑑定】なんて持ってないし、修得可能スキルのリストにもないけどな。

「逆に言うと、そいつが０にならない限りは、その武具は完全な性能を発揮し続けるってことだ。防具なら一度どこかが貫通されても、すぐに修復される。どれだけ使用するとどの程度の『耐久値』を消耗するかは、そのアイテム次第だ」

ダンジョン産の武具、凄いな。いっそ魔法より魔法なんじゃないだろうか。

そこに小太刀さんが口を挟んでくる。

「ダンジョン用衣服も同じ仕組みですね。破れても穴が開いても、『耐久値』が残っている限りは自動で修復されます。付いてしまった血なんかも綺麗《きれい》に消えますし。まあそれも『探索者《シーカー》が身に着けていれば』という条件付きですけど」

「……待てよ。ということは、ダンジョン用衣服も、『耐久値』が切れたら新しく買わないといけない？」

「ご名答だ。支給品は最初の一着だけだからな。替えのダンジョン用衣服も、うちの店で扱ってるぜ」

スキンヘッド店長――オヤジさんが、サムズアップをしながらいい顔を見せてきた。

ダンジョン探索には、あれこれ経費がかかるな。

これだと収入も、バイトの給料と同じように考えていてはダメそうだ。

そういえば、フリーランスや個人事業主の年収は、経費や税金などの諸々《もろもろ》を考えると、サラリーマンの手取り年収の三倍あってトントンだとかいう話を聞いたことがある。

もちろんそれも、職種次第のところはあるのだろうが。

とにかく言えるのは、探索者《シーカー》としてやっていくつもりなら、現状で満足せずにもっとガンガン稼《かせ》ぐべきってことだな。

そのためには、もっとレベルを上げ、装備品も強化してどんどん下層に進むことだ。

差し当たっては――お金も入ったことだし、装備品の購入を検討しようか。

ブロードソードの売却代金を分配した結果、俺のダンジョン予算は1万9000円ほどになった。これで何が買えるか。

武器を強化しようと思うと、「ロングスピア」というショートスピアの一段上の槍系武器が2万5000円で、今の予算ではもう一歩手が届かない。

オヤジさんがサービスで【アイテム鑑定】をしてくれたところ、俺のショートスピアやウッドシールド、ダンジョン用衣服にはまだ95以上の【耐久値】が残っているらしく、すぐに新しいものに買い替える必要もない。

そこで俺は、少しでも戦力アップを図るために、1万8000円をはたいて「レザーアーマー」と「レザーヘルム」を購入することにした。

これで防御力がいくらかアップするはずだ。

装備購入が終わったところで、俺と小太刀さんは今度こそダンジョンへと向かった。


ただその前に、後日談を一つ。

あの新田というチンピラ探索者《シーカー》の件だ。

ダンジョン総合案内の窓口に相談したところ、さまざまな取り調べがあった後に、彼には処罰が下った。

探索者《シーカー》関連騒動専門の機関によって簡易の審判が行われた結果、ひとまずは罰金と厳重注意。それに加え、次に同じようなことがあった場合には、免許停止処分にするという処遇が言い渡された。

あの男はその後、俺や小太刀さんの姿を見ても舌打ちするぐらいのもので、大っぴらにちょっかいを掛けてくることはなくなった。

＊＊＊

俺が探索者《シーカー》になってから、二日目のダンジョン探索が始まった。

探索内容は「順調」の一言だった。

俺と小太刀さん、二人の連係プレイで第三層を的確に攻略し、マップ開拓を進めていく。

俺が購入した防具も、地味にいい働きをしてくれた。体感で三割ほど被ダメージがカットされた印象だ。

レベルアップの効果もあり、昨日と比べて全体的に余裕が生まれていた。

お弁当やおやつ（小太刀さんの【アイテムボックス】に用意してきた）を食べるなど、適度に休憩を取りながら、ダンジョン探索を進めること七時間半ほど。

第三層のマップが三分の二ほど埋まったあたりで、俺たちは下層への階段を発見した。

「第四層への階段、見付けちゃいましたね。今……夜の七時か」

小太刀さんが腕時計《うでどけい》を見て、考え込む仕草を見せる。

この腕時計も、魔石を原材料として作られたダンジョン用のものらしい。

「どうしましょう、六槍さん。試しに下りてみます？」

「でも、帰り道もあるんですよね」

「そうなんですよね～」

すでにだいぶ遅い時間だ。

俺のＭＰは最大値の半分ほどにまで減少しており、攻撃魔法を多用してきた小太刀さんのＭＰに至っては残り二割ほどだという。

「あまり無理をしても怖いので、第四層は次の機会にしたい感じはしますね」

「ですか。私もちょっと不安だったので、今日はやめておきましょうか」

そんなわけで、今日はもう少しだけ第三層の探索を進め、その後に帰還することになった。

ダンジョンを出たのは夜の九時過ぎ。

総合案内の魔石換金窓口に行って、倒したモンスターの魔石を買い取ってもらう。

結果、俺と小太刀さんはそれぞれ1万7640円の現金を得た。

さらに、今日のダンジョン探索中には宝箱が一個出現し、中から「HPポーション」が出てきていた。

これはソロ探索の際に使うとのことで、俺に750円を渡して小太刀さんが引き取ることになった。

また今日の探索中に、俺と小太刀さんは、それぞれレベルが1ずつ上がっていた。

俺がレベル5から6に、小太刀さんがレベル9から10になった。

修得可能スキルリストを見ると、俺のリストにも【アイテムボックス】が出現していた。

6レベルに上がったことで、新たに修得可能になったようだ。

俺の修得スキルは【アイテムボックス】【ロックバレット】【槍攻撃力アップ（＋4）】の三択で迷ったが、ここは【槍攻撃力アップ（＋4）】に賭《か》けてみた。

ゴブリンを一撃で倒せるようになったら儲《もう》けものだと思ったのだが、結果はドンピシャ。

レベルアップ後の戦闘で遭遇したゴブリンを、俺の槍の一撃で倒すことに成功した。

ダンジョンを出たときの俺のステータスは、こんな具合だった。

六槍大地《だいち》
レベル：6（+1）　経験値：284／355
HP：48／48（+4）　MP：20／40（+4）
筋力：11（+1）　耐久力：12（+1）　敏捷力《びんしょうりょく》：9　魔力：10（+1）
スキル：【アースヒール】【マッピング】【HPアップ（耐久力×4）】
【MPアップ（魔力×4）】【槍攻撃力アップ（+4）】（Rank up!）
残りスキルポイント：0

着実にレベルアップしている。焦らず地道に頑張っていこう。

その後、遅い夕食を小太刀さんと一緒に食べに行って、お別れの時間になった。

明日からは五連チャンでバイトが入っているので、次の休みまではパーティを組んでのダンジョン探索はお預けだ。

「それじゃ小太刀さん、また来週」

「はい、また来週です。でも六槍さんがいないダンジョン探索は、私もう、寂しくて死んじゃうかもです。万が一にでも来週の約束をすっぽかされたら、もらった連絡先に鬼電《おにでん》しますからね？」

「それは怖い。でも俺も、来週また小太刀さんと一緒にダンジョンに潜れるの、楽しみにしてますから。今日も楽しかったです。ありがとうございました」

「えへへっ、こちらこそ。ありがとうございました」

そうして小太刀さんと別れ、自転車に乗って自宅を目指す。

明日からはまたバイトだが――

俺はバイト先に退職願を出そうと、心に決めていた。

＊＊＊

翌朝。

バイトの勤務先に向かった俺は、出勤前の休憩室で、店長に退職願を申し出た。

バイト先の仕事は、主力のアルバイト店員が一人辞めるだけでも店舗運営が一気に厳しくなる世界だ。店長はさすがに苦い顔をした。

でも俺が事情を話すと、「六槍くんの将来のためならしょうがない。新しい仕事、頑張って」と言って、二週間後の退職を了承してくれた。

わりといい店長なので、こっちの都合で苦労させてしまうことに気は引けるのだが、そこは踏ん切りをつけないといつまでもズルズル行っちゃうからな。

なお二週間後というのは、法律で決められた退職までの最低限の期間である。当然ではあるが、そのぐらいは責任を果たしたいところだ。

俺は店長から渡された退職届の用紙に、必要事項を記入していく。

するとそこに、今日のもう一人の勤務者が入ってきた。

「おはようございまーす！　……って六槍先輩、何書いてるんすか？　え、退職届⁉　先輩辞めちゃうんすか⁉」

「まあな」

「何で？　何でっすか？　新しい就職先でも決まったんすか？」

「ああ、そんなところ」

「ふぇぇ～っ、意外っす。先輩ずっとここで働くつもりかと思ってたっすよ」

この朝っぱらから騒がしいのは、一年歳下の弓月火垂《ゆづきほたる》。

去年まで高校生だった娘だが、喋《しゃべ》り方《かた》やルックスのせいか、当時もあまり女子高生という感じはしなかった。

人懐っこい男子の後輩というか、チワワというか、そんな感じ。

背は低く、ちんまりとしている。ショートカットにした髪に、少年といっても通るんじゃないかと思うような中性的な顔立ち。ボーイッシュな私服姿のせいもあってか、なんとなく「弟分」というイメージが強い。

ちなみにゲーマーであり、いわゆるオタク趣味の持ち主であり、俺とはわりと気が合うほうだ。

退職

「六槍くんは探索者《シーカー》になったらしいよ。そっち一本でやっていきたいって」

「えっ……？　マジっすか⁉　六槍先輩が、探索者《シーカー》に⁉」

店長の言葉を聞いて、弓月は鳩《はと》が豆鉄砲を食ったような顔をした。

そこまで驚くようなことか？

たしかに相当な稀少人種《きしょうじんしゅ》であることは間違いないが。

「探索者《シーカー》になったたって、先輩、もうダンジョンに潜ったんすか？」

「ああ。一昨日《おととい》に覚醒して、そのままダンジョンに直行した。昨日と一昨日は、ほとんどずっとダンジョンに潜ってたな」

「ど、どうだったたっすか、ダンジョン？　初めてでもやれたっすか？　あそこの河原にあるダンジョンっすよね？」

「うん、そこ。しかし、どうと聞かれてもな。ひとまず何とかなりそうだなと思うぐらいにはやれているけど、まだ新人だし何とも」

「そっすか……。六槍先輩が、探索者《シーカー》に……」

弓月はぶつぶつ言いながら、何かを考え込む様子を見せる。

それにしてもこいつ、ずいぶん根掘り葉掘り聞いてくるな。

やっぱゲーマーだから、探索者《シーカー》やダンジョンには興味があるんだろうか。

「あの、六槍先輩の連絡先って、前に教えてもらったときから変わってないっすか？　うちのスマホに入ってるこの番号で合ってるっす？」

「ん……？　あ、ああ。この番号のままだけど」

「了解っす。ひょっとしたらうち、いつか先輩に連絡するかもしれないっす」

「……？」

バイトの後輩である弓月とは、気が合う相手とはいえ、仕事以外で積極的に連絡を取り合うような間柄でもない。

少し疑問に思ったが、気にするようなことでもないかと思ってスルーした。

＊＊＊

それから五日間は、普通にバイト生活に勤しんだ。

ダンジョン探索でステータスが上がったせいか、食器が普段より軽く感じられるなど多少の違和感はあったが、特に問題が起こるほどでもなかった。

ただ勤務中に、どこか「自分がいるべきなのはココじゃない感」みたいなものをずっと感じていた。同時に、やはり退職に踏み切って正解だったなとも。

毎日の勤務が終わった後に、短時間でもダンジョンに潜ろうかとも考えたが、それはやめておいた。

短時間で探索できる範囲ではあまりうまみがなく、経験値稼ぎなどの効率が悪いことが理由の一つ。

それに加えて、さすがに体力的な厳しさを感じ始めていたからだ。

実質的に休日なしのフルタイム連勤と残業が続いている状態だ。しかもそれが、次の週の終わりまでは続くことが確定している。

いま無理をして、休日の小太刀さんとのダンジョン探索に支障が出たら泣くに泣けない。

優先順位を考えて、大事を取ることにした。

その代わりに、空いた時間はインターネットで、ダンジョンや探索者《シーカー》関連の情報を集めることにした。

ネット上では探索者《シーカー》同士の情報交換が行われていて、その内容がまとめられているサイトもあった。

俺はそこに落ちている情報を、貪《むさぼ》るように読んでいった。

用意周到なやつに言わせれば、それは最初にダンジョンに潜る前にやっとけよという話なんだろうが。俺って実体験を伴わないと効率よく学べないタイプなんだよな。

やがて五日間が過ぎ、小太刀さんとの約束の日がやってくる。

朝起きて支度を終えた俺は、意気揚々と自転車を漕《こ》いで、ダンジョンのある河原を目指した。

＊＊＊

第二章

川岸の土手の斜面には、初夏の緑が草原のように広がっている。

俺は土手の上の道路を自転車で走り、目的地へと向かった。

ダンジョン前の待ち合わせ場所まで行くと、目的の場所でそわそわしている小太刀さんの姿が見えてきた。

小太刀さんは俺に気付くと、ぱぁっと花開くような笑顔を見せて、手を振ってきた。

「六槍さん、おひさしぶりです！　約束通りに来てくれたので、鬼電はせずにすみました」

俺はすぐ前まで行って、自転車を止める。

「それは良かったです。ていうか小太刀さん、来るの早くないですか？　まだ約束の十五分前ぐらいのはずですけど」

「えへへっ。待ち遠しすぎて、少し早く来ちゃいました。昨日までの独りでのダンジョン探索、寂しかったんですよぉ～」

「そ、そうですか。じゃあ、さっそくダンジョンに行きましょうか」

「はいっ♪」

自転車を所定の場所に停めつつ、ルンルンステップでダンジョン総合案内に向かう小太刀さんの後を追う。

俺はすぐに勘違いする系男子なので「これは実質デートなのでは？」などと思ってしまうのだけど、もちろん口には出さない。

装備預かり窓口で装備品を回収し、更衣室で着用する。

ダンジョン総合案内の窓口では、俺の正式な探索者《シーカー》免許証を受け取った。先週のうちに顔写真等を提出しておいたのだ。

探索者《シーカー》免許証は運転免許証に似ていて、身分証にも使えるらしい。俺はそれをしっかりと財布にしまい込む。

その後、小太刀さんと一緒にダンジョンへと直行した。

二人で魔法陣に乗って、ダンジョン第一層へと降り立つ。

ダンジョンを進みながら、小太刀さんが俺の顔をひょこっと覗《のぞ》き込《こ》んできた。

「……ひょっとして六槍さん、ちょっと疲れてます？」

「えっ、そう見えますか？」

「うん、そんな気がします。どことなくですけど」

「うーん、そこまでではないと思うんですけどね。バイトの休日にダンジョン探索を入れているので、今日までで実質十三連勤とかで。さすがに疲れが出てきた感じはあります」

「うへぇ、そっかぁ。お疲れ様です。ていうか私、六槍さんに無理言っちゃってます？」

「いえ、全然。小太刀さんとのダンジョン探索は超楽しいですし。それにバイトの退職願も出したので、あと一週間耐えれば俺も専業探索者《シーカー》ですから」

「え、本当ですか？　それじゃその後は、毎日二人でのパーティ探索ができ――」

そこまで言ったところで、小太刀さんが手で口元を押さえて黙り込んだ。

何やら恥ずかしそうに、頬《ほお》を赤らめているようにも見える。

それから小太刀さんは、何かを誤魔化すようにコホンと咳払《せきばら》いをして、こう続けた。

「そ、それじゃ今日は、あまり遅くまでの探索にならないようにしましょうか。いつも夜遅くまでになっちゃうので」

「そうですね。八時入りなので、五時上がりぐらいの探索計画だと助かります」

「了解です。その方向でいきましょう。——っと六槍さん、お客さんですよ」

小太刀さんの【気配察知】が、モンスターの存在を感知した。

洞窟《どうくつ》の先から、一体のコボルドが姿を現す。

「一体じゃもう、肩慣らしにもならないですね。——よっと」

俺は襲い掛かってきたコボルド一体を槍で攻撃して、一瞬で魔石へと変える。

そして粛々と魔石を拾いつつ、何事もなかったかのように洞窟を進んでいく。

最初と比べれば、俺もずいぶん強くなったなと思う。

今日の目的は、第四層の探索だ。

初挑戦だが、今の実力でどこまでやれるか試してみよう。

＊＊＊

第一層、第二層、第三層を最短コースで通過し、第四層へとたどり着いた。

景色は相変わらずの代わり映えしない洞窟風景だが、遭遇《エンカウント》するモンスターは変わる。

第四層の探索を始めて最初に遭遇したのは、ゴブリン×1、ホブゴブリン×1、ゴブリンアーチャー×1、それに初見のモンスター×1という編成だった。

初見のモンスターといっても、何者であるかは下調べで分かっているのだが。

そいつの姿はゴブリンに似ているが、豪華《ごうか》な色彩《しきさい》の腰布《こしぬの》をまとい、頭にはドクロをかぶり、手には錫杖《しゃくじょう》を持っている。

「ゴブリンシャーマン」というのが、そのモンスターの名称だ。

下調べによると、第四層ではこのゴブリンシャーマンが曲者《くせもの》という話だ。

モンスターの群れは、ゴブリンとホブゴブリンを前衛に、ゴブリンアーチャーとゴブリンシャーマンを後衛に据えたフォーメーションで襲い掛かってきた。

一方の俺たちは、まず小太刀さんが魔法攻撃を放つ。

「前から削り落としますーー【ウィンドスラッシュ】！」

放たれた風属性の攻撃魔法は、前衛のホブゴブリンに直撃。

そこに追撃を仕掛けようと、小太刀さんは短剣を両手にホブゴブリンに向かって疾走《しっそう》した。小太刀さんお得意の、対ホブゴブリン必殺パターンだ。

だがーー
「なっ……!?　くぅっ！」

小太刀さんがホブゴブリンに追加攻撃を仕掛けるよりも早く、敵後衛のゴブリンシャーマンから、火炎魔法の攻撃が飛んできた。

小太刀さんも警戒はしていたはずだが、回避は間に合わず、直撃を受けてしまった。

致命傷ではないはずだ。

しかし弾速《だんそく》が速く、緩やかながらも追尾性能を持つ魔法攻撃を回避するのは、小太刀さんといえども至難《しなん》の業《わざ》だろう。

小太刀さんはそれで気勢を削《そ》がれてしまった。

そこにホブゴブリンの猛攻撃が襲い掛かる。

小太刀さんはひとまず防御を優先せざるを得なくなった。

「小太刀さん！　——こいつらっ！」

俺はもう一体の前衛モンスター、ゴブリンを槍で攻撃して命中、一撃で魔石へと変えた。

攻撃力を上げた成果が出ている。

だがそこに重ねるようにして、ゴブリンアーチャーが弓矢攻撃を仕掛けてきた。

「ぐっ……！」

俺はそれを回避できず、腹部に矢を受けてしまった。

突き刺さった矢は、すぐに黒い靄《もや》になって消滅する。

レザーアーマーの防御力もあり、大したダメージじゃない。

「——うぉおおおおっ！」

俺は構わず、ゴブリンシャーマンに向かって突撃した。

小太刀さんも少し遅れてホブゴブリンを撃破したようだったが、このタイミングなら俺のほうが早い。

だがそこに、ゴブリンシャーマンが二度目の火炎魔法を放ってきた。

ターゲットは俺。

盾で防御しようとしたが間に合わず、脇腹に火炎弾の直撃を受けてしまった。

「ぐぅぅっ……！」

「六槍さん！　——このぉおおおおっ！」

小太刀さんが疾駆《しっく》し、二本の短剣を振るってゴブリンアーチャーを一手で屠《ほふ》った。

俺もまたゴブリンシャーマンに突進して、槍で攻撃を仕掛ける。

この攻撃は命中したものの、一撃でゴブリンシャーマンを撃破するには足りなかった。

ゴブリンシャーマンを魔石に変えることができたのは、もう一発、俺が火炎魔法による攻撃を被弾したあとのことだった。

モンスターの群れをすべて撃退《げきたい》した後、俺と小太刀さんは地べたにへたり込んでいた。

「はぁっ、はぁっ……！　うぁ～、やられたぁ～！　六槍さん、大丈夫ですか？」

「結構やられましたね……。うわっ、HPが半分以下になってる」

「えっ、怖っ」

HPが0を下回った探索者《シーカー》は、その場で気絶してしまうらしい。

ほかの探索者《シーカー》が近くにいる場合は、モンスターはそっちを優先して攻撃するため、気絶した探索者《シーカー》が狙われることはない（今のところそういった事例は報告されていないない）というのだが。

現在HPは0を下回るとマイナスになり、最大HPと同じだけマイナスになるとデッドエンドとのこと。

今のところは、変に無理をしなければそんなことにはなりそうにないが。

なお前にも思ったが、探索者《シーカー》の能力に覚醒してからは、「死」に対する恐怖心があまり大きくなくなった気がする。

死んでしまわないように気を付けよう、ぐらいの感じだ。

俺は【アースヒール】を使って二人分の負傷を回復する。

小太刀さんはゴブリンシャーマンの魔法攻撃を一発受けただけだったから、【アースヒール】一発で全快した。

でもゴブリンシャーマンの魔法攻撃を二発、ゴブリンアーチャーの弓矢攻撃を一発被弾していた俺は、そうはいかなかった。

【アースヒール】を一回使っただけでは足りず、二回目を使ってようやくの全快だった。

結果、たった一回の戦闘で、俺のMPは「28／40」まで減ってしまった。

第三層の戦闘であれば、二回か三回戦闘して、一発【アースヒール】を消耗するかしないかぐらいのバランスなのだが。

「これは厳しいな……。ゴブリンシャーマンが一体加わっただけで、こうも戦闘バランスが変わるか」

「第四層、ヤバいですね。あのゴブリンシャーマンをまずどうにかしないと」

「でも小太刀さんの【ウィンドスラッシュ】一発じゃ落とせないですよね？」

「うん、それ。【ウィンドスラッシュ】一発じゃゴブリンも落とせないから、シャーマンをそれで落とせるとは考えにくいです。二発撃ち込めば、とは思いますけど」

「俺がレベル上がったら【ロックバレット】を取るか……。でもそれだとどっちみちＭＰ食うんだよな」

「「うーん」」

俺と小太刀さん、二人で唸《うな》って考え込んでしまった。

ネットで調べたダンジョン情報によれば、第四層のモンスター編成は、一言で言うなら「第三層のモンスター編成＋ゴブリンシャーマン一体」だ。

ゴブリンシャーマンは必ず一体、編成に含まれている。それに加えて、第三層のモンスター編成がそっくりそのままいるという、なかなかに凶悪な敵構成だ。

「もうしばらく、第三層でレベル上げするべきですかね？」

「そうするしかないかもです。私は昨日１１レベルになったばかりなので、しばらく上がらないと思いますけど。何か決定打がほしいですよね」

というわけで、俺と小太刀さんは第四層探索を一時断念し、第三層に戻ってレベル上げをすることにした。

だがこの閉塞《へいそく》した状況を打ち破りうる知らせが、この日のダンジョン探索後に訪れた。

夕方の五時過ぎ頃。

一日の探索を終えてダンジョン総合案内の建物に戻った俺は、スマホの着信に気付く。

リダイヤルすると、スマホの向こうからは人懐っこい後輩の声が聞こえてきた。

「あ、六槍先輩、ちーっす！　あのっすね、うち、先輩に折り入ってお願いがあるんすよ。

『うちをダンジョンに連れてって♡』ってやつなんすけど」

バイト先の後輩が、何やらわけの分からぬことをのたまってきたのである。

＊＊＊

着替えなどを終えた俺と小太刀さんは、自転車を漕いで駅前のファミレスに向かった。

ファミレスの前には、少年っぽい格好の後輩女子が待っていた。

バイト先の後輩、弓月火垂だ。

弓月は俺と小太刀さんの姿を見ると、何やら愕然《がくぜん》とした表情を浮かべた。

現地に到着した俺に向かって、弓月は開口一番、こんなことを口走ってきた。

「む、六槍先輩……誰っすか、その美人さんは？」

「さっき電話で伝えただろ。探索者《シーカー》の先輩と一緒に行くって」

「うぇえっ⁉　探索者《シーカー》の先輩って、女の人だったんすか⁉　てか、何やってんすか六槍先

輩！　まさかこんな綺麗な女性と二人っきりでダンジョンに潜ってたっていうんすか⁉

破廉恥《はれんち》、破廉恥っすよ――ぁ痛《い》たっ」

俺は後輩の頭にチョップを落とす。

「お前は初対面の人を前に、何を言っているんだ」

「いや、破廉恥って六槍先輩のことっすよ。初対面の人に言うわけないじゃないっすか」

涙目になって言い訳する弓月。

小太刀さんはというと、弓月のはっちゃけぶりを見て、困り笑いを浮かべていた。

先ほどの電話で、俺は弓月から「お願い」をされた。

お願いの内容は、弓月をダンジョンに同行させてほしいというもの。

それというのも、弓月は実は、少し前から探索者《シーカー》に覚醒していたというのだ。

でも一人でダンジョンに行くのは踏ん切りがつかず、親に相談しても「危ないからやめておけ」「ほかの人には黙っておきなさい」と言われて、そのままずっともやもやしていたらしい。

だがそこで、バイト先の先輩である俺が、探索者《シーカー》になってダンジョンに潜ったという話を聞いた。

身近な人がダンジョンに潜っているとなれば心強い。

また弓月自身の中でもダンジョンに行ってみたいという気持ちが以前より大きくなっており、両親を説得して、ダンジョンに潜ることに決めたのだという話だった。

電話でひと通り話を聞いた俺は、すぐ隣にいた小太刀さんに相談した。

その結果、二人で弓月と会って話をしてみることになった。

そして駅前のファミレスの前で待ち合わせて、今ここというわけだ。

弓月は小太刀さんの前に出ると、礼儀正しく頭を下げる。

「はじめまして、弓月火垂っす。うちの先輩がお世話になってるっす」

「こちらこそ、はじめまして。小太刀風音《かざね》です。よろしくね、弓月さん」

「気安く『火垂ちゃん』って呼んでほしいっすよ。うちも『風音さん』って呼ばせてもらってもいいっすか？」

「う、うん。いいけど……」

小太刀さんがちらっと俺のほうを見てくる。

俺がいい笑顔を向けてやると、風音お姉ちゃんは「しーっ！　しーっ！」と言って口元に人差し指を立ててきた。

武士の情けだ。お姉ちゃん呼びすると面白いことは黙っておいてあげよう。

だがその俺と小太刀さんの様子を見た弓月が、驚きの表情を俺に向けてきた。

「あ、あの六槍先輩が……知り合って間もない女性と打ち解けている、だと……⁉」

「ちょっと待て弓月。それはどういう意味だ」

「だって六槍先輩、女子相手には変に壁作るじゃないっすか。ていうかむしろ他人すべてに壁作るじゃないっすか」

「……いや、否定はできないけど」

「勤務先でも、うちぐらいじゃないっすか？　他人行儀じゃなく話せるの」

「ぐう」

おい後輩、少しは手加減しろ。俺の精神的ＨＰはとっくにゼロだぞ。

さておき、互いの挨拶が済んだところで、三人でファミレスに入る。

夕食時だけに待つかと思ったが、意外とすぐに席に案内された。

各自、夕食メニューを注文する。

なお小太刀さんにビールは頼ませまいと思ったが、「一杯だけ、一杯だけだから！」などと言うので、一杯だけ許可した。

なぜ俺が小太刀さんの監督役になっているのかは謎である。

一方、そんな俺と小太刀さんのやり取りを見た弓月は「ふぅん」と言って、興味津々といった様子を見せていた。

ひととおり注文が終わったところで、本題に入る。

「で、弓月。お前も探索者《シーカー》だって話だが」

「うん、そうっす。ある日突然、朝起きたら自分のステータスが見られるようになってたんすよ。──【ステータスオープン】」

弓月はそう言って、自分のステータスを開いてみせた。

弓月火垂
レベル：1　経験値：0／10
HP：18／18　MP：30／30
筋力：5　耐久力：6　敏捷力：7　魔力：10
スキル：（なし）
残りスキルポイント：1

「これはまた、ずいぶん尖《とが》ったステータスだな」

「そうなんすか？」

「俺は1レベルのとき、筋力、耐久力、敏捷力、魔力の数字は7、8、6、7だったな」

「私は6、6、10、6でした」

小太刀さんも口を挟んでくる。

小太刀さん、やたら敏捷力が高いとは思っていたけど、やはり1レベルのときからそうなのか。

「じゃあうちは、魔力が高いんすか。魔法使いかぁ」

「修得可能スキルのリストも見せてもらっていいか？」

「うっす。ちょっと待つっすよ。ちょんちょんな、と――はい、どうぞっす」

●修得可能スキル（どれもスキルポイント1で修得可能）
武器：【弓攻撃力アップ（＋2）】
魔法：【ファイアボルト】【ファイアウェポン】【バーンブレイズ】
一般：【筋力アップ（＋1）】【耐久力アップ（＋1）】【敏捷力アップ（＋1）】
【魔力アップ（＋1）】【HPアップ（耐久力×4）】【MPアップ（魔力×4）】
【マッピング】【アイテム鑑定】【モンスター鑑定】

「なるほどな……。【弓攻撃力アップ】はあるけど筋力が低いし、魔法攻撃を優先して考えた方がいいのかもな」

「そうですね。火属性は攻撃魔法が充実していて、【バーンブレイズ】は初期修得できる唯一の範囲攻撃魔法だったはずです」

「あ、あの、二人とも。ちょっと待ってほしいっす」

弓月は慌てた様子で言って、自分のステータスを隠した。

「ん、どうした？」

「いや、あの……結局うち、ダンジョンに連れてってもらえるんすか？」

「「あっ」」

俺と小太刀さんの声がハモった。

言われてみれば、そこをすっ飛ばして何事もなくステータス検証に入ってしまっていた。

「別にダンジョンは一人でも入れるが――って、それが気持ち的に厳しいから、俺に『お願い』してきたんだったか」

「そーっすよ！　忘れないでほしいっす！」

「悪い悪い」

この積極性の塊《かたまり》みたいな後輩が、そういうところで尻込みするのは意外だが。

俺は小太刀さんのほうに目を向ける。

「どうします、小太刀さん？」

「うーん……。気持ち的にはお手伝いしてあげたいんですけど、1レベルの探索者《シーカー》を連れるとなると、一時的に私たちの収入や獲得経験値が落ちちゃうのはあるんですよね」

「確かに。ゴブリンアーチャーが出てくる第三層に、1レベルの弓月を連れて行くのは少し怖いか。となると、第一層か第二層で弓月のレベル上げをしないといけない」

「でです。それでも将来への投資と考えるなら、安いものだと思うんですけど」

探索者《シーカー》一本で生活費を稼いでいる小太刀さんは特に、そのあたりをシビアに考えざるを得ないだろう。

俺のときは一応のＷｉｎ－Ｗｉｎが成立したが、弓月を1レベルから育てるとなると、俺と小太刀さんが一時的な不利益を被《こうむ》ることは免れない。

弓月が今後、俺たちとずっとパーティを組んでやっていくつもりなら、その不利益はすぐに取り返せるとは思うが――

つまり論点は、こうなるか。

「弓月。俺や小太刀さんと、長期でパーティを組んでやっていく意志がお前にあるなら、この話は引き受けられると思うんだが。そのあたりどうだ？」

「『長期でパーティを組んで』っすか？　うーん……まだダンジョンに入ってもいないし、やってみないと分からないのが正直なところっす」

まあ、そりゃそうか。今の弓月はパーティを組むも何も、ダンジョンに潜るのがどんな感じなのかすら分かってないんだもんな。

だがその上で弓月は、にぱっと笑顔を作って、俺と小太刀さんに向けてこう言ってきた。

「でも六槍先輩や風音さんのことは好きっすよ。風音さんとはまだちょっと話しただけっすけど、二人と一緒にやっていきたい気持ちはすごくあるっす」

「……お、おう。そうか」

こういう人たらしなことを平気で言うあたり、弓月の恐ろしいところなんだよな。

見れば小太刀さんも、てれてれとした様子を見せていた。

そりゃそうだよ。面と向かって「好き」って言われたら、誰だって照れるよ。

しかしそうなってくると、あとはもう、俺と小太刀さんがどうするかだ。

不利益だけで終わる可能性を踏まえた上で、弓月のダンジョン初挑戦に付き合うかどうか。

といっても、俺の心はもう決まっていた。

何しろ第四層があの内容だ。

弓月が成長すれば、ゴブリンシャーマン攻略のための大きな力になってくれるだろう。

気がかりなのは、弓月もまたバイトとの掛け持ちで、ダンジョン探索に使える日が少ないことだが。そのあたりも、おいおい考えていくしかないだろう。

小太刀さんのほうを見ると、彼女もまた俺の目を見て、こくりとうなずいた。

よし、決まりだな。

「分かった。じゃあ弓月、今度予定が合うときに一緒にダンジョンに行くか」

「やったっす！　じゃあ明日はどうっすか？　うちバイト休みだし、六槍先輩も休みだったっすよね？」

「さっそくだな。まあでも、確かに明日は都合がいいか」

そんなわけで、さっそく明日に弓月のダンジョン探索初挑戦ツアーを行うことになった。

＊＊＊

弓月と会って、ダンジョン探索ツアー決行を決めた日の翌朝。

ダンジョン前で集合した俺、小太刀さん、弓月の三人は、ひと通りの準備を終えてからダンジョンへと向かった。

「うぉおおっ、すげぇっす！　本当にワープしたっすよ！」

魔法陣を使ってダンジョンに転移した弓月は、めちゃくちゃテンションが上がっていた。

そんな弓月の装備は、ダンジョン用衣服と短剣《ダガー》が一振りだけ。

用意してきた予算の都合で最低限の武装となったが、魔法攻撃がメインになるだろうから、さほど大きな問題ではないと思う。

最初のスキルは、火属性の基本攻撃魔法【ファイアボルト】を修得した。

魔力が高いから、それなりに高い威力を発揮してくれるだろう。ステータスの「魔力」は最大ＭＰのほか、魔法の威力や魔法防御力にも影響するとのことだ。

ダンジョンに入った俺たちは、ひとまず第二層を目指すことにした。

第一層だとさすがに稼ぎの効率が悪すぎるし、第二層でも遠隔攻撃《えんかくこうげき》を行ってくる敵はいないから、１レベルで耐久力が低い弓月を連れていても問題はないという判断だ。

第一層の洞窟を歩きながら、弓月は物珍しそうに周囲を見回していた。

「ほえぇ～、これがダンジョンっすか。これは壁が発光してるんすか？　不思議っす」

「ダンジョンは不思議の塊だからな。わりと何が起こっても驚かないが、それでも一応、法則性みたいなものはある気はするな」

「そうですね。慣れてみれば、言うほど予想外のことは起こらないっていうか」

「そうそう、そんな感じ」

「けどダンジョンって、そもそも何なんすか？　うちら探索者《シーカー》もそうっすけど、レベルとかステータスとかモンスターとか、ゲームみたいっすよね」

本質的な質問が来たな。

だが、それにはこう答えるしかあるまい。

「それな。ダンジョン探索の先輩から言わせてもらうとだ。何も分からん」

「そうですね。そのさらに先輩から言わせてもらうと、何も分からないです」

「なるほど。何も分からないということが分かったっす」

探索者《シーカー》はダンジョン探索を行うプレイヤーであるからして、ダンジョン探索のプレイングには詳しいが、根本的なダンジョンの原理に詳しいわけではないんだよな。

テレビのリモコンを操作したらテレビがつく、ぐらいのもの。

操作方法さえ分かっていれば、プレイはできてしまうのだ。

ただ、もうちょっと難しい話をすると――

俺も探索者《シーカー》になってから、ダンジョンや探索者《シーカー》に関して多少は調べてみた。

ひと通り調べてみて思ったのは、ダンジョンや探索者《シーカー》に関するほとんどあらゆることが、今のところ「超常現象」という立ち位置に置かれていること。

またそれらに関して、旧来の科学的常識との整合性や辻褄《つじつま》が合っていないということだ。

ダンジョンにも探索者《シーカー》にも、旧来の科学的常識で考えると「あり得ない」ことが山ほど起こる。

そうした現象に直面した科学者たちの多くは、ダンジョン発見以前の科学的常識とダンジョン関連現象との間に辻褄や整合性を見出《みいだ》すことを、半ばあきらめていた。

だがそんな中、ある学者が一つの考え方を提唱した。

その学者は、ダンジョンの外の世界を「物理世界」、ダンジョンの中の世界を「ダンジョン世界」と定義して、両者はそれぞれ別の世界法則で動いているのだと考えた。

そして探索者《シーカー》やモンスター、魔石、ダンジョン産アイテムといったどちらの世界にも存在しうるものは、両方の世界の法則の融合的《ゆうごうてき》存在であると定義した。

俺たち探索者《シーカー》は、塩と水が混ざった塩水のようなもの、あるいは水と油の両方と絡み合って干渉できる石鹼《せっけん》のようなものと定義されたわけだ。

この説に対しては、探索者《シーカー》差別を助長するなどの批判もあるが、俺は分かりやすくていいなと考えている。

ともあれ言えるのは、ダンジョンや探索者《シーカー》の世界では、俺たちが暮らしていた日常世界の常識では考えにくいことも、しばしば起こるということ。

それを受け入れた上で、物事を考えていかないといけない。

「原理」ではなく「現象」をそのまま捉《とら》えて、問題に対処する方法を考えていく――

それをかみ砕《くだ》いて言うと、テレビのリモコン理論になるわけだ。

以上、小難しい解釈終わり。現実に戻ろう。

俺たちが雑談をしながらダンジョン第一層を進んでいると、小太刀さんが反応した。

「火垂ちゃん、前方からモンスターです。最弱のモンスター一体なので、火垂ちゃんに任せます」

「りょ、了解っす！　うひぃ〜、実戦だぁ」

緊張の面持ちで待ち構える弓月。

直後、洞窟の先から一体のコボルドが姿を現した。

＊＊＊

獰猛《どうもう》な犬面《いぬづら》からよだれを撒《ま》き散《ち》らしながら、洞窟の奥から、一体のコボルドが粗末《そまつ》な短剣を手に駆け寄ってくる。

対する弓月もまた、短剣《ダガー》を右手に持って待ち構えていたが、こいつのメイン攻撃手段はそれではない。

俺と小太刀さんが見守る中、緊張した面持ちの弓月の体が、赤色の燐光《りんこう》をまとう。

弓月は左手を前に突き出すと、声変わり前の少年のような声で叫んだ。

「【ファイアボルト】！」

弓月が突き出した左手、その直前の空間にハンドボールほどの大きさの炎の塊が生み出されたかと思うと、それがすぐさま発射された。

ごうと唸《うな》りをあげて飛んだ炎の塊は、弓月に襲い掛かろうとしていたコボルドに直撃。

犬面のモンスターの全身が炎に包まれ、一瞬の後には黒い靄となって消滅した。

あとの地面には、魔石が残る。

弓月の初戦闘は、あっという間に終了した。

「はぁっ、はぁっ……や、やったっすか……？」

額に汗した弓月が、そんな言葉を絞り出す。

見守りに徹《てっ》していた俺と小太刀さんが漏らしたのは、感嘆の言葉だ。

「へぇ、コボルドを一撃か。大したもんだな」

「ですね。コボルド相手とはいえ1レベルでモンスター瞬殺は、ちょっとびっくりです」

「えっ、これってすごいんすか？　さてはうち最強っすか？」

「おう、すごいすごい」

「やりぃっ！　嬉《うれ》しいから、先輩にうちの頭をなでなでする権利をあげるっす」

「ありがとうよ」

「うきゅっ」

俺は弓月の頭に手を置いて、髪をわしわしする。

後輩ワンコは嬉しそうに目を細めていた。

それを見た小太刀さんが、目を丸くする。

「え……？　六槍さんと火垂ちゃんって、そこまで仲いいんですか……？」

「あ、この頭わしわしですか？　こいつ、こうされるのが好きみたいなんですよ」

「前に先輩がうちの頭なでたそうにしてたから、許可してみたらクセになったっす」

「弓月の頭、絶妙に手を置きたくなる位置にあるんだよな」

「なんだとーっ！　チビ呼ばわりは捨て置けないっす！　そういうこと言ってると【ファイアボルト】ぶつけるっすよ！　コボルドみたいに消し炭にしてやるっす！」

「やめろ。お前の魔法の威力はシャレにならん」

コボルドを一撃で落とす威力の魔法とか、絶対痛いわ。

しかし俺がコボルドを一撃で撃墜《げきつい》できるようになったのが、いくらかレベルが上がって【槍攻撃力アップ（＋2）】を修得した後であることを考えると、弓月の魔法攻撃力は本当に相当なものなんだよな。

その代わり弓月は、筋力や耐久力には劣《おと》るわけだが。パーティ戦闘を前提にするなら、この魔法の威力はそれを補《おぎな》ってあまりある長所だ。このまま伸びていくとしたら、将来的なポテンシャルはかなりのものになるだろう。

ちなみに小太刀さんはというと、いまだに困惑の様子を見せていた。

「へ、へぇー……。火垂ちゃん、六槍さんにずいぶん気を許しているんですね」

「ん……？　ああ、たぶん風音さん、何か盛大な勘違いしてるっすよ。うちにとって六槍先輩は、仲のいい兄貴みたいなもんっす」

「そうそう。こいつは俺にとって、かわいい弟みたいなもんです」

「でも先輩、いつも言ってるっすけど、うちこう見えても女子っすよ？」

「妹って感じはしないな」

「ひどい！　お兄ちゃんが女子扱いしてくれないっす！　風音お姉ちゃん、先輩がひどいっすよぉおおおおっ！」

「わっ……！　よ、よーしよーし、いい子いい子」

弓月は小太刀さんの胸に飛びついて、嘘泣きを始めた。

小太刀さんは戸惑いつつも、弓月をやんわり抱き寄せて頭をなでる。

くそっ、弓月のやつめ、うまいことやりやがって。羨《うらや》ましいぞ。

と、そんなコントをやりつつ、俺たちは第二層への階段を目指す。

弓月がいると、まあ賑《にぎ》やかになるな。

＊＊＊

しばらくの後、俺たちは第二層に到着した。

この層が今日のメインの探索場所になる予定だ。

第二層に下りて最初に遭遇したモンスターは、ゴブリンが一体だった。

ゴブリンが一体だけなんて、今ではもうまともな敵とも思えないぐらいだが。

俺も第二層を初めて探索した頃には、倒すのに結構苦労したなぁ。

「――【ファイアボルト】！」

そのゴブリンに向けて、出会い頭に弓月の魔法攻撃が飛ぶ。

ゴブリンは回避しようとしたが間に合わず、魔法の炎はそいつの体に見事に直撃した。

ゴブリンの全身は燃え上がったが、一瞬の後に炎は消滅する。

そいつは魔石に変わることなく、弓月に向かって襲い掛かってきた。

コボルドはいけても、さすがにゴブリンを一撃必殺は無理だったか。

「た、倒せなかったっすよ！」

弓月は再び、その身に赤い燐光をまとわせていく。

だがゴブリンの襲撃は、弓月が次の魔法を放つよりも早そうだった。

かわいい弟分のピンチだ。

「そこでお兄ちゃん参上」

「お、お兄ちゃん！」

俺は弓月を守る位置に進み出て、盾を構えてゴブリンの前に立ちふさがる。

ゴブリンの攻撃を盾でさばいて、さらにシールドアタックでゴブリンを押し返した。

そこに弓月の二発目の【ファイアボルト】が放たれ、再度炎に包まれたゴブリンは、今度こそ消滅して魔石になった。

「お兄ちゃ～ん、怖かったっすよ～！　助かったっす～！」

「よしよし。怖かったな、弟よ」

「チッ。何がなんでも弟から離れないんすね」

「そこは諦めてくれ」

俺の胸に飛び込んできた弓月の頭を、ポンポンと叩く。

そんな俺と弓月の姿を、小太刀さんはなんだか複雑そうな顔で見ていた。

まあそれはいいとして。

「今ので【ファイアボルト】三発目か。弓月、MPはいくつ残ってる？」

「んー、【ファイアボルト】の消費MPが3で、最大MPは30っすから、残りMPは21——と言いたいところっすけど」

「けど？」

「レベルが上がったみたいっすよ——【ステータスオープン】」

「おおっ」

レベルアップした弓月は、【MPアップ（魔力×4）】を修得。

レベルアップ自体で魔力が上がったこともあり、最大MPが一気に爆上げされた。

弓月火垂
レベル：2（+1）　経験値：11／30
HP：21／21（+3）　MP：35／44（+14）
筋力：5　耐久力：7（+1）　敏捷力：7　魔力：11（+1）
スキル：【ファイアボルト】（new!）【MPアップ（魔力×4）】（new!）

残りスキルポイント：0

小太刀さんがやってきて、弓月のステータスをひょこっと覗き込む。

「うわぁ……現在MPが、最初より増えてますね……」

「うちの永久機関みがすごいっす」

「どう考えても最初だけだ。無駄撃ちすんなよ」

「はぁーいっす」

そんな感じで、俺たちはサクサクと弓月のレベル上げを敢行《かんこう》していった。

第二層に下りてから二時間ほどたった頃には、弓月のレベルは3まで上昇していた。

スキルは【HPアップ（耐久力×4）】を修得。

ちなみに、この間に小話が一つ。

俺と小太刀さんの両方が弓月についている必要はないと気付いた俺たちは、二手に分かれて稼ぎをする方向へと方針転換していた。

俺と弓月が二人パーティで動き、小太刀さんがソロで別働する。

小太刀さんは「ソロは寂しいけど、今だけ我慢します！」と言って後ろ髪を引かれた様子で離脱していった。

ひょっとするとだけど、小太刀さんがパーティを組む動機の何割かは「ソロだと寂しいから」なのかもしれない。

一方、弓月と二人になった俺は俺で、傍若無人な後輩から精神攻撃を受けていた。

「――で、風音さんとはどうなんすか、六槍先輩？」

「どうって、何がどうなんだ、弓月後輩」

「決まってんじゃないすか兄貴ぃ。コレっすよ、コレ」

ニマニマ顔の弓月は、小指を立てて見せてくる。

小指、こゆび、こゆびと、こいびと……って、いつの時代の記号でお前は何歳だ。

「何を言っているのか分からん。小太刀さんとは、探索者《シーカー》としてパーティを組んでいるだけだ。余計な勘繰《かんぐ》りをするんじゃない」

「分かってんじゃないすか。ていうか、それマジで言ってんすか？」

「……どういう意味だよ」

「だって先輩、風音さんのこと好きっすよね？」

「…………お前には関係ない」

「先輩、嘘つくの下手すぎっすか？」

うるせぇ。こちとら正直者で生きてるんだよ。

だが弓月は、嘆《なげ》かわしいとばかりに首を横に振ってみせてくる。

「やれやれ。さすがヘタレ先輩。さすがヘタレ兄貴っすわ」

「喧嘩《けんか》売ってんなら、ダンジョン《こここ》に一人で置いてくぞ」

「怒っちゃ嫌っすよ、先輩♡」

「じゃあな」

「あーっ、待って待って！」

早足で歩きだした俺を、弓月が小走りで追いかけてくる。

弓月のウザ絡《がら》みが本気で鬱陶《うっとう》しいと思ったのは、これが初めてかもしれない。

「ねぇ先輩。なんでそんなに否定するんすか？　さては怖いん……いや、何でもないっす」

また煽《あお》ろうとしたなこいつ。

俺に対する煽りがクセになってるの、良くないと思います。

「いや、あのな？　小太刀さんは俺に、探索者《シーカー》として一緒にパーティを組もうって言ってきたの」

「ふんふん、それで？」

「いや、『それで？』ってお前な。それを俺が勝手に、その、なんだ……それ以上の関係を望んだりしたら、小太刀さんに迷惑だろ」

「んー、言ってることは分からなくもないっすけどね。なんで先輩がボッチなのかがよく分かったっす」

「普通に悪口なんだよなぁ。殴っていいか？」

「殴っていいかと聞いて、槍の穂先《ほさき》を向けてくるのはやめてほしいっすよ」

「ていうか、それをボッチだって言うなら、お前はどうなんだよ。彼氏とかいるのか？」

俺が反撃とばかりに切り返すと、弓月はむむっと顔をしかめた。

「先輩にしては痛いところ突いてくるっすね。……うん、うん、そうっすね。それは先輩の言い分が正しいっす。うちの負けっすわ。惚れた腫《は》れただけが人の生き方じゃないっすね」

「生意気《なまいき》言いやがって。あと『先輩にしては』のあたりで、お前が俺をどう見ているかがよく分かった」

「あっ……。ち、違うんすよぉ。お兄ちゃん、怒らないで～」

それからは、普段通りの他愛《たわい》のないやり取りを続けながらダンジョン探索を続けた。

俺たちが小太刀さんと合流したのは、しばらく後のことだった。

＊＊＊

小太刀さんと合流した俺たちは、ダンジョン内でランチ休憩をとったあと、再び第二層の探索を開始した。

最初に遭遇したモンスターは、ゴブリンが一体。

ゴブリンは武器を振り上げ、襲い掛かってきた。

「【ファイアボルト】！」

弓月が放った炎の魔法が、向かってきたゴブリンに直撃する。

その一撃でゴブリンは黒い靄になって消滅し、魔石が床に転がった。

遭遇して数秒の出来事という、ゴブリン瞬殺事案であった。

「おおっ、ゴブリンを一撃で倒せたっすよ！　先輩、うち凄くないっすか⁉　また最強になった気がするっすよ！」

目をキラキラと輝かせ、そう訴えかけてくる我が後輩。

俺は苦笑しつつ、かわいい弟分の頭をなでてやる。

「おうおう、確かに凄いな。すぐに調子に乗るあたりも微笑《ほほえ》ましいな」

「でしょでしょ？　にへへーっ」

心底嬉しそうに頬を緩《ゆる》ませる弓月である。

皮肉に気付いていない、というか気付いた上で乗ってやがるなこいつ。

３レベルになった弓月の魔力は、１レベル時と比べると１０から１２に上がっているから、その影響が出たのかもしれない。

一方で小太刀さんは、俺が弓月の頭をなでたあたりで、また何やら複雑そうな表情を見せていた。

だが次にハッとした様子を見せ、ぶんぶんと首を横に振ってから、こほんと咳払いをする。

「ほ、火垂ちゃんもかなり強くなった感じがしますね。第三層、いけるんじゃないでしょうか？」

「ですね。ＨＰもだいぶ上がったし、ゴブリンアーチャーに瞬殺されるってこともまずないか。――どうする弓月、第三層に行ってみるか？」

「行きたいっす！　最強になったうちの実力を見せつけてやるっすよ！」

ボクシングのポーズをとって、シュッシュッとジャブを放ってみせる弓月。

お前の攻撃方法は明らかにそれじゃないけどな。

が、弓月はそこで小太刀さんのほうを見て、にこっと笑いかける。

「ところで風音さん。うちのこと、羨ましいんすか？」

我が後輩は唐突に、脈絡のないことを言い出した。いきなり何を言い出すんだこいつは。

だが小太刀さんは、心当たりがあるのか、その頬をボッと赤らめる。

「ふへっ⁉　な、な、何を……⁉」

「にひひっ、さては人肌が恋しいんじゃないっすかぁ？　やってほしいって言えば、喜んでやると思うっすよ～？」

「ほ、火垂ちゃんが、何を言ってるのか分からないんだけど……？」

「目が泳いでるっすよ風音さん。うりうり～」

「火垂ちゃん、ストップ、ストップ……！」

弓月がにじり寄って、小太刀さんを洞窟の壁際へと追い詰めていく。

小太刀さんは明らかに困惑していた。

「おい弓月、何だか分からんが小太刀さんを困らせるな」

「きゃいんっ」

弓月の首根っこを引っつかんで、小太刀さんから引っぺがす。

小太刀さんはホッと胸をなでおろしていた。

一方の弓月は、俺に恨みがましいジト目を向けてくる。

「先輩！　首根っこつかむとか、うちみたいなかわいい後輩女子にやることじゃないっすよ！　まるで動物扱いじゃないっすか！」

「仔犬《こいぬ》みたいなもんだと思ってるところはあるな」

「ひどいっすよ！　断固抗議するっす！　動物愛護団体に訴えてやるっす！」

「相変わらず見事なノリボケだな」

「えへへーっ、それほどでも〜」

「そこでデレるのか」

相変わらずテンションの切り替えが早いやつである。

しかしもう一発テンションチェンジが入る。

弓月は何やら、大きくため息をついた。

「……それにしても先輩、やっぱどうかと思うんすよ。先輩の言ってること、一般論としてはまあ分かるんすけど、これでそれはないっしょ」

「いや、何の話だよ。切り替え激しすぎて分からんわ」

「はあっ……まあいいっす。うまくいきすぎてうちが構ってもらえなくなっても嫌だし、

「ふぇっ……？
シェアっすか……？」
「うん。
私は大地くんと
イチャイチャするけど、
火垂ちゃんも大地くんと
イチャイチャする。
どう、かな……？」
[ゆづきほたる]
弓月火垂

「火垂ちゃん。
大地くんを半分こ――とは言わないけど、
二人で共有《シェア》しない？」

「くらえっ！」
六槍大地《むそうだいち》

[こだちかざね]
小太刀風音

適当にからかって遊ぶっすよ」

「待て待て、普通に先輩で遊ぶとか言うな後輩」

だがその俺のツッコミにも、「分かってないなぁ」と言わんばかりの目を向けてきて、あきれたように首を横に振る弓月であった。

相変わらず先輩を敬《うやま》う気は皆無のようだな。別にいいけどさ。

＊＊＊

弓月の戦力がある程度できあがったところで、俺たちは第三層へと下りた。

今のパーティにおいて、第三層で怖いのはゴブリンアーチャーだ。

弓月が集中放火された場合に耐えられるかどうか、怪しい部分がある。

とはいえ、【ＨＰアップ（耐久力×４）】で弓月の打たれ強さも補強されているから、よほどのことがなければ大丈夫だとは思うが。

ちなみにだが、探索者《シーカー》がモンスターと戦う際には、ＨＰが残っている限りは「いきなり致命傷を受ける」ことはないのだという。

もっとありていに言うと、「ＨＰが削り切られなければやられることはない」という話。

何か運命的な力によって、たとえば敵の矢がたまたま急所に当たって即死してしまうとか、そういうことは起こらないようになっているらしい。

俺の探索者《シーカー》としての直感も、そういうことは起こらないだろうと感じる。

ダンジョンで命を落とさないために気を付けておくべきは、ＨＰ管理である――

そんな「ダンジョン世界の常識」を、俺の中の探索者《シーカー》としての感性が信じてしまっているし、おそらくは現実認識としてもそれが正しいのだろう。

そうした考え方を前提に、俺は弓月に作戦を言い伝える。

「弓月、お前が気を付けるべきはゴブリンアーチャー、つまり弓を持っているゴブリンだ。こいつの耐久力は普通のゴブリンと変わらないから、遭遇したら真っ先に【ファイアボルト】で落とせ。接近戦を仕掛けてくるゴブリンやホブゴブリンは、俺と小太刀さんで止めるから気にしなくていい」

「ラジャーっす！　風音さんも、よろしくお願いしますっす」

「うん、任せて火垂ちゃん。お姉ちゃんの格好いいところ、たくさんお見せします」

「おーっ！　見たいっす見たいっす！」

「小太刀さんは最近、ポンコツ感が強いですからね。ここらで挽回《ばんかい》しておかないと」

「えっ……？　そ、そんなですか六槍さん⁉　私って、そんなポンコツっぽい感じします⁉」

「あ、いや、えっと……すみません、口が滑りました」

「い、いえいえ、いいんですよ六槍さん！　もっとどんどん滑らせちゃってください！　私も火垂ちゃんみたいに、六槍さんと軽妙なやり取りをたくさんしたいです！」

「は、はあ……」

小太刀さんが変な方向に意気込みを見せていた。やっぱり寂しいんだな、うん。

と、そんな軽妙なのかよく分からないトークをしながら第三層を探索していると、やがて最初のモンスターと遭遇した。

モンスター編成は、いま一番遭遇したくないグループの一つだった。

ホブゴブリン×1と、ゴブリンアーチャー×2。

どのあたりが嫌かというと、ゴブリンアーチャーが二体いるところだ。

万が一、二体がかりで弓月に集中放火されると、弓月が落とされかねない。

逆に言えば、こいつらを問題なく倒せれば、このパーティでの第三層探索は大きな問題なくいけるってことだ。

「さあ、うちの第三層デビュー戦っすよ！」

弓月がその身に、赤色の魔力をまとわせる。

俺と小太刀さんもまた、モンスターの群れを迎え撃つべく戦闘態勢をとった。

＊＊＊

敵はホブゴブリンが一体と、ゴブリンアーチャーが二体。

ホブゴブリンが剣を振り上げ襲い掛かってくる一方で、二体のゴブリンアーチャーは射線が通《とお》った段階でこちらに向かって弓を構え、矢をつがえていく。

だが遠隔攻撃は、向こうの専売特許ではない。

緑と赤の燐光を身にまとった二人の女子が、ゴブリンアーチャーの射撃動作よりもわずかに早く、それぞれの魔法攻撃を発動した。

「いきます――【ウィンドスラッシュ】！」

「落としてみせるっす――【ファイアボルト】！」

小太刀さんが放った風の刃《やいば》は、向かってきていたホブゴブリンに命中して、その胸部を大きく切り裂いてダメージを与える。

一方で弓月が放った火炎魔法は、敵後方のゴブリンアーチャーのうち一体に直撃し、そいつを一撃で消滅させて魔石へと変えた。

「よしっ！　――って、うわぁっ！」

だが弓月の快哉《かいさい》の声と同時、残ったほうのゴブリンアーチャーが放った矢が、俺と小太刀さんの間の空間をヒュンと抜けた。直後、小さな悲鳴。

「くっ……痛っつぅ……！」

「バカ、弓月！　油断するな！」

俺は叱責《しっせき》の声を飛ばしながら、タイミングを見計らって残りのゴブリンアーチャーに向かって駆ける。

走り出す前に背後をチラ見したが、弓月の肩に突き刺さった矢が、黒い靄になって消えていくところだった。

「ご、ごめんっす！　でもお兄ちゃん、もっと優しく！」

「それはすまん！　でもその調子なら大丈夫そうだな！」

「あとで先輩が優しく治してくれれば大丈夫っすよ！」

少なくとも、軽口が飛んでくる程度にはダメージは深刻ではないということ。

俺はひとまず敵に集中する。

前方では小太刀さんが、ホブゴブリンを二本の短剣で斬りつけるところだった。

「――はぁあああああっ！」

身軽な小太刀さんが剣舞を舞い、ズバズバッと連撃が入る。

風の魔法で切り裂かれた上に、短剣によって二条の斬撃《ざんげき》も加えられたホブゴブリンは、あっさりと消滅していった。

その流れは、俺も織り込んでいる。

小太刀さんがホブゴブリンを落としてくれると確信していた俺は、消滅していくそいつの脇を駆け抜け、敵後衛のゴブリンアーチャー目掛けて突進した。

俺の手には、今日の探索前に新調した武器「ロングスピア」が握られている。

新しい槍は俺の手にしっかりと馴染《なじ》んでいて、これまで愛用していたショートスピアと比べても遜色《そんしょく》のない扱いやすさだ。

武具店のスペック表示では、８０００円のショートスピアの攻撃力が「６」に対して、

2万5000円のロングスピアの攻撃力は「10」。

戦ってみた感触でも、ショートスピアを使っていた昨日までとは明らかに武器の威力が違う。単に長くなっただけの武器でないことは間違いない。

「——はっ！」

そのロングスピアで、ゴブリンアーチャーを攻撃する。

ずぶりとモンスターの体に潜り込んだ槍の穂先は、背中まで貫通。

一瞬の後に、ゴブリンアーチャーは黒い靄になって消滅し、魔石を落とした。

「ふぅっ……」

ほかにモンスターの姿はない。戦闘終了だ。

弓月が一撃をもらったため完封勝利とはいかなかったが、敵にほとんど攻撃を許さないまま全滅させた戦闘内容は、十分に良好と評価できるだろう。

加えて、ホブゴブリンが倒された位置には、宝箱が出現していた。

小太刀さんが【トラップ探知】【トラップ解除】を使ってから、宝箱を開いていく。

中から出てきたのは、いつぞやと同じく「ブロードソード」だった。

あれは高値で売れるから大歓迎だが、それにしても——

「昨日今日と、宝箱の出現率、高くないですか？　それも小太刀さんが倒した敵から、よく出ているような……」

気のせいかもしれないが、宝箱の出現率が先週よりも、かなり高い気がする。

昨日も宝箱がたくさん出た。中身は全部「HPポーション」だったが。

すると小太刀さんは、えへんと胸を張ってみせる。

「ふっふっふ。さすが六槍さん、そこに気付くとはお目が高いですよ」

「と、言いますと？」

「何を隠そうこの小太刀風音、11レベルに上がったときに【宝箱ドロップ率2倍】のスキルを修得しているのです！」

「な、なんだってーっ⁉」

「どうもどうも。気持ちのいいリアクション、ありがとうございます」

とりあえずノリで驚いてみたら、小太刀さんはすごく嬉しそうだった。

それにしても、【宝箱ドロップ率2倍】なんて、そんなスキルもあるのか。

宝箱が出れば出るほど臨時収入が入るんだから、超優良スキルじゃないか。

一方では、第三層での初戦闘を終えた弓月が、こちらもハイテンションな声を上げる。

「それにしても風音さん、すげぇっすね！　戦闘もめっちゃ格好良かったし！　戦闘以外でも役に立つスキルもたくさん持ってるっす！」

「ま、まあね～」

弓月に褒められた小太刀さんは、さらに嬉しそうにした。頬を赤くして照れている。

さらに弓月は、興奮した顔で俺のほうを見てくる。

「六槍先輩も、貫禄《かんろく》の先輩探索者《シーカー》って感じっすよ！　的確な判断でパーティの足りないところを埋める戦い方！　しびれるっす！」

「お、おう。……それにしてもお前、ホント褒めるのうまいよな」

「ふへへっ。そう思うんなら頭をなでてほしいっすよ♪」

おのれ、愛らしさで兄を籠絡《ろうらく》するつもりか。

俺は弓月の頭に手を置いて、わしわしとなでてやる。

弟分は「にへへ〜っ」と頬を緩ませ、こそばゆそうに目を細めた。

こいつもある意味ではすごくかわいいと思うんだけど、俺の中ではなぜか弟分の枠なんだよな。かわいい舎弟《しゃてい》というか何というか。

「それより弓月、怪我《けが》のほう、大丈夫か？」

「んあ……？　あー、まあ、少し痛いは痛いっすけど、死ぬほどじゃないっす」

「死ぬほどだったらダメだろ。見せてみろ」

「優しくしてね、お兄ちゃん♪」

戯言《たわごと》を口走る弓月の肩に手を近付けて、【アースヒール】をかける。

魔法が発動し、弓月の傷口はすぐにふさがった。この見た目ならＨＰは全快したはずだ。

「あ、どれだけＨＰが減ってたか、確認しようと思って忘れてたな」

「それは覚えてるっすよ。確か『２０／２８』だったっす」

「お、グッジョブ。８点ダメージか。多少ブレると考えても、まあ問題なくいけそうだな」

少しゴブリンアーチャーを警戒し過ぎだったかもしれない。

でも1レベルや2レベルの段階だと厳しかったのも確かだろうし、まあこんなもんか。

「第三層の探索、問題なくいけそうですね」

その小太刀さんの言葉に、俺もうなずく。

一番厄介《やっかい》な部類のモンスター編成を相手にこの内容なら、普通にいけるだろう。

そんなわけで俺たちは、その後も第三層の探索を続けていった。

見立て通り、その後の戦闘も危なげなく捌《さば》くことができた。

むしろ小太刀さんと二人のときよりも安定していたぐらいだ。

そのまましばらく探索を続けると、第三層に下りてから四時間ほど探索したあたりで、弓月のＭＰ枯渇《こかつ》が見えてきた。

時間もちょうど良かったし、俺たちはそこで探索を切り上げ、帰還することにした。

さてさて、今日の戦果《せんか》は――

＊＊＊

本日の弓月ダンジョン探索ツアー終了時、三人分のステータスがこちら。

六槍大地
レベル：7（+1）　経験値：506／557
HP：48／48　MP：28／44（+4）
筋力：11　耐久力：12　敏捷力：10（+1）　魔力：11（+1）
スキル：【アースヒール】【マッピング】【HPアップ（耐久力×4）】
【MPアップ（魔力×4）】【槍攻撃力アップ（+6）】（Rank up!）
残りスキルポイント：0

小太刀風音
レベル：11（+2）　経験値：2465／3022
HP：48／48（+8）　MP：12／36（+3）
筋力：12（+1）　耐久力：12（+2）　敏捷力：20（+2）　魔力：12
（+1）
スキル：【短剣攻撃力アップ（+4）】（Rank up!）【マッピング】【二刀流】【気配察知】
【トラップ探知】【トラップ解除】【ウィンドスラッシュ】【アイテムボックス】
【HPアップ（耐久力×4）】【宝箱ドロップ率2倍】（new!）
残りスキルポイント：0

弓月火垂
レベル：4（＋2）　経験値：113／130
HP：32／32（＋11）　MP：2／56（＋12）
筋力：7（＋2）　耐久力：8（＋1）　敏捷力：9（＋2）　魔力：14（＋3）
スキル：【ファイアボルト】【MPアップ（魔力×4）】
【HPアップ（耐久力×4）】（new!）【魔力アップ（＋1）】（new!）
残りスキルポイント：0

差分は、俺と小太刀さんは先週比、弓月は2レベルでステータス確認した時との対比だ。

俺は昨日の探索で7レベルに上がったが、今日のレベルアップはなかった。スキルは順当に攻撃力を上げる【槍攻撃力アップ（＋6）】を修得している。

小太刀さんは、俺がバイトに勤しんでいた間もソロでダンジョンに潜っていた分だけ、先週と比べて経験値がモリモリ増えている。修得スキルは【宝箱ドロップ率2倍】のほかに、やはり【短剣攻撃力アップ】を順当にランクアップさせていた。

弓月は積極的に経験値を与えた成果もあり、今日だけで合計3レベルのアップ。4レベルになった際のスキル修得では【魔力アップ（＋1）】を選択して、魔力お化けぶりに拍車をかけていた。

次に収入。

魔石換金分は、三人で等分するとさすがに少ない額になり、手取り８４６０円止まりとなった。

朝八時頃から夕方の五時頃まで、実働で八時間ぐらいダンジョン探索していたことを考えると、かなり厳しい額ではある。

もっとも、弓月を入れると一時的に収入が下がることは見えていたので、まあこんなところかとも思うが。

だがそこで倍率ドン。

宝箱から出てきたブロードソードの売却代金で、一人頭４５００円のボーナスが入った。

さらにＨＰポーションも１本手に入れていたので、これを小太刀さんが引き取る分として、俺と弓月には＋５００円の追加ボーナス。

これは大きい。おかげで一応それなりの収入額にはなった。

ちなみに、俺が宝箱まわりのスキルに関して小太刀さんを褒めると、小太刀さんはでれでれしながらぐでんぐでんに照れていた。

かわいい。機会あらばどんどん褒めよう。

一方で弓月は、最終的な収入額を見て少し不満そうな顔をしていた。

「命懸けの仕事でこの報酬《ほうしゅう》っすか……。なかなか渋いもんなんすね」

それを聞いた俺と小太刀さんは、笑顔になり、弓月の左右から腕と肩をつかんでがっちりと押さえ込んだ。

「え、な、何すか二人とも！　笑顔が怖いっすよ！　うちなんか悪いこと言ったっすか⁉」

「弓月。お前はやはり、まずは一人でダンジョンに潜るべきだったな。現実を知るべきだった」

「ええ。火垂ちゃん、私たちのダンジョン探索初日の収入額を教えてあげましょうか？」

「な、なんかうち、地雷踏んだっすか⁉　ごめんなさいっす！」

弓月は涙目になってガタガタ震えていた。

まあ気持ちは分からないでもないけどな。

俺たちは「命懸けの仕事」に、多大な期待をしたくなるものだ。

そんな冗談なのか本気なのか分からない後輩への教育も終え、俺たちは帰宅の途《と》につく。

自転車置き場までたどり着いたところで、俺は弓月に聞いてみた。

「弓月、今日はどうだった？」

「超楽しかったっす！　六槍先輩や風音さんと一緒だからっていうのが大きいっすけど、うちももっとダンジョン探索したいっすよ！」

後輩はキラキラと目を輝かせて答えてきた。

そりゃあ良かった。俺は小太刀さんと顔を見合わせて、互いにサムズアップする。

「よし、じゃあ次の予定も決めるか」

「はいっす！　あと、うち決めたっす！　うちもバイト辞めて、二人と一緒にガチで探索者《シーカー》やるっすよ！」

「マジで？」

「マジっす！」

「それは俺も嬉しいが……」

バイト先、弓月も主力だっただけに、店長の生気《せいき》を失った目が想像できるな。申し訳ないけど、強く生きてほしい。

「風音さんも、いいっすか？」

「え……？　も、もちろんもちろん、大歓迎です。これから賑やかになりますね」

「……元凶のうちが言うのもあれっすけど、心境、複雑そうっすね」

「な、何がかな……？」

「いや、そう言うんならいいっす。どっちもどっちっすね」

弓月はやれやれと肩をすくめた。何だか分からんが、妙に腹立つなその仕草。

そんなわけで、今日の探索は終了。三人で一緒に食事をしてから解散となった。

俺はまた五日間のバイトを挟んで、六日後に小太刀さんとランデブー予定。

ちなみにバイトはこの五日間で終了だ。

弓月とは来週の同じ曜日に、また三人でダンジョンに潜ることになった。

さ、あとちょっとで俺も専業探索者《シーカー》になって、休みも取れる。

頑張ろう。

＊＊＊

俺は五日間、バイト生活を頑張った。

ダンジョン探索も含めた実質の連続勤務は、予定も含めると二十一連勤になる。

バイトを二十一連勤だとさすがにグロッキーになるが、ダンジョン探索が挟まっているとそこまででもない。

体力的にキツいのは変わらないが、気分的にはダンジョン探索は楽しみだからか。

ともあれ俺は、五日間のバイト生活を終えて、小太刀さんとの約束の日にたどり着いた。

俺がいつものように自転車を漕いでダンジョン前に向かうと、先週と同じように小太刀さんが嬉しそうに手を振ってきた。

この小太刀さんの笑顔を見ただけでも疲れが吹っ飛ぶまであるな。

「お久しぶりです、小太刀さん」

「こちらこそお久しぶりです、六槍さん。この日を一日千秋《いちじつせんしゅう》の想いで待っていました」

「あはは、また大袈裟《おおげさ》な」

「大袈裟じゃないですよぉ。一人ぼっちのダンジョン探索は寂しいんです」

ぷくっと頬を膨らませてくる小太刀さんである。とてもかわいい。

俺たちはいつものように準備をして、ダンジョンへと向かう。

第四層はまだ厳しいと思うので、今日も第三層だ。

ダンジョン内を歩きながら、俺は小太刀さんに聞いてみる。

「今日は第三層でいいとして、明日はどうしましょう。弓月も加われば、第四層いけると思います？」

「うーん、どうだろう。最悪ゴブリンシャーマンに加えて、ゴブリンアーチャーが二体いるパターンがありえるんですよね。遠隔攻撃型が三体いると、火垂ちゃんが落とされる可能性がなくはない、かも？」

「でもそこまで気にしていたら、俺たちが落とされる可能性だって皆無ではないし」

「そうなんですよね。それに落とされる可能性といってもＨＰが０になるだけで、死亡ラインは遥《はる》か彼方《かなた》。全滅さえしなければ命に別状はない、と考えると──」

「試しに第四層、行ってみてもいいですかね」

「そう思います。やってみて危なそうだったら、また考えれば」

小太刀さんも平気で「死亡ライン」がどうとか喋るんだから、やっぱ俺たち探索者《シーカー》になると、生死に関する感覚が微妙にズレるんだろうな。現代に生きる普通人の会話じゃない気がする。

そんなやり取りをしながら第三層を探索していると、最初のモンスターに遭遇した。

モンスターの編成は、ゴブリン×１、ホブゴブリン×１、ゴブリンアーチャー×１。

ゴブリンとホブゴブリンが敵前衛に立ち、ゴブリンアーチャーが後衛から射撃攻撃をしてくるという、第三層でも標準的なモンスター編成の一つだ。

それを見た小太刀さんが、さっそくとばかりに緑色の燐光を体にまとわせながら、不敵に口元を吊り上げる。

「六槍さん――私、今週のレベルアップで、ちょっと強くなったんですよ」

「ちょっと強く？」

「はい、ちょっと強くです――行きます！【ウィンドスラッシュ】！」

小太刀さんがいつもの風属性魔法を発動させた。

風の刃はいつも通りにホブゴブリンに――ではなく、敵後衛のゴブリンアーチャーに命中した。

ゴブリンアーチャーはその一撃で、あっさりと消滅して魔石に変わった。

おっ、すごい。

ネットで確認したモンスター情報によれば、ゴブリンアーチャーの耐久面の能力は、普通のゴブリンとまったく変わらない。

でも小太刀さん、先週までは【ウィンドスラッシュ】ではゴブリンも一撃では倒せないと言っていたのだ。明らかな進歩。

しかもそれだけではなかった。

「――はぁあああっ！」

魔法を撃った後、すぐに駆け出した小太刀さんは、ホブゴブリンに対して短剣二刀流でいつもの連続攻撃を仕掛ける。

二発の斬撃を叩き込まれたホブゴブリンは、これまたあっという間に消滅していった。

おーっ、これもすごい。先週までの小太刀さんは、ホブゴブリンに対しては【ウィンドスラッシュ】に物理攻撃を重ねて倒していたのだ。

あとは俺が、ゴブリンを一撃で仕留めるだけ。あっという間の完封勝利だった。

戦闘終了後、俺は満面の笑みを浮かべた小太刀さんとハイタッチを交わす。

「イエーイ！　ふふふっ、どうですか六槍さん。私、ちょっと強くなってません？」

「ちょっとというか、すごくというか。いや、両方瞬殺とかすごいですね」

「でしょでしょ？　もっと褒めてくれてもいいですよ？」

「いよっ、小太刀さんカッコイイ！　惚れる！」

「えへへ～っ。と言っても、まだ確実じゃないんですけどね。大見得《おおみえ》を切ったので、ちゃんとできて良かったです」

と、口ではまともそうなことを言いながらも、褒め倒された小太刀さんはくねくねと身をよじって、どうしようもなく照れた様子を見せていた。

そんなあれやこれやがありつつも、この日のダンジョン探索はつつがなく終わった。

俺は獲得した経験値でレベルアップし、7レベルから8レベルへと上昇。

小太刀さんはレベルアップなし。というか昨日12レベルにアップしたばかりらしく、次のレベルまではかなり遠いようだ。

魔石換金による収入も、おおよそこれまで通りの金額。

この日の探索で特筆すべきは、ドロップした宝箱の中から、有用な武器が一つ出てきたことだ。

ゴブリンアーチャーが落とした宝箱に入っていた「ショートボウ」だ。

小型の弓矢で、弓だけでなく矢筒と矢束《やたば》がセットになって出てきた。

武具店で購入すると、一揃《ひとそろ》いで1万6000円する代物だ。

これは弓月が使うかもしれないと考え、小太刀さんの【アイテムボックス】に収納した。

そうしてこの日の探索も終わり、時計の針は翌朝へと進む。

六槍大地
レベル：8（+1）　経験値：626／860
HP：52／52（+4）　MP：48／48（+4）
筋力：12（+1）　耐久力：13（+1）　敏捷力：10　魔力：12（+1）
スキル：【アースヒール】【マッピング】【HPアップ（耐久力×4）】
【MPアップ（魔力×4）】【槍攻撃力アップ（+8）】（Rank up!）
残りスキルポイント：0

小太刀風音
レベル：12（+1）　経験値：3284／4302
HP：48／48　MP：39／39（+3）
筋力　：12　耐久力：12　敏捷力：21（+1）　魔力：13（+1）
スキル：【短剣攻撃力アップ（+6）】（Rank up!）【マッピング】【二刀流】【気配察知】
【トラップ探知】【トラップ解除】【ウィンドスラッシュ】【アイテムボックス】
【HPアップ（耐久力×4）】【宝箱ドロップ率2倍】
残りスキルポイント：0

＊＊＊

「うーっす！　六槍先輩、遅いっすよ！」

「そうですよ、六槍さん！　早く早く！」

俺が予定時間より十五分ほど早くダンジョン前の待ち合わせ場所に行くと、そこで待っていた弓月と小太刀さんから理不尽な声を掛けられた。

いや、まだ待ち合わせ時間前なんだけど。キミたちは遠足の日の朝にはしゃいでいる小学生か何かですか？

　自転車を置き場にとめていると、弓月が駆け寄ってきて、そのまま俺にタックルしてきた。

　転ぶほどじゃなかったが、よろめいてしまう。

「うわっ！　おまっ、お前な！」

「先輩！　うちらみたいな可憐《かれん》な乙女《おとめ》二人を待たせておいて、その休日のお父さんみたいな態度は何なんすか⁉」

「いや待たせたって、まだぜんぜん時間前だろ。あと小太刀さんはともかく、お前を可憐な乙女枠に入れたくない。概念的に却下だ」

「ムッカーッ、何すかそれ！　ていうかテンション低いっすよ先輩！　もっと上げていくっすよ！」

「俺がテンション低いのは今に始まったことじゃないだろ」

「言われてみればそうっすね」

　ケロッと納得して、テンションを平常に落とす弓月。朝っぱらから元気だなぁこいつ。

　そんなわけで無事合流した俺、小太刀さん、弓月の三人は、いつも通りに準備をしてからダンジョンへと潜った。

　魔法陣でダンジョン内に転移し、下層へと向かう。

「というわけで弓月、今日は第四層に行こうと思う」

「うっす。さっき風音さんから聞いたっすよ」

「俺と小太刀さんだけじゃ攻略できなかった階層だ。第四層を攻略できるかどうかは、弓月、お前の双肩《そうけん》にかかっていると言っても過言じゃない」

「ごくりっ……。世界の命運は、うちに託されたわけっすね」

「いや、ぜんぜん。そういうのとは違う」

「っす。知ってたっす」

ちなみに弓月の装備も強化されている。

前回の探索で得た収入で「レザーアーマー」を購入し、それを身に着けていた。

ゴブリンアーチャーの射撃攻撃によるダメージを、いくらか軽減してくれるだろう。

さらに昨日の探索で手に入れた「ショートボウ」も、弓月に貸与《たいよ》されている。

メイン攻撃手段は魔法だが、魔力を温存したい局面もあるだろう。

と思っていたら、すぐにその出番がやってきた。

下層への階段にたどり着く前に、第一層でコボルド一体に遭遇したのだ。

「出たっすね、コボルド！　うちの弓矢の錆《さび》にしてやるっすよ。【ファイアボルト】を使うまでもないっす」

そう言って、弓月は張り切って弓矢で攻撃を始めた。

だが弓月は初めて扱う弓矢を器用に使いこなしてはいたものの、威力不足は否《いな》めず、コボルドに矢を一発命中させても撃破には至らなかった。

「わーっ、倒せなかったっす！　お兄ちゃん助けて！　風音お姉ちゃんでもいいっすよ！」

「「しょうがないなぁ」」

俺と風音さんでカバーに入って、襲ってきたコボルドを押し返す。

そこに弓月の二射目が発射されたが、これはコボルドがひょいと回避してしまった。

結局、俺と小太刀さんとでもう一度コボルドをあしらって、弓月の三射目でようやくの撃破となった。

「ううっ……弓矢だとうち、雑魚雑魚だってことが分かったっす……」

苦労の末にコボルド一体を撃破した弓月は、がっくりと肩を落とす。

ステータスもスキルも魔法に特化されているんだから、物理攻撃が弱いのは仕方ないな。

やがてたどり着いた第二層への階段を下りながら、俺は弓月に質問する。

「弓月、確かお前だいぶレベルアップが近かったと思うが。今のコボルドの経験値入って、次のレベルアップまであといくつだ？」

「んー、117／130っすから、次のレベルアップまでは、あと13ポイントの経験値が必要じゃ、っす」

「ゴブリン二体か、ホブゴブリン一体で届くな。第四層に行くまでに、もう1レベル上げておきたいところか」

そう思っていると、第二層の最初の戦闘で、ちょうどホブゴブリン一体と遭遇した。

俺は前に出て、盾と槍を構え、後衛の弓月に伝える。

「まず俺が一撃を入れる！　弓月は【ファイアボルト】でトドメを！」

「了解っす！」

「私、出番ないなぁ……」

小太刀さんは端っこでしゃがんで、ちょっといじけていた。

お姉ちゃんにはこの先、たくさん働いてもらうから安心してほしい。

俺よりも体格のいい大柄なモンスターが、剣を振り上げ襲い掛かってくる。

俺はその攻撃を、盾を使ってどうにか凌《しの》ぎ、隙を見てロングスピアの一撃を叩き込んだ。

ホブゴブリンの胸部にぐさりと突き刺さった槍の穂先は、モンスターの背中まで抜ける。

俺はそれをすぐさま引き抜き、その場から飛《と》び退《の》いた。

「今だ弓月、【ファイアボルト】を——って、あれ？」

ホブゴブリンは黒い靄となって消え去り、あとには魔石だけが残った。

おやぁ……？

これは、ホブゴブリンを一撃で倒してしまった？　小太刀さんじゃなくて、俺が？

背後からは、後輩のじとーっとした声が聞こえてくる。

「先輩～、ホブゴブリン残ってないんすけど～」

「お、おう、すまん。計算外だった」

ロングスピアに武器をランクアップし、前回のレベルアップで【槍攻撃力アップ（＋

8)】まで修得した俺の攻撃力は、ホブゴブリンを一撃で撃破するほどにまで上がっていたらしい。

俺も地道に強くなってるんだなぁと感じた一件であった。

＊＊＊

第三層に下りた俺たちは、今度こそ弓月に経験値を与えてレベルアップさせた。

4レベルから5レベルへと成長した弓月は、【魔力アップ（+1）】の上位スキルである【魔力アップ（+2）】を修得。その魔力お化けぶりにさらに拍車がかかった。

弓月火垂
レベル：5（+1）　経験値：131／220
HP：36／36（+4）　MP：58／64（+8）
筋力：7　耐久力：9（+1）　敏捷力：10（+1）　魔力：16（+2）
スキル：【ファイアボルト】【MPアップ（魔力×4）】【HPアップ（耐久力×4）】
【魔力アップ（+2）】（Rank up!）
残りスキルポイント：0

そして俺たちは、満を持して第四層へ。

螺旋状《らせんじょう》の階段をぐるりぐるりと下りて、勝負の地へとやってきた。

第四層の探索を進めながら、弓月がぶるりと震える。

「ううっ、武者震いしてきたっす。うちがやられたら、骨は拾ってほしいっすよ」

「安心しろ、そこまでじゃない。俺と小太刀さんだけでも一戦は勝ってるからな」

「でも『攻略』をできた感じじゃなかったんですよね。今度は火垂ちゃんも加入したし、私と六槍さんもあのときより強くなった。リベンジマッチです」

「おーっ！　リベンジマッチするっすよ！　ゴブリンシャーマンめ、覚悟してろっす！」

「いや、お前はリベンジ関係ないだろ」

「そうとも言うっす」

そうして緊張感があるのかないのか分からない感じで第四層を進んでいくと、小太刀さんがぴくりと反応する。

「——来ます、四体！」

その声に応じて、俺と弓月も身構えたところで、洞窟の先からモンスターの群れが現れた。

それは俺と小太刀さんが以前に第四層で戦ったときと同じモンスター編成だった。

すなわち、ゴブリン×1、ホブゴブリン×1、ゴブリンアーチャー×1、ゴブリンシャーマン×1だ。

例によって、ゴブリンとホブゴブリンが敵前衛、ゴブリンアーチャーとゴブリンシャーマンが敵後衛というフォーメーションで襲い掛かってきた。

ゴブリンアーチャーが弓に矢をつがえ、ゴブリンシャーマンは赤色の燐光を身にまとわせていく。

俺たちの側も、小太刀さんが緑の魔力を、弓月が赤の魔力を身に帯びた。

「——うぉおおおおっ！」

俺は、槍と盾を構えて駆け出していく。

そんな俺に向かってくるのは、ゴブリンとホブゴブリンが一体ずつだ。

だがそいつらが俺と交戦に入るよりも早く——

「この一撃で——【ウィンドスラッシュ】！」

「落としてみせるっす——【ファイアボルト】！」

小太刀さんと弓月の攻撃魔法が発動した。

小太刀さんの【気配察知】によって身構えるのが早かったこともあってか、敵の遠隔攻撃よりもわずかに早い。

小太刀さんの風の刃がゴブリンアーチャーに、弓月の火炎弾がゴブリンシャーマンにそれぞれ直撃。

一瞬の後、その二体は黒い靄となって消滅していった。

「やった！　これがうちの実力っすよ！」

弓月の快哉の声が聞こえてくる。

たしかに大金星だ。

ゴブリンシャーマンは、普通のゴブリンやアーチャーと比べて耐久力や魔法防御力がいくらか高い。それを一撃で落とすんだから大したものだ。

一方で俺は、ゴブリン、ホブゴブリンとの交戦を始める。

まずはゴブリンに向かって槍を突き出し、これを一撃で仕留めた。

その隙に襲い掛かってきたホブゴブリンの攻撃を、どうにか盾で防御する。

ホブゴブリンの重い攻撃はウッドシールドだけでは防ぎきれなかったが、残るわずかな衝撃は、レザーヘルムと俺自身の防御力によってすべて吸収された。

探索者《シーカー》の能力値の一つである「耐久力」は、HPだけでなく物理防御力にも影響するらしい——というのは、ネットに上がっている検証班による仮説だ。

そこに小太刀さんが、猛烈《もうれつ》な速度で滑り込んできた。

体当たりするようにして二本の短剣をホブゴブリンの胸に埋め込むと、そいつも瞬く間に消滅し、魔石となった。

四体のモンスターを全滅させた。俺はホッと息をつく。

味方の誰一人、一撃も有効被ダメージなしの完封勝利だ。

弓月も駆け寄ってきて、三人でハイタッチをする。

「「イェーイ!」」

さらにパンパンパンと、互いに手を打ち合わせていく。

さすがの青少年も、もうハンドタッチには慣れました。

「完勝だったな」

「ですね。前回戦ったときとは雲泥《うんでい》の差《さ》です」

「ふっふっふ。やはりうちの存在が活きたっすね。このリーサルウェポン火垂ちゃんにかかれば造作《ぞうさ》もないこと」

「おー、よくやったぞ弓月。えらいえらい」

「うんうん、火垂ちゃんいい子いい子」

「えっ、ちょっ、二人がかりは予想外なんすけどっ！　わぷっ、ふわぁあああっ……！」

俺と小太刀さんは、二人がかりで弓月をなで回す。

すっかり愛玩動物《あいがんどうぶつ》のようにされた弓月は、ぐるぐると目を回してふらふらになった。

＊＊＊

その後の探索も順調に進み、第四層マップの探索済み領域もごりごり広がっていく。

そうして探索を続けていると、やがて弓月のレベルがもう一つ上がった。

弓月は、自分の修得可能スキルのリストを見せて、俺に質問してきた。

「ねぇ先輩、この【モンスター鑑定】っていうスキル、取ったほうがいいんすかね？」

「あー、これな。微妙なんだよな。要らないといえば要らないんだが……」

弓月が相談してきたのは、【モンスター鑑定】というスキルに関してだった。

【モンスター鑑定】は、モンスターのステータスや特殊能力、弱点などを知ることができるスキルだ──と、ネットの情報にはあった。

ただそのネットに、先人が【モンスター鑑定】で調べたデータが、あらかた載っちゃってるんだよな。

それを見れば事済むという考え方はあるので、要らないといえば要らない。

ただ一点、このスキルには重要なポイントがある。

それは、戦っている最中のモンスターの「現在ＨＰ」も見ることができる点だ。

俺たちには敵のＨＰバーが見えるわけでもないので、これは有用といえば有用だ。

特にボス戦なんかでは、俺たちの精神衛生上、重要なスキルになってくるかもしれない。

そのへんの情報を弓月に伝えると、後輩はうーんと考え込む。

「欲しいは欲しいっすけど、今すぐかって言われると微妙っすね。……てかこのダンジョン、ボス戦とかあるんすか？」

「この第四層の奥にはボスがいるみたいですね。それを倒さないと、第五層には進めないんだとか」

横から小太刀さんが口を挟んでくる。

「分かったっす。じゃあ【モンスター鑑定】はボス戦前に取ることにするっすよ」

「だな。頼りにしてるぞ、後輩」

「えへへっ。うちもお兄ちゃんや風音お姉ちゃんのことは頼りにしてるっす♪」

「まったく、愛《う》いやつめ。このこの」

「本当です。かわいいかわいい♪」

「ちょっ、またっ!? 二人とも、うちを緩衝材《かんしょうざい》にしてないっすか!? ふにゃあああああっ！」

俺と小太刀さんの手で再びなでくり回された弓月は、なんかまためちゃくちゃになった。

そのまま順調に探索を進め、やがて帰還の時間となる。

その頃には、俺の【マッピング】スキルが示す探索済み領域は、第四層全体の三割ほどにまで広がっていた。

ダンジョンを出たときには、時刻は夕方の五時頃。

この時期のこの時間はまだ明るく、川の水面《みなも》が陽《ひ》の光を照らしてキラキラと輝いていた。

今日の探索で成長したのは、何といっても弓月だ。

第四層では遭遇のたびにゴブリンシャーマンを【ファイアボルト】で撃墜《げきつい》していたため、弓月にはモリモリ経験値が入った。

結果、なんと一気に7レベルまで上がる大躍進だ。

弓月火垂

レベル：７（＋２）　経験値：３８９／５５７
ＨＰ：４０／４０（＋４）　ＭＰ：２０／７２（＋８）
筋力：８（＋１）　耐久力：１０（＋１）　敏捷力：１１（＋１）　魔力：１８（＋２）
スキル：【ファイアボルト】【ＭＰアップ（魔力×４）】【ＨＰアップ（耐久力×４）】
【魔力アップ（＋２）】【バーンブレイズ】（new!）【モンスター鑑定】（new!）
残りスキルポイント：０

スキルはまず、範囲攻撃魔法の【バーンブレイズ】を修得。消費ＭＰは【ファイアボルト】よりも重く、威力も劣るが、複数のモンスターを同時に攻撃できるメリットは大きい。

さらに、次回探索時にボス戦に突入する可能性を考えて、少し気が早いが【モンスター鑑定】を修得した。

一方、俺と小太刀さんはレベルアップなしだ。

俺は8レベルなので、ともすれば弓月に追いつかれそうな勢いだ。

しかし弓月は明日からまたバイトで、次のダンジョン探索の約束はまた一週間後だ。

対して俺は、一昨日がバイトの最終勤務だったので、もはや自由の身。

日銭《ひぜに》も稼がなければいけないし、ほどほどに頑張っていこう。

＊＊＊

なか二日の休日をとって体力を回復した俺は、それから四日間、小太刀さんと二人でレベル上げと日銭稼ぎを行った。

小太刀さんと二人で組む場合、第三層で稼ぐのがこれまでの定番だった。

ただ俺も小太刀さんも以前より戦闘力が上がっているため、弓月抜きでも第四層で行けるんじゃないか、という希望的見解が浮上。

俺たちは試しに、第四層を二人でチャレンジしてみることにした。

結果は——ギリギリ行ける、といった感じだった。

個々の戦闘はいい感じに勝てるが、やはりゴブリンシャーマンの魔法攻撃がいかんともしがたく、一回の戦闘につきどうしても一度や二度の被弾は受けてしまう。

戦闘が終わるたびに【アースヒール】を一回使うぐらいの塩梅《あんばい》。第三層での戦闘と比べると、露骨《ろこつ》に消耗が激しかった。

ただ俺の最大ＭＰも増えているので、それでもどうにか間に合わせることができた。

ギリギリながら第四層も二人で攻略できることが分かったので、この四日間は主に第四層で活動をした。

これにより、俺と小太刀さんの収入額は過去最高の水準となり、一日のダンジョン探索につき一人あたり2万5000円ほどの手取り収入を得ることができた。

これを機に小太刀さんは、愛用していた二本の「ダガー」をお役御免とし、一振り20000円の上位短剣「バゼラード」を二本購入して装備。

加えて鎧《よろい》もこれまでの「レザーアーマー」から、3万5000円する硬革製《こうかくせい》の「クイルブイリ」へとランクアップさせ、攻撃力・防御力とも大幅に強化された。

俺も同様に、鎧を「レザーアーマー」から「クイルブイリ」に換装。

盾もこれまで使用していた「ウッドシールド」から、1万5000円の「ブロンズシールド」へと買い替えた。

ウッドシールドだと、ホブゴブリンの重い攻撃を受けたときなどにいくらかダメージが貫通してくることがあったが、ブロンズシールドに換えてからはそれもなくなった。

そして四日目――弓月と約束している日の、前日。

第四層を探索していた俺と小太刀さんは、一つの大扉の前にたどり着いていた。

両開きの大きな石扉には、左右のいずれにも禍々《まがまが》しい紋様《もんよう》が彫り込まれている。

扉の脇には台座があって、青色のオーブが配置されていた。

このオーブに探索者《シーカー》が手をかざすと、扉が開く仕組みだ――と、ネットの情報サイトには書かれていた。

これが第四層のボス部屋の入り口である。

小太刀さんが扉を見据《みす》え、その手の短剣――バゼラードをくるくると弄《もてあそ》びながら声を掛けてくる。

「さて、ここまで来ましたけど。まあ、今日は帰りますよね」

「ですね。勝負をかけるとしたら、明日、弓月も交《まじ》えてかと」

「……やれると思います？　六槍さん」

「まあ、何とかなるんじゃないですか。ボスの『ゴブリンロード』に、この階のモンスター編成が取り巻きとして付くんですよね。データを見た感じでは、ゴブリンロードも太刀《たち》打《う》ちできないような強さではなさそうですし」

「やっぱそんな感じかぁ。それに例の『裏技』もありますしね」

先人が残したネットのデータは偉大だ。

実際に戦ってみないと実感できない部分はあるにせよ、突入前に大まかな敵戦力を把握できるのは非常にありがたい。

加えて、過去の探索者《シーカー》たちの経験則から、ボス戦においてはちょっとした「裏技」が発明されている。

それだけで戦局を決定的に左右するほどのものでもないが、大きな「足し」にはなってくれるはずだ。

「じゃ、今日は帰りますか」

「そうですね。では姫、ダンジョンの外までエスコートしましょう」

「あははっ。六槍さんって、ときどき変なこと言いますよね」

「うぐっ……。乗ってもらえないとメチャクチャ恥ずかしいんですけど」

「ふふっ、すみません。じゃあお願いしますね、騎士様♪」

俺たちはUターンして、帰還の途につく。

俺のジョークのセンスが壊滅的なところはスルーしてもらうとして。

勝負は明日。この四日間で、レベルアップだってしている。

これまでの集大成をぶつけてやろう。

六槍大地
レベル：10（+2）　経験値：1694／1998
HP：60／60（+8）　MP：52／52（+4）
筋力：14（+2）　耐久力：15（+2）　敏捷力：11（+1）　魔力：13（+1）
スキル：【アースヒール】【マッピング】【HPアップ（耐久力×4）】【MPアップ（魔力×4）】【槍攻撃力アップ（+8）】【ロックバレット】（new!）【プロテクション】（new!）
残りスキルポイント：0

小太刀風音

レベル：13（+1）　経験値：5164／5902
HP：52／52（+4）　MP：39／39
筋力：13（+1）　耐久力：13（+1）　敏捷力：22（+1）　魔力：13
スキル：【短剣攻撃力アップ（+6）】【マッピング】【二刀流】【気配察知】
【トラップ探知】【トラップ解除】【ウィンドスラッシュ】【アイテムボックス】
【HPアップ（耐久力×4）】【宝箱ドロップ率2倍】【クイックネス】（new!）
残りスキルポイント：0

＊＊＊

「パンパカパーン！　昨日でうちもバイト終了っす！　今日から専業探索者《シーカー》としてガチでやっていくっすよ！」

翌朝、ダンジョン前のいつもの集合地点に行くと、例によって朝っぱらから元気な弓月が待っていた。

ちなみに小太刀さんは、なぜか弓月を後ろから抱いて、その頭をなでこなでこしている。

「おはようございます、六槍さん」
「お、おはようございます……？」

にこにこと満足げな様子で挨拶をしてくる小太刀さんに、俺は困惑しながら返事をする。

なんでそうなっているんだ。それ平常運転なの？　羨ましすぎるぞ弓月のやつ。

合流した俺たちは、いつも通りに準備をしてダンジョンへと向かう。

魔法陣でダンジョン内へと転移して、第二層、第三層と下り、第四層へと到着した。

「でも毎度毎度、第一層から下りてくるのも大変っすね。ずっとこんな感じなんすかね？」

「お前ネットの情報見てないのか。第四層と第五層の間にはワープポイントがあって、それ踏めば次からダンジョン転移の際にそっちも選べるようになるらしいぞ」

「あ、そうなんすか。や、一応見てはいるんすけどね。うち基礎知識編は見ても、完全攻略編はあまり見ない主義なんすよ」

「どういう例えだそれは」

古《いにしえ》の時代、ゲームの攻略本文化が全盛の頃には、一つのゲームの攻略本が分冊で出ていたこともあったのだとか。

スキルや魔法やアイテム、モンスターのデータなどが満載《まんさい》の基礎知識編に、街やダンジョン、イベントやストーリーの情報が載った完全攻略編……って、実にどうでもいいな。

そんなよく分からない会話を繰り広げながら、第四層のモンスターを蹴《け》散《ち》らしつつ、俺たちはボス部屋へと向かって進んでいく。

第四層でも、雑魚戦はほとんどが完封勝利だ。

やはり弓月がいると、状況がまったく違ってくるな。

朝の八時過ぎにダンジョン入りして、ボス部屋前にたどり着いたのは、ちょうどお昼時の時間だった。

先にランチにしようかという緊張感のない意見も出たが、人間はちょっと空腹ぐらいのほうが調子がいいということで、このまま突入する方針に決まった。

ちなみに弓月は、ボス部屋にたどり着く少し前の戦闘でレベルアップ、8レベルへと上昇していた。

スキルは味方の武器攻撃力を強化する【ファイアウェポン】を修得。

ボス戦のための布陣が完成した。

弓月火垂
レベル：8（+1）　経験値：558／860
HP：40／40　MP：49／76（+4）
筋力：9（+1）　耐久力：10　敏捷力：12（+1）　魔力：19（+1）
スキル：【ファイアボルト】【MPアップ（魔力×4）】【HPアップ（耐久力×4）】
【魔力アップ（+2）】【バーンブレイズ】【モンスター鑑定】
【ファイアウェポン】（new!）

俺、小太刀さん、弓月の三人は、石造りの大扉の前で、互いにうなずき合う。

俺が代表して、オーブに手をかざす。

ゴゴゴゴッと荘厳な音を立て、大扉がゆっくりと開いていった。

開いた門を通って、俺たちは部屋の中へと踏み込んでいく。

扉は石造りだが、内部は土壁の大洞窟といった感じ。

その薄暗い大洞窟は、ゆうに体育館ぐらいの広さがあった。

俺たちが進んでいくごとに、左右の壁に設《しつら》えられたいくつもの松明《たいまつ》に、手前から順にボッ、ボッ、ボッと青い灯《ひ》がともっていく。

俺たちが部屋の中央までたどり着いた頃には、松明の灯が速度を上げて追い越していって、やがて大洞窟の奥までを照らし出した。

大洞窟の奥には、骨を組み上げて作ったような玉座があり、そこに一体の大柄かつ屈《くっ》強《きょう》なゴブリンが頬杖《ほおづえ》をついて待ち構えていた。

ホブゴブリンをさらに一回り大きくしたような体格。ホブを格闘技のミドル級だとするなら、明らかにヘビー級のウェイトだ。

金属製と思《おぼ》しき鎧に身を包み、背には王者のマント、頭にはドクロで作られた王冠らしきものをかぶっている。

そいつはゆっくりと立ち上がると、骨の玉座に立てかけてあった大剣を手に取る。

同時に、玉座の周囲に四つの人魂のような炎が浮かび上がり、それらが形を変えてモンスターの姿となった。

ゴブリン、ホブゴブリン、ゴブリンアーチャー、ゴブリンシャーマンが各一体ずつだ。

ちなみに、軽く十秒以上もあったその登場シーンの間、俺たちはどうしていたかというと、全員で強化魔法《バフ》をせっせとかけていた。

俺の【プロテクション】、小太刀さんの【クイックネス】、弓月の【ファイアウェポン】により、それぞれの身体能力や武器の威力が強化される。

ボスの登場シーン中は、敵モンスターには何だかよく分からない謎のバリアが発生しており、攻撃を仕掛けても無駄だというのが先人の残した情報である。

ただ裏技的に、この間に強化魔法《バフ》を使うのは有効という抜け道がある。

そのため俺たちは、ボス戦前のレベルアップでそれらのスキルを優先して修得していた。

「――来ます！」

小太刀さんの警告の声。

ほぼ同時に、玉座のヘビー級ゴブリン――「ゴブリンロード」が雄叫《おたけ》びを上げる。

ロードは配下のモンスターを引き連れ、地鳴りを起こす勢いで駆けてきた。

その速度は、ロードだけが圧倒的に速い。

後方でどっしり構えるなどといったことはせず、ボスが率先して突撃してくるタイプだ。

ゴブリンロードの雄叫びが、戦闘開始の合図。

俺たちはそれぞれ、すぐに放てるよう準備しておいた攻撃魔法を発動する。

「くらえ、【ロックバレット】！」

「行けっ、【ウィンドスラッシュ】！」

「終焉《しゅうえん》の炎よ、すべてを焼き尽くせっす！【バーンブレイズ】！」

俺、小太刀さん、弓月が放った一斉《いっせい》魔法攻撃が、敵モンスターの群れに炸裂《さくれつ》した。

＊＊＊

あらかじめ立てておいた作戦通りだ。

俺の【ロックバレット】がゴブリンシャーマンに、小太刀さんの【ウィンドスラッシュ】がホブゴブリンに直撃する。

そして弓月の火属性範囲攻撃魔法【バーンブレイズ】が、すべてのモンスターを同時に包み込んだ。

広範囲を包んだ業火《ごうか》がやんだ後には、残るモンスターはボスのゴブリンロードのみ。

ほかの四体の雑魚——ゴブリン、ホブゴブリン、ゴブリンアーチャー、ゴブリンシャーマンは綺麗に消滅して魔石になっていた。

「うっし！　完璧っす！」

「まだ、ここからです！　気を抜かないで火垂ちゃん！」

「分かってるっすよ！」

「小太刀さん、二人でロードを止めます！」

「了解！」

俺と小太刀さんはそれぞれ両手に武器や盾を構え、二人がかりでゴブリンロードの前に立ちふさがった。

俺たちが手にしている合計三本の武器には、いずれも魔法の炎が付与されている。

弓月が使った【ファイアウェポン】には、武器の攻撃力を増加する効果がある。

それればかりでなく、俺と小太刀さんの身には【プロテクション】【クイックネス】の効果もかかっている。それぞれ防御力と敏捷力を増加する魔法だ。

ここまでの仕込みはすべて完璧。

残しておくといろいろ面倒な雑魚をさっさと始末して、強化魔法《バフ》も万全。

だが油断は禁物だ。ここから先は、純粋な力と力の勝負になる。

配下のモンスターが倒され、自らも【バーンブレイズ】のダメージを受けながらも、ゴブリンロードは止まらない。

身の丈ほどもある巨大な大剣を振り上げ、俺と小太刀さんに向かって突進してくる。

大きな図体《ずうたい》にもかかわらず、その動きは相当に速い。

もともとが敏捷力お化けの小太刀さんはともかく、俺では【クイックネス】の効果を受けた上で、まだ向こうのほうが俊敏《しゅんびん》だ。

「くっ……！」

暴走車のごとき勢いで突っ込んでくるゴブリンロードを、俺は炎をまとったロングスピアで突く。

だがロードは巨体に似合わぬ素早いサイドステップで俺の攻撃を回避し、間髪《かんはつ》入《い》れずに俺に向かって大剣を振り下ろしてきた。

剣速が速すぎて、回避はとうてい不可能。

俺はブロンズシールドを使って、その一撃を受け止めようとした。

「なっ⁉　ぐぅっ……！」

たしかに攻撃を受け止めた、はずだった。

だがゴブリンロードの大剣は、ブロンズシールドを断ち切り、さらに硬革鎧《クイルブイリ》と【プロテクション】による防護をもやすやすと切り裂いて、俺の胴に浅からぬ裂傷《れっしょう》を入れていた。

盾で防御したこともあって、さすがに致命傷ではない。

だがあと数発、同じ攻撃を受けたら立っていられないほどのダメージだった。

「くぅっ、硬い！　――六槍さん、大丈夫ですか⁉」

その隙をついて、小太刀さんが火炎をまとった二本の短剣《バゼラード》でゴブリンロードの死角から斬りかかっていたが、当然ながら一度の攻撃で決定打には至らない。

ゴブリンロードは小太刀さんをより大きな脅威と認識したのか、俺を半ば無視して、小太刀さんに向かって薙《な》ぎ払《はら》うように大剣を振るう。

小太刀さんは素早くバックステップしてそれを回避。

だがいつものような余裕はなく、紙一重といった回避タイミングだった。

「うちもいるっすよ——【ファイアボルト】！」

そこに弓月の魔法攻撃。

火炎魔法はゴブリンロードに直撃し、その身を燃え上がらせた。

だが炎はすぐに消え去り、ゴブリンロードは弓月のほうを見てギラリと目を光らせる。

「ひぃっ！　う、うちは狙っちゃ駄目っすよ！　そんな攻撃受けたら、一撃で吹き飛んじまうっすからね！」

弓月はゴブリンのようにカサカサと逃げ出して——いくような気配を見せながらも実際にはそんな動きはせず、その場にとどまってさらなる魔法攻撃を仕掛けようとその身に魔力をまとわせていく。

魔法を使うには一定時間静止して体内の魔力を高めていく必要があって、逃げながら魔法を使うとかはできないからな。

「火垂ちゃんのところには行かせない！」

小太刀さんが、再びゴブリンロードに斬りかかる。

ギャリリッと音がして、炎をまとった二本の短剣が、鎧の上からゴブリンロードの体を切り裂く。

一撃で致命傷というダメージは与えられないが、着実に削っているはずだ。

ゴブリンロードの注意が再び小太刀さんへと向き、苛烈《かれつ》な攻撃を仕掛けていく。

小太刀さんはからくも攻撃を凌いでいた。

「弓月！　やつのＨＰは！」

俺は自身に【アースヒール】を使って負傷を癒《いや》しながら、【モンスター鑑定】持ちの弓月に向かって叫ぶ。

「いけるっす！　残り半分切ってるっすよ！　――【ファイアボルト】！」

弓月の二発目の火炎魔法が、ゴブリンロードに直撃する。

ロードは炎で燃え上がりながらも、小太刀さんへの攻撃の手を緩めることはない。

「くぅっ！」

防戦一方になった小太刀さんは、たまらず大きく後方へと跳んだ。

だがゴブリンロードは、それを待っていたかのように方向転換。

弓月のほうに向かって駆け出していく。

「げっ、マジで来るっすか⁉」

「しまっ……⁉　火垂ちゃん！」

小太刀さんが慌てて追いかけるが、タイミング的にまるで間に合わない。

弓月自身もまた、今さら逃走したところで逃げられようはずもなかった。

「ふぁ、【ファイアボルト】！」

弓月の三度目の火炎魔法が、ゴブリンロードに直撃する。

だがロードの勢いは止まらず、全身にまとわりついた炎をかき消して、大剣を弓月に振り下ろす――

「弓月！」

タイミングはギリギリ。

俺は弓月をかばって間に入り、ゴブリンロードの大剣の一撃を盾で受け止めていた。

だが先刻と同じだ。ゴブリンロードの大剣はブロンズシールドを断ち、俺の防御の上から、左肩から右脇腹にかけてを大きく切り裂く。

「ぐっ……！　だが――！」

先刻と違うのは、俺が突き出した槍もまた、ゴブリンロードの胴に突き刺さっていたことだ。

それがトドメの一撃となった。

ゴブリンロードの図体がぐらりとよろめき、地面に倒れる。

ほかのモンスターと同様、その体は黒い靄となって消滅し、あとには魔石が残った。

「勝った……」

俺は安堵《あんど》し、大きく息をつく。

少しあっけなかった気もするが、裏技までフル活用したのだから、こんなものかとも思う。

地面に落ちたゴブリンロードの魔石は、ほかのモンスターのそれと比べてはるかに大きく、ピンポン玉ほどのサイズ感があった。

俺はずっしりとした重みのあるそれを拾い上げ、ポケットに大事にしまい込む。

それから自分の負傷を【アースヒール】で治癒した。

「た、助かったっす……。てか先輩、ちょっと何すか今の！　ヒーローっすか⁉　ちょっとドキドキしたじゃないっすか！」

後ろにかばった弓月が、よく分からないクレームを飛ばしてくる。

俺は振り向き、尻もちをついた後輩の前にしゃがんで、わしわしと頭をなでた。

「大丈夫か、弓月。無事でよかったよ」

「ドッキーン！　な、何すか先輩！　うちのこと惚れさせにきてるっすか⁉」

「いや、お前はそんなタマじゃないだろ」

「うっ……ま、まあそうっすけど……。……でも、ありがとうっす、先輩」

「どういたしましてだ」

俺はもう一度、弓月の頭をくしゃくしゃとなでる。

後輩はこそばゆそうに目を細め、それを受け入れていた。

そこに小太刀さんも駆け寄ってくる。

ほかのモンスターの魔石を拾ってきてくれたみたいだ。

「すみません、私が至らないばかりに、ゴブリンロードを火垂ちゃんのほうに向かわせてしまって」

「何言ってるんですか。メイン壁とアタッカーの兼任で、獅子奮迅《ししふんじん》の活躍だったじゃないですか。俺なんて最後の一撃がなかったら、いいところなしで終わるところでしたよ」

「そ、そんなこと！　六槍さんがいなかったら、私あんなにフリーで動けてないですよ」

「二人とも謙遜ばっかかっすねぇ。しょうがないからうちが尊大に振る舞うっすよ。火垂ちゃん、【バーンブレイズ】に【ファイアボルト】の連発で大活躍！　うちがいたから勝てたようなもんっすよ。二人とも感謝するといいっすよ」

「言うほど間違ってないから腹立つな」

「にへへーっ♪」

弓月が笑顔を見せる。

それを見た俺と小太刀さんも、つられて笑いを漏らしてしまった。


こうして俺たちは、第四層のボス「ゴブリンロード」を撃破した。

戦場となった大洞窟の奥には、入り口と同じような形状の大扉があったのだが、今やそれが開いて先への道を示している。

俺たちは互いにうなずき合うと、扉の先へと向かって進んでいった。

＊＊＊

大扉をくぐった先には、下層へと続く階段があった。

例によって螺旋状の階段をぐるりぐるりと下りていくと、やがて階段が終わって、小さな広間へとたどり着く。

小広間の中央には、光り輝く魔法陣があった。

ダンジョンの入り口にある転移魔法陣と同じ形状のものだ。

小広間の向こう側には、さらなる下りの階段が見える。

ここが第四層と第五層の間にある中継地点だろう。

この魔法陣を踏めば、以後はダンジョン入り口の転移魔法陣から、この魔法陣を転移先に選ぶことができるようになるという話だ。

俺たちは三人で同時に、魔法陣の上に乗る。

魔法陣が光を放ち、視界が真っ白に染まり——

一瞬の後、俺たちはダンジョン入り口の魔法陣の前にいた。

魔法陣に乗りなおすと、脳内に選択肢が浮かび上がった。

選択肢は、第一層と第五層。

第五層を選ぶと、先ほどの場所に出た。前情報にあったとおりの作用だ。

安心した俺たちは、そのまま先に続く階段を下ってみることにした。

ぐるりぐるりと階段を下っていくと、その先には――

にわかに信じがたい、しかし前もって得ていた情報どおりの光景が眼前に広がっていた。

「森っすか……？　あれ、ここダンジョンの中っすよね？」

完全攻略編を見ない主義の弓月が、こてんと首を傾げる。

知識は持っていた俺もまた、現実として目の前に広がるその光景に圧倒されていた。

石造りの螺旋階段を下ってきた先にあったのは、鬱蒼《うっそう》と木々が生い茂る森林地帯だった。

しかもダンジョン内であるはずだというのに、まるで木漏れ日《こもれび》のような穏やかな光が木々の葉の間から落ちてきていて、幻想的な風景を作り出している。

「ここが第五層、森林層……」

小太刀さんが、ぽつりとつぶやく。

このダンジョンの第一層から第四層までは、通称「洞窟層」と呼ばれていて、そこまでが一つの区切りと見なされている。

そして第五層から先は「森林層」と呼ばれていた。

モンスターもこれまでとはガラッと変わり、未知の脅威が待ち受けているはずだ。

ただ俺たちはそこで、くるりとUターンする。

新たな世界へと踏み出していくのは、また今度。

何しろ今日は、すでにＭＰが激減している。

第二章

この階層には様子見として来ただけで、探索を続けるつもりはなかった。

俺たちは、螺旋階段を上って中継地点まで戻り、魔法陣に乗ってダンジョンを出た。

ダンジョンの外に出ると、時刻はようやく昼時を過ぎた頃。

ランチ休憩を取らずにボスに挑んだので、今日はまだ昼食も食べていない。

折角なので、これから洞窟層の突破を祝して、打ち上げをしようという話になった。

しかもそこで、小太刀さんがこんな提案をしてきたのだ。

「あの、良ければうちでパーティをしませんか？　私の家、この近くなんです。おばあちゃんと暮らしていた家なのでわりと広いですし、スーパーで食材を買い込んで料理すれば、お店で食べるよりも安上がりですから」

名案だとばかりに訴えてくる小太刀さん。

どこかちらちらと俺の反応を窺《うかが》っているようにも見えた。

それを聞いた弓月は、一度俺のほうを見てから、訝《いぶか》しむような目を小太刀さんに向ける。

「あの、風音さん、それってどういう……いや、野暮《やぼ》な詮索はやめるっすよ」

だがすぐに、何かを悟《さと》ったような顔をして、弓月は首を横に振った。

小太刀さんはそれに、不思議そうに首を傾げていた。

そして二人の視線が、自然と俺に向けられる。

「あ、はい。よろこんで」

俺に采配を投げられたら、こう言うしかなくない？

というわけで俺たちは、ボス攻略成功と洞窟層の突破を祝して、小太刀さんの家でパーティをすることになったのである。
余談だが、俺はゴブリンロードを倒したことで大きな経験値を獲得し、11レベルへとレベルアップしていた。

六槍大地
レベル：11（+1）　経験値：2601／3022
HP：64／64（+4）　MP：32／56（+4）
筋力：14　耐久力：16（+1）　敏捷力：12（+1）　魔力：14（+1）
スキル：【アースヒール】【マッピング】【HPアップ（耐久力×4）】【MPアップ（魔力×4）】【槍攻撃力アップ（+8）】【ロックバレット】【プロテクション】
残りスキルポイント：1

修得可能スキルのリストも、11レベルになって大幅に拡張されていた。
だがスキル選びはまた後日にしようと思う。
今日はボス戦に勝利し、洞窟層を突破したことを素直に祝うとしよう。

＊＊＊

小太刀さんの魂胆《こんたん》が分かった。

彼女が自宅でのパーティを提案してきた理由、それは――

「それじゃ、ゴブリンロードの撃破と洞窟層の突破を祝して、かんぱーい！」

「「か、かんぱーい……」」

「んぐっ、んぐっ、んぐっ――ぷはぁあああああっ！　やっぱ仕事終わりはこれだよね～！　しかも今日は実質半休！　昼間からお酒が飲めるなんて、幸せ～♪」

缶ビールを片手に、ご満悦の小太刀さん。

彼女の前のテーブルには、キンキンに冷えたおかわり用の缶ビールがさらに二本用意されていたし、冷蔵庫にもまだまだ入っている。

つまりはこういうことだ。

外で飲むと、小太刀さんがビールを思う存分飲むことを俺が許可しない。

それは酔いつぶれた小太刀さんを、俺が介抱しなければいけなくなるからだ。

だったら小太刀さんの家で飲めば、彼女が酔いつぶれたときベッドに直行すればいいので、俺に迷惑はかけない――と、そういう算段のようであった。

もちろん俺としては、「どうなんだそれ？」である。

俺が危惧《きぐ》した「無防備すぎる」という点に関しては、何も解消されていない。むしろ悪化している。

自宅に俺をあげて、短パンにシャツ一枚という部屋着姿ですっかりくつろいでいる小太刀さんの姿は、なんかもう俺を男として認識していないようにしか思えない。

……いやワンチャン、ワンチャンだけ「これは誘っているのか？」と思わなくもないが。

だったら弓月を呼ぶことはないだろうし、完全に俺の勘違い男子属性が発動しているだけに違いない。

「ほら二人とも。料理たくさん作ったので食べてください。これだけ用意しても、飲み物込みで一人２０００円ちょっとですからね」

「あ、はい、いただきます……」

俺だけでなく、弓月までがあっけに取られていた。

弓月は食事をしながら、小太刀さんの目を盗み、俺のもとに寄って耳打ちしてくる。

「ね、ねぇ先輩。ひょっとして風音さん、酒乱なんすか？」

「その表現は使いたくないが、当たらずも遠からずだな。ちなみに酒に強くはない。前に飲んだときは、生ビール何杯かでさっさとできあがった上に、すぐに寝落ちた」

「寝落ちた？　そんときはどうしたんすか。風音さんの家じゃなかったんすよね？」

「そこはノーコメントとさせてほしい」

「――ちょっとそこ！　何を二人でイチャイチャしてるんですか！」

「『いや、イチャイチャはしてないです（っす）』」

内緒話をしているのを小太刀さんに見咎《みとが》められ、叱責される。

ビール一缶でさっそく顔を赤くし始めていた小太刀さんは、ぷーっと頬を膨らませて俺と弓月のほうを見てくる。

「……ずるい。火垂ちゃんずるいよ。いつも六槍さんとイチャイチャして」

「いやだから、イチャイチャはしてないっすよ？」

「してるもん！　私いつも見せつけられてるもん！」

「あの、風音さん……？　ひょっとしてすでに酔ってるっす？」

「酔ってない！　私はシラフです！」

完全に酔ってますね。頬は赤いし、目は据わってるし。

「火垂ちゃん、ちょっとこっちに来なさい。お姉さんからお話があります」

「あ、はいっす」

部屋は絨毯《じゅうたん》敷《じ》きのリビングルームで、俺たちは背の低いテーブルを前に、床に座布団を敷いて座っている形だ。

小太刀さんに呼ばれた弓月は、のそのそと小太刀さんのほうに寄っていく。

あぐらをかいて座っていた小太刀さんは、弓月に向かって両手を広げてみせる。

「ほら、火垂ちゃん」

「な、なんすか……？」

「ここに来てって言ってるの」

「あ、はいっす」

あきらめモードの弓月は、小太刀さんの腕の中に、ためらいがちに腰を下ろす。

小太刀さんに背を向ける形で座った弓月の体を、捕獲者は背後からぎゅーっと抱きしめた。

「ちょっ、風音さん……!?」

「えへへーっ。火垂ちゃんゲット～♪」

「あの、あの……!?」

「六槍さんといつもイチャイチャしてる罰です。お姉さんにも抱かれなさい」

「なんか不穏当な響きにも聞こえるんすけど!?　ふにゃあっ!?」

「火垂ちゃんで我慢してあげるって言ってるんです。おとなしくお姉さんの玩具《おもちゃ》になりなさい」

「それメチャクチャうちに失礼っすよね!?　てか、さっき言ってた『お話』はどうなったんすか!?　待って、どこ触って――にゃあああああっ……!」

俺の眼前には、なんだか見てはいけない気がする光景が広がっていた。

俺は生ハムサラダを自分の皿に取り分けて、二人のほうを見ないようにしながらパクついた。あ、これおいしいな。

それからしばらく、弓月のあられもない鳴き声が聞こえていた気もしたが、きっと気のせいだろうと思った。

結局この日、早々に酔いつぶれて寝てしまった小太刀さんを、俺が探索者《シーカー》パワーを活かしたお姫様抱っこで寝室のベッドまで運搬。

寝ぼけて抱きついてくる小太刀さんに、俺は自分の中の狼《おおかみ》さんを懸命に抑えつつ、どうにか彼女をベッドに寝かせて寝室を出た。

ふう危ない、近くに弓月がいなかったら犯罪者街道まっしぐらだったぜ。

「なんすかね、この混沌《こんとん》の状況は……」

すべての成り行きを見ていた弓月は、あきれた顔でそうつぶやいていた。

その後、俺と弓月は二人でパーティの後片付けをしてから、小太刀さん宅をあとにした。オートロックの家で良かったね。

そして明後日《あさって》の朝、小太刀さんはこの日の蛮行《ばんこう》のツケを支払わされることとなる——

第三章

第四層のボスを討伐し、小太刀《こだち》さんの家で大惨事《パーティ》をした日から、一日休日を挟んで翌々日の朝。

いつものダンジョン前の土手に行くと、小太刀さんが背後から何者かに抱きつかれている光景に出くわした。

現地に到着した俺は、その「何者か」にジト目でツッコミを入れる。

「おい弓月《ゆづき》。小太刀さんに何やってんだお前」

「風音《かざね》さんはこの間、うちを玩具《おもちゃ》にしてくれやがったので、今日はうちが風音さんを玩具にしてるっす」

そう言って弓月は、自分より背の高い小太刀さんの頭をなでなでしていた。

小太刀さんは頰《ほお》を真っ赤《まか》にして、すごく恥ずかしそうだ。

「あ、あの、火垂《ほたる》ちゃん……？　六槍《むそう》さんが見てる前では、さすがに……」

「あぁん？　見せつけてやりゃあいいんすよ。うちの兄貴にゃあこのぐらいしてやらないと。ほら風音さん、この間うちにしたことを倍返しにしてやるっすよ。ここことかそことか」

「やっ、あっ……火垂ちゃん……ほんとダメだからっ、やめっ……んんんっ」

「くっくっく、良いではないか良いではないか――痛いっ！」

俺は弓月の頭に、ごつんと拳骨を落としてやった。

小太刀さんを手放した弓月は、頭を抱えてしゃがみ込む。

「痛《い》ったぁ～！　せ、先輩、痛いっす！　ガチの拳骨はひどいっすよ！」

「すまん。なんかイラッとしたんだ」

「くっ……先輩がＤＶ夫《おっと》になる日も近いっす」

「まかり間違ってもお前の夫にはならないから大丈夫だぞ」

「まかり間違ったらうちでもいいじゃないっすか！　先輩はいつからそんな贅沢《ぜいたく》言《い》いのモテ男気取りになったんすか⁉」

「いや待て、いろいろ話の軸がおかしい」

そういうのは俺の嫁になってもいいと思ってるやつが言うことでは？

一方で小太刀さんは、肩身が狭そうにもじもじしながら、俺の顔色を窺《うかが》っているように見えた。

まあ一昨日《おととい》あれだけの痴態《ちたい》を見せたんだからしょうがないね。

「小太刀さん」

「は、はいっ……！」

「お酒、やめたほうが良くないです？」

「だってぇ……。六槍さんたちと飲むお酒、おいしいし、楽しいんだもん。……その、やっぱりああいうのって、迷惑ですか？」

「いや、迷惑というか……」

いつ間違いを起こすか分からないというか。主に俺が。

「それで何があっても小太刀さんが後悔しないなら、俺は止めませんけどね。でも前にも言った通り、無防備すぎます」

「それは、えぇっと……あははっ……」

笑って誤魔化された。本当どういうつもりなんだろう、この人。

さておき俺たちは、いつものようにダンジョンに潜《もぐ》る準備をする。

今日からは第五層、初めての領域だ。

各種情報、下調べはしてあるが、実際のところはこの身で体験してみないと分からない。

ひとまずダンジョンに潜る前にやっておくべきことがある。

更衣室で装備を身に着けた俺たちは、武具店へと向かった。

「おう、いらっしゃい。今日から第五層って話だが、森林層に潜るにあたって必要なアイテムは分かってるか？」

店に入ると、オヤジさんがそう言ってニッと笑いかけてきた。

武具店と言いつつ、「ＨＰポーション」などの消費アイテムも売られているこの店。

俺は消費アイテムコーナーに行って、目的のアイテムを手に取って、オヤジさんに見せる。

「『毒消しポーション』と『麻痺《まひ》消しポーション』ですよね」

「ご名答だ。ちゃんと予習しているみたいだな。小太刀ちゃんと、そっちの嬢ちゃん――弓月ちゃんっていったか。二人もその辺は大丈夫か？」

「はい。森林層のモンスターに関して、ある程度の予習はしたつもりです」

「え……？　あ、えーっと……も、もちろんっすよ！　ははははっ、やだなぁオヤジさん」

約一名、明らかに予習してなさそうなやつがいた。

オヤジさんは大きくため息をつく。

「弓月の嬢ちゃんは、一人でダンジョンに潜ったら死ぬタイプだな」

「にゃんですとーっ⁉」

「ま、その辺はそっちの兄さんや小太刀ちゃんがしっかりしてるからな。弓月の嬢ちゃんは、二人にべったりくっついとけば大丈夫だろうよ」

「はっ、そういうことならうち、六槍先輩と風音さんにべったりくっついていくっすよ！　さっきは風音さんにくっついたっすから、今度は先輩にくっつくっす。べたーっ」

そう言って俺に抱きついてくる弓月。ああもう。

「ええい離れろ暑苦しい。あとお前も女子を自称するなら慎《つつし》みを持て」

「自称って何すか！　だいたい女子は慎みをーとか、先輩は化石っすか⁉　白亜紀の生まれっすか⁉」

「いや節操なしに抱きついてくるなってだけの意味だよ？」

ときどきお前が女子であることを思い出しそうになるんだよ。そうなったらお互い困るだろ？

そんなじゃれ合いをしつつ、準備を終えた俺たちはダンジョンへと潜っていく。

ダンジョン入り口の魔法陣で第五層を選択し、中継地点の魔法陣に降り立つと、下りの階段を下りる。

石造りの螺旋階段《らせんかいだん》を下ってたどり着いたのは、二日前にも見た緑あふれる景色だった。

鬱蒼《うっそう》と生い茂る樹木の群れ、葉と葉の合間からこぼれ落ちる穏やかな木漏《こも》れ日《び》に、鼻孔《びこう》を刺激してくる新緑の匂い。

木々は奇妙に整列して並んでいて、あからさまに通路を形作っている。

第五層、森林層。

俺は小太刀さん、弓月とともに、初めての大地を歩んでいく。

その際に弓月が後ろから、俺の服の裾《すそ》をくいくいと引っ張ってきた。

「ねぇ先輩。この森林層には、毒とか麻痺とかの攻撃をしてくるモンスターが出るってことっすか？」

「ああ。っていうかお前、事前にマップ攻略情報は仕入れない主義じゃなかったのか？」

「そうなんすけどね。一人でダンジョンに潜ったら死ぬタイプとか言われて、うちのゲーマーとしてのプライドがちょっと傷付いたっすよ」

「それで宗旨《しゅうし》変《が》えすることもやむなしってわけか」

「うっす」

「まあ初見殺しにやられて全滅しても、やり直せる種類のゲームとは違うからな」

自分の体を使って挑むという点で、言ってみたらある種のデスゲームなんだよなこれ。

ダンジョンの殺意がそれほど高くないせいか、あまりそういう感じはしないのだが。

弓月には、小太刀さんが横から説明してくれる。

「この第五層に出てくるモンスターは、情報によると『キラーワスプ』と『デススパイダー』の二種類だね」

「露骨《ろこつ》に『蜂《はち》』と『蜘蛛《くも》』っぽいネーミングっすね。どっちも毒攻撃してきそうっす」

「キラーワスプが麻痺、デススパイダーが毒、らしいよ。麻痺のほうは、受けると体の動きが鈍らされて、何度も受けると効果は累積《るいせき》。最終的には完全に動けなくなってしまうって」

「や、ヤバそうっすね」

「しかも森林層のモンスターは、洞窟層《どうくつそう》の雑魚《ざこ》モンスターとは基礎ステータスも比較にならないほど高いっていうオマケ付き」

「ふぇぇっ、マジっすか」

弓月がごくりとつばを飲む。緊張感を持ってくれたようで、お兄ちゃんは嬉《うれ》しいよ。

そんな話をしながら、俺たちは森の木々の間にできた道を進んでいく。

【マッピング】スキルを開いて見てみれば、洞窟層のときと同じように、歩いた道が探索済み領域としてマップに表示されていた。

第五層のマップもやはりだだっ広《ぴろ》く、数日かけなければ全域を探索しきれそうにないあたりも相変わらずのようだ。

そうして森林の姿をしたダンジョンを、三十分ほど歩いた頃だろうか。

小太刀さんがぴくりと反応し、俺と弓月に向かって警告の声を発した。

「羽音《はおと》です。複数──来ます、正面！」

俺たちが身構えてから わずかの後、モンスターの群れが姿を現した。

＊＊＊

俺たちの正面、数十歩ほど先にある木々の間から飛び出してきたのは、巨大な蜂の姿をした三体のモンスターだった。

ヴヴヴッと羽音を鳴らしてホバリングする巨大蜂。

その体長は、頭頂から尻までが一メートルを超えるほどもある。

臀部《でんぶ》からは剣ほどの長さの尾針が伸びていた。

そいつら――三体の「キラーワスプ」は、俺たちに向かって、空中を滑るような動きで近付いてきた。

速い。洞窟層で戦ったゴブリンたちの比ではない接近速度だ。

「弓月、範囲魔法頼む！　小太刀さん、一番右のやつを集中放火します！」

「了解っす！」

「分かりました！」

俺は自らも魔法攻撃の準備をしながら、二人の仲間に指示を出す。

なんかいつの間にか、俺が指示出しする形が定着しているんだよな。

接近してくるキラーワスプ。

だが白兵戦に入るよりも早く、俺たち三人の一斉《いっせい》魔法攻撃が発動した。

「くらえ！　【ロックバレット】！」

「いきます！　【ウィンドスラッシュ】！」

「終焉《しゅうえん》の業火《ごうか》よ、すべてを焼き尽くせっす！　【バーンブレイズ】！」

初見の相手なので、出し惜しみはなしだ。こちらの最大火力で落としにかかる。

ちなみに弓月が口にしている呪文らしきものは、魔法発動にはまったく必要ない。ただの中二病だと思う。

俺が撃った岩石弾と、小太刀さんが放った風の刃《やいば》が同じキラーワスプに直撃し、さらに弓月の炎の魔法が三体の巨大蜂すべてを包み込む。

結果、集中砲火を受けた一体のキラーワスプは消滅。

残る二体が、俺たちに向かって襲い掛かってきた。

よし、ひとまず一体は落とした。順調だ。

「――はぁっ！」

魔法発動直後に駆け出していた小太刀さんは、残りのキラーワスプのうち一体に、いつもの短剣二刀流で攻撃。

二連撃で的確にダメージを与え、そいつをあっという間に消滅させた。

もう一体は、俺が迎え撃つ。

「これで！」

残ったキラーワスプに向かって、ロングスピアを突き出す。

キラーワスプが急速に軌道を変えて回避行動をとり、危うくよけられそうになったが、ギリギリどうにか命中。

キラーワスプは表皮も身も硬く、貫通するほどの威力は出せなかったが、それでも撃破には成功した。巨大蜂は黒い靄《もや》となって消え去り、あとには魔石を残す。

戦闘終了だ。

第五層最初の戦闘は、あっさりと勝利を収めることができた。

「勝った……」

俺はホッと息をつく。初見の敵と戦うときは、やはり緊張するな。

「イエーイ、大勝利っす！　楽勝だったっすね！」

「やりましたね。六槍さんも弓月ちゃんも、お疲れ様です」

小太刀さん、弓月とハイタッチをして、第五層の順調な滑り出しを祝う。

それから魔石を拾って回った。

キラーワスプの魔石は、一個あたり２０００円（額面）での買い取りだったはずだ。

「でもキラーワスプは、第五層でも最大五体まで遭遇《そうぐう》するらしいからな。今のは三体だったからいいが、甘く見ていると足をすくわれるぞ」

「ですね。火垂ちゃんも、あまり油断し過ぎないように気を付けて」

「おっすおっす！　こう見えてもうち、油断しないことにかけてはプロフェッショナルっすからね！」

「だといいがな」

俺は苦笑しつつ、弓月の頭に手を置いてわしわしとなでる。

弓月は「うきゅっ」とうめいて、こそばゆそうにしていた。

＊＊＊

キラーワスプ三体を撃破した俺たちは、再び探索を始める。

モンスターと遭遇する頻度は、洞窟層では一時間に平均二回前後といったところだったが、森林層でも大差はなさそうだ。

さらに三十分ほど探索を続けたところで、小太刀さんがモンスターの襲来を告げた。

遭遇したモンスターの群れは、再びキラーワスプが三体。

問題なく勝てる相手であることが分かったので、今度はちょっと戦い方を変えてみる。

初手、弓月の【バーンブレイズ】は変わらずだが、俺と小太刀さんの魔法攻撃をそれぞれ別のキラーワスプに向けて放ってみた。

結果、いずれのキラーワスプも撃破され、消滅に至った。

よし。これがいけるなら、かなり戦いやすくなるな。

残る一体のキラーワスプは、俺の槍の一撃を回避して迫ってきたが、そこに小太刀さんが滑り込んで短剣による攻撃で撃破した。

敵の動きが速いから、俺ぐらいの敏捷性《びんしょうせい》だと、武器攻撃を回避される可能性が低くない。

何かしら対策が欲しいところだが……敏捷性かぁ。

なお、小太刀さんが最後に倒したキラーワスプは、宝箱を落としていた。

例によって小太刀さんが【トラップ探知】【トラップ解除】を使ってから、宝箱を開く。

「さぁて、何が入ってるでしょーか。宝箱、オープン！　——っと、ポーションだ。でもこの色は『ＨＰポーション』じゃないね」

小太刀さんが宝箱から取り出したのは、一本のポーションの瓶だった。

それと同じものを、俺たちは武具店で購入して持ってきている。

「見た感じ、『麻痺消しポーション』みたいですね」

「『麻痺消しポーション』かぁ。まあ保険は多いに越したことないし、悪くはないかな」

「でも、ちょっと残念っすね。森林層で初めての宝箱、もっといいものを期待してたっす」

「いや、こんなもんだろ。そんなにホイホイ大層なお宝は入ってないさ」

宝箱といっても、武器などの大物が入っているケースのほうがレアなのだ。

ちなみに、スーパーレアなケースとしては、「スキルスクロール」や「シード」と呼ばれるアイテムが宝箱から出てくることもあるらしい。

スキルスクロールは、「【トラップ探知】のスクロール」「【ファイアボルト】のスクロール」など様々な種類があり、使用すると特定のスキルを修得できるというトンデモアイテムだ。

シードは「筋力のシード」「耐久力のシード」など四種類があって、食べると該当する能力値が1ポイント永久にアップするという、これまたトンデモなアイテム。

出現確率はいずれも天文学的な低さだそうで、競売に出れば今の俺たちではまったく手が出ないような値がつくらしい。

まあそんな夢みたいな話はさておいて。

手に入れた「麻痺消しポーション」は、小太刀さんの【アイテムボックス】に収納する。

一連の宝箱開け作業を見ていた弓月が、ぽつりとつぶやく。

「けど宝箱にトラップが仕掛けられてても、風音さんが全部解除しちゃうから意味ないっすね。ちょっと味気ない気もするっす」

「んー、なんなら火垂ちゃん、私が【トラップ探知】する前に開けてみてもいいよ。いろんな味がすると思うな。矢が飛んできたり、毒針が飛んできたり、爆発したり」

「すいませんっしたー！　風音大先生、今後とも【トラップ探知】、お願いしますっす！」

弓月は腰を九十度折り曲げて、小太刀さんに向かって深々と謝罪した。

相変わらず愉快《ゆかい》な挙動をするやつだ。

対する小太刀さんは、それを見てニコニコしていた。小太刀さんの笑顔、ときどき怖い。

あと宝箱といえば――

「そういえば俺も、スキルリストに【宝箱ドロップ率２倍】が出たんですよね。まだ取れてないんですけど」

「あ、六槍さんもですか？　それはやっぱり欲しいですよね。私が全部の敵を倒すわけにもいかないですし」

「ですね。収入に直結するので。ただ正直、ほかにも取りたいスキルが多すぎて困ってます」

１１レベルになったときに、俺の修得可能スキルリストはかなり拡張された。

具体的にはこんな感じだ。

●修得可能スキル（どれもスキルポイント1で修得可能）
武器：【槍攻撃力アップ（＋10）】（new!）
魔法：【ガイアヒール】（new!）
一般：【筋力アップ（＋1）】【耐久力アップ（＋1）】【敏捷力《びんしょうりょく》アップ（＋1）】【魔力アップ（＋1）】【HPアップ（耐久力×5）】（new!）【MPアップ（魔力×5）】（new!）【隠密《おんみつ》】【気配察知】【アイテムボックス】【宝箱ドロップ率2倍】（new!）

このうち【ガイアヒール】は、11レベル時に獲得したスキルポイントを使って真っ先に修得したので、現在の修得可能スキルリストからは消えている。

【ガイアヒール】は治癒魔法【アースヒール】の強化版だ。回復量がいくらか大きいことに加え、もう一つ重要な特殊効果がある。

ほかにも取りたいスキルが目白押しなのだが、何しろスキルポイントが足りない。

スキルポイントを得るためには、モンスターをどんどん倒してレベルアップしていく必要がある。

それも洞窟層の弱いモンスターではなく、獲得経験値が多い森林層のモンスターをだ。

俺が次のレベルに上がるのに必要な経験値を確認すると、あと341ポイントだった。

キラーワスプの獲得経験値は40ポイントなので、次のレベルまではそう遠くはない。

幸い俺たちは、森林層でも戦えている。このままガンガン攻略していこう。

そう思ってさらに探索を続けていたら、次に出会ったのは――

「出たな、キラーワスプ五体編成」

第五層のキラーワスプ、最多編成の群れと遭遇した。

敵との実力差が小さい場合、「数」の要素は戦局を大きく左右しうる。

少し離れた場所に姿を現した五体の巨大蜂は、会敵《かいてき》するなり、俺たちに向かって高速で飛来してきた。

＊＊＊

五体のキラーワスプが、羽音を立てて向かってくる。

具合が悪いことに、五体の相互の距離がかなり離れている。

弓月が魔法発動の準備をしながら叫ぶ。

「敵がバラけすぎてるっす！　全部は巻き込めないっすよ！」

「それでいい！　手前のやつ優先で、できるだけ多くだ！」

「かしこまりっす！」

「小太刀さん、俺は左手前を狙います！」

「了解です！　私は右手前を――【ウィンドスラッシュ】！」

「【ロックバレット】！」

「終焉の焔《ほのお》よ――以下略っす！　【バーンブレイズ】！」

小太刀さん、俺、弓月の攻撃魔法が発動し、キラーワスプたちに襲いかかる。

俺と小太刀さんの魔法はそれぞれ別の個体に直撃し、弓月の【バーンブレイズ】はその二体を巻き込んで合計三体を炎で包み込んだ。

狙い通りなら、これで二体は落とせるはず――

「なっ……!?　撃ち漏らした!?」

そう叫んだのは小太刀さんだった。

炎を突き破って、あるいはそれを迂回《うかい》して、合計「四体の」キラーワスプが俺たちに向かって襲い掛かってきたのだ。

弓月の【バーンブレイズ】に加え、俺の【ロックバレット】が命中したほうは撃墜《げきつい》したが、小太刀さんが【ウィンドスラッシュ】で攻撃したほうは倒しきれなかったようだ。

魔法二発で落とせるかどうかは、まだギリギリラインってことか。

「しょうがない！　切り替えて迎え撃ちます！」

「は、はい！　――やぁあああっ！」

疾風《しっぷう》のように駆けていった小太刀さんは、魔法で落とし損ねた一体を短剣で斬りつけて消滅させる。

俺もまた、弓月の【バーンブレイズ】に巻き込まれたもう一体を槍で攻撃。どうにか命中させ、そいつを消滅させた。

残る二体のキラーワスプが、攻撃直後の俺と小太刀さんに、それぞれ襲い掛かってくる。

「ぐっ……！」

俺は盾で防御を試みたが、素早くかいくぐられ、鋭い尾針で右腕を突き刺されてしまった。

同時に、何かを注入されたような感覚。大きくて乱暴な注射のようで、かなり痛い。

一方の小太刀さんは、ギリギリで攻撃の回避に成功したようだ。

ただそれも運が良かっただけという様子で、洞窟層での戦いほど余裕はなさそうだ。

俺は一度跳《と》び退《しさ》って、自分の前のキラーワスプに槍で反撃を仕掛けようとした。

「くっ……麻痺か……！」

だが全身に痺《しび》れが走り、普段どおりの動きができなかった。

反撃の槍も鋭さを欠き、キラーワスプに回避されてしまう。

そのキラーワスプが、再び俺に攻撃を仕掛けようとして——

「させないっす！　【ファイアボルト】！」

そこに弓月が放った火炎弾が直撃した。

キラーワスプの全身は燃え上がり、俺は窮地《きゅうち》を脱したかに思えたが——

「なっ……⁉　【ファイアボルト】でも落とせないっすか⁉　——先輩っ！」

すぐに炎は消え去り、キラーワスプはためらわず俺に攻撃してきた。

盾による防御はやはり間に合わず、俺は胸をぐさりと貫かれ、さらなる麻痺液を注がれる。

致命傷ではない。でも累積する麻痺が厄介《やっかい》だ。

「くっ……！　だったら――【ロックバレット】！」

俺はあまりうまく動かない体で、どうにかわずかな距離を取り、再び迫りくるキラーワスプに向けて魔法攻撃を放った。

それすら危うく回避されそうになったが、命中性能の高い魔法攻撃はさすがに命中。

岩石弾の直撃を受けたキラーワスプは、ようやく消滅して魔石になった。

その頃には、もう一体のキラーワスプも小太刀さんに撃破されていた。

戦闘終了だ。

心配そうな顔をした弓月が、俺のほうに駆け寄ってくる。

「だ、大丈夫っすか先輩⁉」

「ああ、何とかな。おかげで助かったよ、弓月。ありがとうな」

「あう……。う、嬉しいっすけど、先輩には今は自分の心配をしてほしいっす！」

弓月のやつ、意外と心配しいだな。

麻痺が厄介なのはともかく、ＨＰ的にはまだだいぶ余裕あると思うが。

一方で小太刀さんは、自分の脇腹を手で押さえつつ、俺に聞いてくる。

「六槍さんもやられましたか」

「えっ、小太刀さんも？　大丈夫ですか？」

「はい。気絶するような傷では、全然。でも刺されたときに『麻痺』を受けたみたいで、体が思うように動かないです」

小太刀さんは短剣を腰の鞘《さや》に収め、右手をグーパーしてみせる。

それらの動きすべてに、わずかな震えが見えた。

小太刀さんの負傷は、脇腹に受けた一撃だけのようだ。

俺は小太刀さんの負傷部位に手を向け、魔法発動のために体内の魔力を高めていく。

「今すぐ治癒します――【ガイアヒール】！」

新しく修得したばかりの上位治癒魔法を、小太刀さんに向けて放った。

＊＊＊

俺が【ガイアヒール】の魔法を使うと、小太刀さんの脇腹の怪我《けが》が癒えていく。

傷が完全にふさがったところで、小太刀さんは手のグーパーを再び行った。

今度は震えがなく、本来どおりの動きだ。

「すごい……。本当に『麻痺』も治った」

苦しげな表情を浮かべていた小太刀さんが、元気を取り戻し、感嘆の言葉を漏らす。

俺はそれを見て、ホッと安堵《あんど》の息を吐いた。

【ガイアヒール】の魔法には、【アースヒール】以上のＨＰ回復効果と同時に、バッドステータスの「麻痺」を治療する効果がある。

ＭＰ消費が８ポイントと重く、ＨＰ回復と麻痺回復が抱き合わせなあたりに良し悪しはあるが、それでもキラーワスプが頻出《ひんしゅつ》する森林層では大いに役に立ってくれるはずだ。

ちなみに、これがあっても「麻痺消しポーション」を購入してきた理由は、俺が完全に麻痺してしまったときに対処ができなくなるからだ。

俺はさらに、自分にも【ガイアヒール】を使って、負傷と麻痺を癒していく。

一度の【ガイアヒール】によって、俺のダメージと麻痺はすべて回復した。

そんな俺の様子を見て、小太刀さんが少し複雑そうな表情を見せる。

「でも六槍さん、自分のほうがひどい怪我をしていたのに、私から先に治すんですね」

「えっ……？　あー……まあ、そうですね。自分の怪我の具合は自分で分かりますけど、人のは心配になるので、かな？」

「そこは先輩、馬鹿正直に本音を言わないで、『レディファースト』って言っとけばポイント稼げたっすよ」

にひひっと笑ってからかってくる弓月。

俺はふくれっ面になる。

だがそれには、小太刀さんが異論を唱えた。

「んー、それは違うんじゃないかなぁ火垂ちゃん。少なくとも私は、自分のことよりも人のことを心配できる、優しい人なんだなって思ったよ」

「ありゃっ？」

「でも自分自身のこともちゃんと心配してくれないと、こっちが心配になっちゃいますけどね。あまり無理はしないでくださいね、六槍さん」

「あ、はい」

天使の笑顔で微笑《ほほえ》みかけてくる小太刀さんに、俺はハートを撃ち抜かれた。

一方で弓月は、「ちぇーっ」と言って唇を尖《とが》らせていた。

やった、弓月に勝った気がする。何がと聞かれると困るが。

ちなみに今の戦闘で、治癒する前の俺のＨＰは「３８／６４」まで減少していた。

二発ダメージをもらって、ＨＰおよそ四割減だ。

五発もらったら高確率でアウト、四発も危険域と思っておいた方がいいな。

加えて、今の戦闘と治癒で俺が消費したＭＰは、なんと２０点だ。

先の戦闘とも合わせ、俺のＭＰは「３２／５６」にまで減少していた。

さすがは森林層のモンスター。数が多くなると一気に厄介さが増すな。

これは【ＭＰアップ（魔力×５）】の修得が急務だな……。

＊＊＊

五体のキラーワスプを倒した俺たちは、再び第五層の探索を進めていく。

といっても、第五層入り口から離れすぎない場所をうろうろする感じだが。

「ここまでで戦闘三回か。今のところ、キラーワスプしか出てきてないな」

「っすね。もう一種類はどこかで寝てるんすかね？」

「――ううん、噂《うわさ》をすれば何とやら、みたいだよ」

小太刀さんの警告の声。

その直後、二体の大型モンスターが行く手の先に姿を現した。

そいつは「蜘蛛」をそのまま巨大にしたような姿をしていた。

八本の節足を左右に開いた差し渡しは、三メートルをゆうに超える。

体色は黒で、個体ごとに大小八つある目はいずれも赤く光っている。

ギチギチとした獰猛《どうもう》そうな牙からは、おぞましい紫色の粘液がだらだらと垂れていた。

第五層を徘徊《はいかい》するもう一種類のモンスター「デススパイダー」に違いない。

二体の巨大蜘蛛は、八本の節足を高速で動かし、俺たちのほうに向かってきた。

その動きは、やはり速い。

データが示すデススパイダーの能力は、敏捷力を含め、全面的にキラーワスプより上だ。

代わりに出現数が少ないのだが、逆に言うと、二体でも侮《あなど》れる相手ではないということ。

俺を含めた三人の探索者《シーカー》が、一斉に、出会い頭の攻撃魔法を発動する。

「【ウィンドスラッシュ】！」

「【ロックバレット】！」

「【バーンブレイズ】！」

俺の岩石弾と小太刀さんの風の刃は同じ個体に命中し、弓月の炎は二体のデススパイダーを同時に巻き込んだ。

だが――

「これでも落ちない！　さすがに手ごわいですね！」

二体の巨大蜘蛛が【バーンブレイズ】の炎を突き破って飛び出してきたのを見て、小太刀さんが二本の短剣を手に地面を蹴る。

俺もまた、槍と盾を構えてデススパイダーの巨体に向かって駆けた。

片方はすでに三発分の魔法攻撃を受けているはずだが、それでも落ちなかった。

データを見て分かってはいたが、実際に戦ってみると相当のタフさだとあらためて思う。

だが無尽蔵のＨＰがあるわけではない。おそらくあと一発か二発の攻撃で落とせるはず。

そいつには小太刀さんが向かっている。

俺はもう一体のデススパイダー目掛けて突進した。

だがそのとき、小太刀さんの相手のデススパイダーが、予想外の動きを見せた。

「なっ……⁉　跳んだ⁉」

小太刀さんが疾走《しっそう》にブレーキを掛け、天を仰ぐ。

デススパイダーが大きく跳躍《ちょうやく》して、小太刀さんの頭上を軽々と飛び越えていったのだ。

「げぇっ⁉　マジっすか⁉」

着地したデススパイダーが向かう先にいるのは、我がパーティが誇る魔法砲台こと弓月火垂だ。

まずいな、そういうのもあるのか。

戻って援護に――いや俺も俺で、もう一体のデススパイダーが目前に迫っている。

あっちは小太刀さんと弓月に任せるしかない。

「このっ……！」

俺は、自分に向かって突進してくるデススパイダーに向かって、ロングスピアを突き出す。

八本足を駆使《くし》したデススパイダーの突進が、突如《とつじょ》横に軌道を変えて回避されそうになったが、それでもどうにか命中。槍は巨大蜘蛛の胴にぐさりと突き刺さった。

致命傷になった手応《てごた》えではない。

デススパイダーは構わず突進してきて、その牙をぐぱぁっと開いて噛《か》み付《つ》いてきた。

「ぐぁっ！」

盾による防御は素早くかいくぐられ、俺の右脇腹に牙が突き立てられた。

硬革鎧《クイルブイリ》を悠々と貫いた牙の食い込みは、浅くはない。

同時に、キラーワスプの尾針に刺されたときと同じような、体内に何かが注ぎ込まれる感覚があった。

「くそっ！　――うぉおおおおっ！」

俺はもう一度、渾身《こんしん》の力を込めて、デススパイダーの胴に槍を突き立てた。

結果、目の前のデススパイダーは黒い靄となって消滅し、地面に魔石が落下した。

「はぁっ、はぁっ……た、倒した……。そうだ、弓月のほうは――」

慌てて振り返ってみると、もう一体のデススパイダーも、すでに倒されたようだった。

弓月、それに小太刀さんも無傷のようだ。

ダメージを受けたのは俺だけか。情けないやら、ホッとするやらだが。

まあ俺が相手をしたやつのほうが、魔法で与えたダメージも小さかったんだし、別に凹《へこ》むことでもないか。

「六槍さん、大丈夫ですか……!?」

「先輩!?　やつに噛まれたんすか!?」

小太刀さんと弓月が、慌てた様子で駆け寄ってくる。

二人の表情は、俺を心配するものだ。

俺は二人をこれ以上は心配させまいと、努めて笑顔を作ってみせる。

「ああ。痛くないといえば嘘《うそ》になるけど、大丈夫だ……っとと」

「六槍さん……⁉」

だがふらついて、倒れそうになった。吐き気がして、頭も痛い。

なるほど。これがバッドステータスの「毒」ってやつか。

しかしそんな中で、役得が一つ。

倒れそうになった俺を、小太刀さんが抱きとめて支えてくれたのだ。

ふわっと漂ってくる、甘い汗のにおい。理性が一瞬吹き飛びそうになった。

「あっ……い、今すぐ『毒消しポーション』を出しますね！」

小太刀さんは慌てた様子で俺から離れると、【アイテムボックス】を出現させ、その中から「毒消しポーション」を一本取り出して俺に渡してくれた。

その頬が少し赤らんでいた、気がする。気のせいかもしれない。

俺は邪念を振り捨て、小太刀さんが渡してくれたポーションの栓を抜いて、ぐびっと飲み干した。少し苦い。

ポーションの中身をすべて飲み下すと、スッと体が楽になり、体調が回復した。

牙で噛み付かれたダメージは残っているが、体内に注入された「毒」は消え去ったようだ。

「ふうっ……。助かりました。ありがとうございます、小太刀さん」

「い、いえ。当然のことをしただけですから」

小太刀さんは恥ずかしそうな様子で、俺から視線を逸《そ》らしていた。顔が赤い、気がする。

ひょっとすると、俺の顔も赤いかもしれない。あ、暑い、暑いなー。

そうだ、ＨＰはこれでどのぐらい減らされたんだろう。情報確認と回復をしないと。

「……この二人、中学生か何かっすか？」

弓月があきれた様子で何か言っているが、無視だ無視。

俺はステータスを開いて、自分の状態を確認する。

ＨＰ欄《らん》には「４３／６４」と記されていた。

「毒」はＨＰに継続ダメージを与える効果があるが、この短時間では、その影響はほぼないはずだ。

と考えると、純粋な牙のダメージだけで、ＨＰが三分の一ほど削られた計算になる。

俺は自分に【アースヒール】を二回使って、ＨＰを全快させた。

やっぱりデススパイダーもヤバいな。

ここまでの二時間ほどの探索で、俺のＭＰは六割も削られた計算になる。

さすがは森林層。一筋縄では行かないようだ。

とはいえ、まったく太刀打《たちう》ちできていないわけでもない。

もう少し何かの歯車がうまく回れば、一気に状況が改善しそうな予感はあるが――

「ねぇ先輩、初々《ういうい》しいにもほどがあると思うっすよ」

「うるさいぞ後輩。俺は今、探索者《シーカー》としての考察で忙しいんだ」

「へーい。そっすねー」

生意気な後輩を黙らせつつ、俺たちはさらに第五層の探索を進めていった。

――ところが、この後。

俺たちは、思いもよらなかった不思議な少女との出会いを経験することになる。

＊＊＊

第五層の探索を続ける俺たちは、その後もたびたびモンスターに遭遇した。

デススパイダー二体の次に遭遇したのは、デススパイダー一体だった。

これは特に問題なく撃破。攻撃魔法一斉射に加え、小太刀さんの短剣二刀流による攻撃が叩《たた》き込《こ》まれると、さすがにあっさりと撃墜《げきつい》された。

次の遭遇は、キラーワスプ四体編成だった。

三体編成よりは手ごわく、五体編成を相手にするよりは楽という塩梅《あんばい》。

結果的には、俺が一撃だけ尾針の被弾を受けつつの勝利となった。

この戦闘で、弓月がレベルアップ。

スキルは【魔力アップ（＋3）】を修得して、攻撃魔法の威力をさらに高めた。

弓月火垂
レベル：9（+1）　経験値：862／1315
HP：44／44（+4）　MP：50／84（+8）
筋力：9　耐久力：11（+1）　敏捷力：13（+1）　魔力：21（+2）
スキル：【ファイアボルト】【MPアップ（魔力×4）】【HPアップ（耐久力×4）】
【魔力アップ（+3）】（Rank up!）【バーンブレイズ】【モンスター鑑定】
【ファイアウェポン】
残りスキルポイント：0

一方で俺は、自分の治癒のために【ガイアヒール】を使ったことで、本格的にMP枯渇《こかつ》が見えてきた。

俺のMP切れは、パーティの回復リソースが切れることを意味する。

HP回復や麻痺回復の保険として「HPポーション」や「麻痺消しポーション」も持ってきてはいるが、消費アイテムを多用すると経費が嵩《かさ》むので、緊急時以外の使用はなるべく避けたいところだ。

そんなわけで、まだ今日の探索を始めて三時間ほどだが、これ以上の第五層探索はやめたほうがいいという結論に至った。

俺たちはダンジョンから一時撤退をするべく、第五層入り口の階段へと向かう。

だがここで俺たちは、予想外の出来事に遭遇することとなった。

「あれは……⁉」

「外人の女の子っすか？　ていうか、ピンチみたいっすよ！」

小太刀さんと弓月が、前方に見えてきた光景に驚きの声をあげる。

帰路の途中で俺たちが目の当たりにしたのは、モンスターの群れと、一人の小柄《こがら》な少女とが交戦している姿だった。

ダンジョン内にいるのだから、ソロの探索者《シーカー》だと思うが。

剣を片手に、木の幹を背にした少女は、体じゅうにいくつもの傷を受けて血を流している。

それを取り囲むようにして、キラーワスプが二体と、デススパイダーが一体。

少女の状況は明らかな窮地に見えた。

だがシチュエーションもさることながら、少女の姿もまた奇妙だった。

ロングウェーブの銀髪と、紫色の瞳。肌も色白であり、日本人には見えない。

しかもその少女の見た目は、小学生にも見える幼さだった。かなり小柄な弓月と比べても、さらに一回りは小さい。

あんな歳《とし》の探索者《シーカー》あり得るのか？　などと思うが、そこを真っ先に気にしていられる状況でもない。

小太刀さんと弓月が、俺のほうを見てくる。

俺は一瞬だけ迷ったが、すぐに決断した。

「助けます！　弓月は魔法の射程まで近付いたら、彼女を巻き込まないように魔法を撃ってくれ。俺と小太刀さんは接近戦を仕掛けて、モンスターの注意をこっちに引き付けます」

「はい！」

「了解っす！」

俺、小太刀さん、弓月が、窮地の少女に向かって駆け出していく。

俺は走りながら、少女に向かって声を張り上げた。

「そこのキミ、助けるぞ！　いいな！」

あの子が同業者で、獲物を横取りされたとトラブルになっても困る。

どう見てもピンチだが、念のため声をかけた。

すると返ってきたのは、何とも間延びした、緊張感のない声だった。

「おー、助かるー」

俺は思わずズッコケそうになった。何だ、ピンチじゃないのか？

いや、緊張感がなさそうに聞こえるだけかもしれない。

少なくとも「助かる」と言っているのだから、助けて悪いことはないだろう。

少女はその小さな体でモンスターたちの攻撃を巧みに回避していたが、それほど余裕はなさそうだ。

現にまた一撃、キラーワスプの尾針攻撃が少女の太ももに突き刺さった。

そのキラーワスプが尾針を引き抜いて少女から距離を取ると、少女はがくりと地面に膝をつく。

「うーん、まいった……。ソタイを弱くし過ぎた。だいぶ痛い」

相変わらず緊張感のない声と言葉。

ソタイって何だ。探索者《シーカー》用語でも聞いたことないぞ。

頭の中にたくさんの疑問符は浮かぶが、ひとまずモンスターを倒すのが先決だ。

俺と小太刀さんが現場に到着するよりわずかに早く、まずは弓月の魔法が発動する。

「女の子を焼かないように──【バーンブレイズ】!」

二体のキラーワスプが、巻き起こる広範囲の炎に焼かれた。

位置的な問題で、デススパイダーは巻き込めなかった──というか、巻き込もうとすると少女も一緒に焼いてしまうので避けたようだ。

炎がやみ、なお健在の二体のキラーワスプが飛び出してくる。

「やぁあああっ!」

「はぁっ!」

小太刀さんと俺が、それぞれ別のキラーワスプに武器攻撃を仕掛け、二体を消滅させた。

「あとは──!」

小太刀さんがすぐに動きを切り替え、残ったデススパイダーに向かって疾風のように駆けていく。俺もわずかに遅れて、そのあとを追いかけた。

こうなれば、あとはデススパイダー一体を片付けるだけだ。

小太刀さんと俺の物理攻撃、さらに弓月の【ファイアボルト】も重なって、デススパイダーは十秒と待たずに撃墜された。

ほかにモンスターの姿は見当たらない。戦闘終了だ。

俺はホッと息をつき、それから少女のほうへと目を向ける。

「大丈夫か?」

「うん。ありがとう、優しい探索者《シーカー》の人たち」

西洋人風の小さな少女は、依然としてとっぽい様子を見せながらも、俺たちに向かってほのかに微笑みかけてきた。

＊＊＊

自分で「大丈夫か」と聞いておいて何だが、少女の姿を見るに、あちこち傷だらけの血まみれでとても大丈夫そうには見えない。

治癒魔法をかけてやりたいが、貴重なリソースなんだよな。

俺はまず、本人に手持ちがないか聞いてみることにした。

「治癒魔法は使えるか？　それか『ＨＰポーション』の持ち合わせは？」

「ない。でも気にしなくていい。ボクは、大丈夫だから」

少女は淡々と答える。どうでもいいけど、ボクっ娘《こ》なのか。

あと今更だけど、流暢《りゅうちょう》に日本語を喋《しゃべ》っている。

西洋人ぽく見えるが、在住はずっと日本なのかもしれない。

「その状態で、気にしなくていいって言われてもな。まあＨＰが残ってさえいれば、死にはしないんだろうが」

探索者《シーカー》は怪我をしても、出血はすぐに止まる。

それによって余分なＨＰ減少が起こることは通常ないから、大丈夫というのは間違いではないのだろうが。

少女は、ゆっくりと首を横に振る。

「本当に、大丈夫だから。それよりも、ボクを助けてくれたことの、お礼をしないとだね」

少女は服のポケットに手を突っ込んで、一つのペンダントのようなものを取り出した。

それを俺に渡してくる。

「第七層の、マップの一番北東部。これを地面に置いて、しばらく待ってみて。それじゃあ、ボクはこれで」

「えっ……？　いや、おい――」

用事は終わったとばかりに、話を切り上げようとする少女。

何だこのどこまでもマイペースな娘は――と思っていたのも束の間のこと。

次の瞬間に、驚くべきことが起こった。

「は……？　消え、た……？」

直前まで俺の目の前にいた少女は、黒い靄になってその場からかき消えてしまった。

まるでモンスターを倒したときのように、だ。

小太刀さんと弓月も、やはり目を丸くしていた。

「えっ……と、『帰還の宝珠《ほうじゅ》』でしょうか……？」

小太刀さんが、呆然《ぼうぜん》としながらそう口にする。

探索者《シーカー》用のアイテムの一つに「帰還の宝珠」というものがある。

これは一部の例外的な状況や場所を除いて、ダンジョン内のどこからでも一瞬でダンジョン外に瞬間移動できるという、超便利な高級消費アイテムだ。

だが確か、効果を発動するには宝珠を手に持って念じる必要があったはず。

そんなものを手にしていた様子はなかったと思うのだが。

俺がそれを口にすると、今度は弓月がこんなことを言い出した。

「じゃあ今の女の子って、お化けか何かっすか？」

お化け――そう言われて俺は、ひょっとするとその類《たぐい》かもしれないなと思ってしまった。

ダンジョンがあって、探索者《シーカー》がいるんだから、お化けぐらいいたっておかしくは……いかん、頭が痛くなってきた。

「でもそのお化け、贈り物を置いていったぞ」

俺は少女から渡されたペンダントを、二人の仲間に見せる。

特に何の変哲《へんてつ》もない、どこにでもありそうなデザインのペンダントだ。

俺たちは三人して首をひねったが、答えなんて出るわけがなかった。

結果、ひとまず今の出来事はなかったことにして、予定通りにダンジョンを出ようという話になった。

その後はモンスターに遭遇することもなく、第五層の入り口まで到着。

中継地点まで行って転移魔法陣に乗り、ダンジョンの外へと移動した。

ちなみにだが、少女と遭遇したときのモンスター戦で俺はレベルアップし、12レベルになっていた。

スキルは一も二もなく【MPアップ（魔力×5）】を修得。

それにより最大MPに引っ張られて現在MPもいくらかアップしたが、もうみんなダンジョンを出てお昼を食べるテンションになっていた。

俺たちは予定通りに、ダンジョンからの一時撤退を行ったのだった。

六槍大地《だいち》
レベル：12（+1）　経験値：3061／4302

HP：68／68（＋4）　MP：29／75（＋19）
筋力：14　耐久力：17（＋1）　敏捷力：12　魔力：15（＋1）
スキル：【アースヒール】【マッピング】【HPアップ（耐久力×4）】
【MPアップ（魔力×5）】（Rank up!）【槍攻撃力アップ（＋8）】
【ロックバレット】【プロテクション】【ガイアヒール】（new!）
残りスキルポイント：0

＊＊＊

「何ぃっ!?　お前ら『ダンジョンの妖精』に会ったのか!?」

昼頃にダンジョンを出て、河原でお弁当を食べてきた後のこと。

武具店のオヤジさんに、ダンジョンで出会った謎の少女のことを話すと、そんな反応が返ってきた。

「『ダンジョンの妖精』？　そう呼ばれているんですか、あの子?」

「ああ。俺も噂程度にしか聞いたことがないが、外見的特徴も合致してる。本当に実在したのか、『ダンジョンの妖精』……」

過去には凄腕《すごうで》の探索者《シーカー》だったというオヤジさんでも、この反応。

どうやらあの子は、相当のレアキャラのようだ。

しかし「妖精」ねぇ……。そういう印象でもなかった気がするのだが。

確かに美少女ではあったし、あの謎めいた雰囲気も含めれば、あながち大外れでもないのかもしれないが。

「で、お前さんら、ダンジョンの妖精から何かされたりしたか？」

「このペンダントを渡されて、第七層マップ北東部の地面に置いてしばらく待てって。何か心当たりあります？」

「いや、ないが……その件、まだ俺以外の誰にも話してないか？」

オヤジさんはそう言って、武具店の店内に視線を走らせる。

今の時間、ほかに客はいないようだった。

「はい。俺たち以外だと、話したのはオヤジさんが最初です」

「そうか。その話、あまり口外しない方がいいだろうな。そのペンダントと情報は、値《あたい》千金《せんきん》の可能性がある。変に知れ渡ったら、お前らの身に危険が及ぶかもしれん」

「そこまでですか」

「ああ。噂じゃあ、ダンジョンの妖精に出会って『祝福』されたパーティは、とんでもない幸運に見舞われるって話だ。別の噂だと、逆に『呪い』を受けてパーティメンバー全員が行方不明《ゆくえふめい》になったとかも聞いたことはあるが」

「えっ、『呪い』っすか⁉　めっちゃ怖いじゃないっすか⁉」

ガタガタ震えた弓月が、俺にしがみついてくる。お前そういうの怖がるほうなの？

どっちかというと小太刀さんにしがみつかれたほうが嬉しかったが、当の小太刀さんは残念ながら平然としていた。ちぇっ。

しかし「祝福」に「呪い」か。

単なる迷信やおとぎ話の類とバカにできる話でもないんだよな。

何しろ俺たちが、その現物らしき少女に出会ってしまっているわけだし。

もっとも、あの子は「お札」と言っていたし、呪われたという感じではない気がする。

仮に「呪い」だとしても、雲をつかむような話で、対策のしようもないしな。

＊＊＊

さて、ダンジョンの妖精の話は横に置いて、本題に戻ろう。

「オヤジさん、森林層でちょっと苦戦してるんですけど、何かいい装備とかないですかね」

俺はものは試しと、武具店のオヤジさんに直で意見を聞いてみた。

俺たちは現在、第五層で若干の苦戦を強《し》いられている。

敵の数が少なければ対応できるが、キラーワスプ五体やデススパイダー二体が相手になると、多大な損害を被《こうむ》ってしまう傾向にある。

何かうまいこと歯車がかみ合えば、状況が劇的に改善しそうな気配はあるのだが……。

するとオヤジさんは、そういう話は大好物だとばかりにニヤリと笑う。

「どういう苦戦の仕方をしているかにもよるし、一概には言えねぇが。どんな感じなんだ？」

「勝てるは勝てるんですけど、リソースの消耗が激しくて。ヒーラー役の俺のＭＰがごりごり削られます。消耗品でカバーするのも足が出かねないですし……って、これはオヤジさん的には儲《もう》けになるから、聞く相手を間違えてるか」

「いや、構わねぇぜ。俺は商売はＷｉｎ－Ｗｉｎでやるのがモットーだ。で、どう攻略するかだが――」

オヤジさんは店の端からホワイトボードを引っ張ってきて、水性マーカーを手に取った。

「その話を聞いただけじゃ具体的なことはあまり言えねぇが、モンスター攻略に関する基本的な考え方は教えられる。大きく二つだ。一つ目は『攻撃は最大の防御。攻撃を受ける前にモンスターを殲滅《せんめつ》しろ』」

「……身もふたもないですね」

ホワイトボードに「１．攻撃力！」と記入したオヤジさんに向かって、俺は思わずそんな言葉を漏らしてしまった。

しかし言っていることは分かる。

思い返してみれば、洞窟層でも攻略の要《かなめ》になったのは攻撃力だったように思う。

攻撃力が足りていないから、モンスターを的確に撃破できず、結果として敵の攻撃をたくさん被弾してしまう。

ゆえに攻撃力を上げれば被害を最小化できる、というのは一つの有効な考え方だろう。

「じゃあ、二つ目は？」

「そりゃあもちろん『防御は最大の防御。モンスターの攻撃をできるだけ無効化しろ』だ」

「ですよね」

「一応言っとくと、特殊能力への対策なんかも含めての『防御』だからな。森林層なら、毒や麻痺をどう凌《しの》ぐかは重要課題だ」

ホワイトボードに「2．防御力！」と記入するオヤジさん。

「ちなみに三つ目は『攻撃も防御も大事。両方考えろ』」

「あ、はい」

最初二つって言ってたじゃん、とかいうツッコミは横に置いて。

攻撃力を上げるか、防御力を上げるか、その両方か。

非常にシンプル、ゆえに力強いアドバイスだった。

「さて、そこでうちの武具の出番ってわけだ。例えばこの二種類の指輪だが——」

ホワイトボードを横にのけて、流れるような商品への誘導を始めるオヤジさんである。

くっ、なかなかやるな。

でもせっかくなので、セールストークに乗って武具の購入を考えてみよう。

俺たちが午前中に獲得した魔石の換金額は、合計で4万8600円の手取り額だった。

三人で割って、一人頭1万6200円。

生活費等々も考えると、今の段階で視野に入れておくべきなのは、10万円以下程度の商品ラインナップだろう。

俺たちのパーティ編成と第五層のモンスターを考慮して、今の状況下で役に立ちそうな商品をピックアップしてみる。

パルチザン……8万円、槍、攻撃力15
クリス……6万円、短剣、攻撃力13、魔法威力+1
メイジスタッフ……2万円、杖《つえ》、攻撃力4、魔法威力+1、両手装備
ルーンスタッフ……7万円、杖、攻撃力7、魔法威力+2、両手装備
アイアンシールド……5万円、盾、防御力8
スケイルアーマー……10万円、胴、防御力27、敏捷力-2
ルーンローブ……8万円、胴、防御力7、魔法威力+2
鉢金《はちがね》……3万円、頭、防御力4
ヴァイキングヘルム……4万円、頭、防御力12、敏捷力-1
メイジハット……5万円、頭、防御力3、魔法威力+1

疾風のブーツ……10万円、足、敏捷力+5
毒除《どくよ》けの指輪……5万円、指、毒を50%の確率で無効化する
麻痺除けの指輪……5万円、指、麻痺を50%の確率で無効化する

弓の上位品も店に並んではいるのだが、弓月の物理攻撃力を優先して強化する選択肢はないだろうなと思って除外。

代わりに魔法威力が上がる装備品を視野に入れてみた。

どの装備品も魅力的で、どれを優先して買うべきかと考えると、なかなか難しいものがあるな。

でもこうして並べてみると、確かに分かったことが一つある。

それは、決定的に「予算が足りない」ということだ。

あれも欲しい、これも欲しいとやっていると、パーティ全体でウン十万円は必要になってくる。

そのあたりを小太刀さん、弓月とも相談して出た結論は――

「しばらく第五層で足を止めて、稼《かせ》ぐか」

「そうですね。レベル上げも兼ねて」

「ずっとカツカツで進むのも嫌っすからね～」

先に進むことを考えるのは、第五層を余裕で攻略できるぐらいになってから。

そう考えた俺たちは、しばらくの間、装備品を買うための金稼ぎとレベル上げを敢行《かんこう》することにした。

＊＊＊

第五層での金稼ぎとレベル上げの日々が始まった。

期間はひとまず一週間。

そのうち二日は休日として、残りの五日間をダンジョン探索にあてることにした。

第五層探索による一日あたりのパーティ収入は、１０万円から１５万円程度となった。

初日はＭＰ切れによる早期撤退を余儀なくされたが、日々の戦力向上に伴って活動できる時間が徐々に増えていった。

稼いだお金の使い道は、パーティ単位で決めることにした。

一日の探索につき各自1万円を生活費として分配した上で、残りをダンジョン予算として管理していく方針だ。

この方法は、見方を変えると、パーティを会社とみなして日当1万円の給料を俺たちにそれぞれ支払っているような形式とも言えるだろう。

ゆくゆくはもっと日当を上げて裕福な暮らしを実現したいところだが、今のところはそれよりも、装備強化を優先しようという方針で合意していた。

このダンジョン予算を使って、俺には上位槍の「パルチザン」と「疾風のブーツ」を。

風音さんには、上位短剣の「クリス」を二本。

弓月には「ルーンスタッフ」「ルーンローブ」「メイジハット」という魔法使い装備三点セットを、それぞれ購入した。

そうして一週間の強化期間を終え、次の週の初日——

俺たちはいつものように、朝にダンジョン前に集合。

転移魔法陣を使って第五層の大地に立った俺たちは、新たな階層を目指して森林層を進んでいく。

森林地帯を貫く道を進んでいくと、行く手の先にモンスターの群れが現れた。

キラーワスプが五体。第五層でも最も厄介なモンスター編成の一つで、初日にはさんざん辛酸をなめさせられた相手だ。

だが今の俺たちは、あのときとは違う。

装備が強化されたばかりでなく、レベルだって上がっている。

六槍大地
レベル：１４（＋２）　経験値：７０６１／７９０２
ＨＰ：７６／７６（＋８）　ＭＰ：８０／８０（＋５）
筋力：１６（＋２）　耐久力：１９（＋２）　敏捷力：１３（＋１）

魔力：１６（＋１）
スキル：【アースヒール】【マッピング】【ＨＰアップ（耐久力×４）】
【ＭＰアップ（魔力×５）】【槍攻撃力アップ（＋１２）】（Rank up!×２）
【ロックバレット】【プロテクション】【ガイアヒール】

残りスキルポイント：０

武器：ロングスピア（攻撃力１０）↓パルチザン（攻撃力１５）
足：（普通の運動靴）↓疾風のブーツ（敏捷力＋５）

小太刀風音
レベル：１５（＋２）　経験値：９９９０／１０４０２
ＨＰ：５６／５６（＋４）　ＭＰ：４５／４５（＋６）
筋力：１４（＋１）　耐久力：１４（＋１）　敏捷力：２４（＋２）
魔力：１５（＋２）
スキル：【短剣攻撃力アップ（＋１０）】（Rank up!×２）【マッピング】【二刀流】
【気配察知】【トラップ探知】【トラップ解除】【ウィンドスラッシュ】
【アイテムボックス】【ＨＰアップ（耐久力×４）】【宝箱ドロップ率２倍】
【クイックネス】

残りスキルポイント：0
武器：バゼラード（攻撃力9）×2→クリス（攻撃力13、魔法威力＋1）×2

弓月火垂
レベル：13（＋4）　経験値：4662／5902
HP：52／52（＋8）　MP：140／140（＋56）
筋力：11（＋2）　耐久力：13（＋2）　敏捷力：16（＋3）
魔力：28（＋7）
スキル：【ファイアボルト】【MPアップ（魔力×5）】（Rank up!）
【HPアップ（耐久力×4）】【魔力アップ（＋6）】（Rank up!×3）
【バーンブレイズ】【モンスター鑑定】【ファイアウェポン】
残りスキルポイント：0
武器：ショートボウ（攻撃力6）→ルーンスタッフ（攻撃力4、魔法威力＋2）
胴体：レザーアーマー（防御力5）→ルーンローブ（防御力7、魔法威力＋2）
頭：（なし）→メイジハット（防御力3、魔法威力＋1）

俺は二人の仲間に、冷静に指示を出す。

「小太刀さん、弓月、いつも通りで」

「了解です！」

「かしこまりっす！」

俺たちは三人とも、魔法発動のために魔力を高めていく。

五体のキラーワスプが、ブーンという羽音を鳴らしながら高速で飛来してきた。

五体それぞれの距離は、わりと大きく離れている。

範囲魔法に全部を巻き込めないので、少し厄介なパターンだ。

だが弓月ももう、このパターンは慣れっこである。

「全部を巻き込めないなら、できるだけ多くっす！【バーンブレイズ】！」

先陣を切って飛んできた三体を包み込み、弓月が放った魔法の業火が炸裂《さくれつ》した。

俺と小太刀さんは、魔法発動待機だ。

一瞬の後に炎がやみ——

「つし！　全部仕留めたっす！」

弓月の快哉《かいさい》の声。

【バーンブレイズ】の一撃で、三体のキラーワスプはすべて消滅し、魔石に変わっていた。

この一週間の強化期間で、最も目覚ましい成長を遂《と》げたのが弓月だ。

レベルが9から13へと、4レベルもアップ。

獲得した4点のスキルポイントのうち3点を【魔力アップ】に集中的につぎ込んだ。

装備も魔法威力強化能力があるもので固めている。

結果として、弓月の【バーンブレイズ】の威力は、今や強敵キラーワスプの群れを高確率で一発殲滅できるほどにまで爆上がりしていた。

弓月の【バーンブレイズ】が三体とも仕留めたことを確認した俺は、【ロックバレット】の魔法発動をキャンセル。

一方で小太刀さんは、予定通りに魔法を発動させる。

「いけっ、【ウィンドスラッシュ】！」

小太刀さんが突き出した左手の短剣の先から、風の刃が放たれる。目で追えないほどの速度で飛んだ風刃《ふうじん》は、残る二体のキラーワスプのうち一体を大きく切り裂いた。

俺は小太刀さんの【ウィンドスラッシュ】がダメージを与えたほうのキラーワスプに向かって駆け出す。

小太刀さん自身は、もう一体のほうだ。

「はあっ！」

「やぁあああっ！」

俺の槍と、小太刀さんの短剣二刀流による攻撃が、各一体のキラーワスプを貫いた。

一週間前は命中が危うかった俺の攻撃も、今では危なげなくヒットさせることができる。

これは主に「疾風のブーツ」による敏捷力アップ効果のおかげだ。

「疾風のブーツ」の「敏捷力＋5」効果は、走る速度だけでなく身のこなし全般にも及ぶ。

俺の弱点だった敏捷力は、これによってひとまずの及第点にまで補強された。

俺と小太刀さんの攻撃によって、二体のキラーワスプは消滅、魔石へと変わった。

戦闘終了だ。敵の攻撃を一度も許さない完封勝利。

ＭＰの消費もきわめて少なく、考えうる限りの理想的な勝ち方だった。

「「「イェーイ！」」」

俺は小太刀さん、弓月とともに、ハイタッチで完全勝利を喜び合う。

この一週間で俺たちが何を目的にしたかというと、武具屋のオヤジさんが言っていたモンスター攻略の、基本戦術その一だった。

すなわち「攻撃は最大の防御。攻撃を受ける前にモンスターを殲滅しろ」である。

このために、装備・スキルともに攻撃力の増強に特化した。

この戦略が見事にはまり、今や第五層での戦闘は楽勝ラインにまで到達していた。

俺たちは満を持して、第六層へと向かうことにした。

第六層では、キラーワスプやデススパイダーの出現数が第五層よりも増えるほか、新出のモンスターとも遭遇するらしい。

言い方を変えれば、そうしたモンスターの群れに対処できる戦力があれば、第六層は第五層よりも「稼げる」階層だということだ。

俺たちは、やがて森の中に現れた石造りの下り階段を、繁茂《はんも》する苔《こけ》や植物のツタに足を取られないよう気をつけながら下っていった。

＊＊＊

石造りの螺旋階段をぐるりぐるりと下りて、俺たちは第六層の大地にたどり着いた。

風景は第五層と代わり映えがしない。

鬱蒼と茂る森林地帯に、不自然なぐらいはっきりと「道」が形作られている。

「いよいよ第六層ですね。この階層の新出モンスターは『ジャイアントバイパー』だという話ですけど」

「でっかい蛇っすね。キラーワスプみたいにうじゃうじゃ出てくるっす」

「数が多いのは弓月頼みだな。頼んだぞ、大魔導士」

三角帽子《メイジハット》の上から頭をなでると、後輩は「うきゅっ」と鳴いて嬉しそうにした。

「えへへっ、任せるっすよ兄貴♪　その代わり兄貴と風音さんには、うちのことをしっかり守ってほしいっす」

「うん。火垂ちゃんのことは、お兄ちゃんとお姉ちゃんが守ってあげます。仲良し三兄弟は無敵です♪」

「へっ。兄弟だそうっすよ、お兄ちゃん♪」

「そうだな。なんかイラッとしたからこうしてやる」

「わっ、そんなに髪をかき混ぜちゃダメっす！　ギャーッ！」

弓月の頭からメイジハットを取り上げた俺は、生意気《なまいき》な弟分の髪をわっしゃわっしゃとかき混ぜる。弟分の艶《つや》やかなショートヘアーはぼさぼさになった。

第六層攻略は、データを見た感じでは、第五層攻略とさほど大きく変わらない印象だ。

キラーワスプが最大七体出てきたり、デススパイダーが最大三体出てきたりと、第五層と比べて一度に遭遇するモンスターの数が増える。

だがこれは、おそらくどうにかなると思っている。うちのパーティの火力は、今や第五層では過剰なぐらいだから、少しぐらい数が増えてもなんとか対応できるはずだ。

読み切れないのは、第六層の新出モンスターである「ジャイアントバイパー」だ。

データを見た感じでは、対応できないほどの強さではないと思うのだが、まだ実際に戦ってみた肌感覚がないから不安は残る。

などと思っていると——俺たちは、第六層で初めてモンスターの群れに遭遇した。

噂をすれば影、ということもなく、普通にデススパイダーが二体だった。

さほどの難敵ではない。三人がかりの総攻撃で、あっさりと完封勝利した。

次いで遭遇したのは、キラーワスプが六体だった。

これも弓月の【バーンブレイズ】が唸《うな》って、問題なく完封勝利に成功。

そうしてノーダメージで第六層を突き進んでいって、三戦目——

「六槍さん、火垂ちゃん。本命がようやくのご登場みたいですよ」

小太刀さんがそう言った直後のことだ。

行く手の先、距離は数十歩ほどの地点。

左右の森の木々の間から、複数の「大蛇」がずるりと姿を現した。

それぞれが体長五メートルほどもあるだろうか。

胴回りの太さは、人の胴ほどではないが、太腿《ふともも》よりは遥《はる》かにぶっとい。

それらがうねり進む姿は不気味で、動きは思いのほか素早い。

頭部は大型のコブラのようで、人の腕ぐらいはゆうに噛みちぎりそうな鋭い牙からは、紫色のおぞましい液体がどろりと垂れ落ちていた。

数は、四体。

そいつらは高速で地面を這《は》って、俺たちに向かって近付いてきた。

「弓月！」

「任せるっす！　終末の炎よ、すべてを焼き尽くせ──【バーンブレイズ】！」

弓月が突き出したルーンスタッフの先、その直前の空間にオレンジ色の魔力球が出現して、高速で発射される。

それは近付いてくる四体のジャイアントバイパーをすべて巻き込む位置に着弾して、広範囲に激しい炎を噴き上がらせた。

だが次の瞬間、炎に巻かれたはずの四体ともが、炎の海の中から飛び出してくる。

「わーっ！　やっぱり一体も倒せなかったっす！　大魔導士の敗北っすよ！」

弓月が慌てた様子で叫ぶ。

ジャイアントバイパーは、キラーワスプよりも魔法防御力やＨＰが幾分か高い。

【バーンブレイズ】一発では落としきれない可能性は、あらかじめ見えていた話だ。

そしてもう一つ見えているのが、あの四体はすでに、ほぼ瀕死《ひんし》の状態であろうということ。

ならば追加の攻撃で潰せばいい話だ。

「えぇい、勝手に負けるな！　【ロックバレット】！」

「私たちがいます！　【ウィンドスラッシュ】！」

「お兄ちゃん！　お姉ちゃん！」

俺と小太刀さんの攻撃魔法が、それぞれ一体ずつのジャイアントバイパーに命中。

案の定、そいつらを撃破することに成功した。

そして残り二体となれば、あとは俺と小太刀さんの物理攻撃で片が付く。

ジャイアントバイパーたちが近接戦闘距離まで来たところで、先制攻撃を仕掛けてそいつらを撃破した。

あっけない完全勝利だ。

なんだ、行けそうな気はしていたけど、やっぱり全然行けるじゃん。

「「「イエーイ！」」」

パンパンパンとハイタッチで手を合わせる俺、小太刀さん、弓月の三人。

「先輩、やったっすよ！」

「おっと。おう、やったな」

弓月が飛びついてきたので、受け止めてくるりと回る。

弟分を手放すと、今度はその後輩、小太刀さんに飛びついた。

「わっ……!?」

「えへへーっ。風音さん、うちら最強っすね！」

「う、うん、そうだね。いい子いい子」

抱きついた弓月を、小太刀さんはなでこなでこする。

弓月は「ふへへっ」と声を漏らして、嬉しそうにしていた。

くそっ、相変わらず羨《うらや》ましい動きをするな弓月のやつ。

俺も勢いで小太刀さんに抱き着いたらワンチャン……いや、絶対変な空気になるな、やめよう。弓月のあのキャラずるいわ。

ともあれ、これで第六層の戦闘風景はだいたい見えた気がする。

この流れなら、レベル上げがてら三日ぐらいかけて第六層のマップ開拓をしつつ、そのまま第七層へ直行でよさそうだな。

そして第七層といえば、例の「ダンジョンの妖精」が言った「お礼」の件が待っている。

何が起こるのか分からないから、少し怖くもある。君子《くんし》危《あや》うきに近寄らずなら、スルーするべき案件なのかもしれない。

でも俺は、好奇心を抑えられずにいた。

武具店のオヤジさんが言っていた「とんでもない幸運」とはどんなものなのか。

それが我が身に降り注ぐ可能性を棒に振ってまで、無難なばかりの君子になろうという気は起きなかった。

もちろん俺だけで決めることではなく、小太刀さんや弓月の意見も聞く必要があるが。

そう思って、二人のほうへと目を向けると――

「けど惜しむらくは、風音さんが鎧《よろい》を着てることっすね。せっかく抱き着いても、風音さんの柔肌《やわはだ》をあまり堪能《たんのう》できないのは残念っす」

「火垂ちゃん、同性でもセクハラはあるって知ってる？」

「嫌だったらやめるっすよ？」

「……まあ、嫌じゃないけど」

「ふふん、嫌じゃないものはセクハラって言わないっすよ～。うりうり～、ここどうっすか～？」

「やっ、ちょっ……!?　あはははははっ！　くすぐったいっ……！」

何やらイチャコラとスキンシップを繰り広げている女子二名（うち一名には「生物学的には」と注釈を付けたい）の姿が視界に入ってきた。

……また今度、話せばいいか。

俺はひとまず、弓月の首根っこに手を伸ばして引《ひ》っ摑《つか》み、後輩ワンコを小太刀さんから引き剝がしたのだった。

＊＊＊

晴れて「ただの通過地点」となった第六層。

俺たちは順当に、第六層を歩き回ってマップを開拓していくことにした。

マップの未探索領域を地道に潰していく作業が、ちょっと楽しい。

戦闘も予想通りに順調で、俺たちは高額魔石と経験値をもりもり獲得していく。

そうして夕刻まで探索を続け、そろそろ地上に帰還しようかと思っていたとき——

「おーい、そこの三人！　ちょっと頼みがあるんだが！」

俺たちはダンジョン内で、二人組の探索者《シーカー》と遭遇し、声を掛けられた。

男女二人組のパーティで、声をかけてきたのは男のほうだ。

ダンジョン内でほかの探索者《シーカー》に出会うのは、「ダンジョンの妖精」の件を除いても、これが初めてではない。森林層に入ってからはたびたびあったことだ。

それでも普通は、軽く挨拶をする程度。こんな風に声を掛けられたのは初めてだった。

男の年の頃は、二十代後半ほどだろうか。動きやすそうな防具を身に着け、武器は格闘戦用のグローブを装備している。

もう一人の女性も、やはり二十代後半ぐらいの歳に見える。こちらは鉄の鎧《プレートアーマー》に身を包み、戦斧《せんぷ》を手にしていた。

遠目に見て、女性のほうは体調が悪そうに見えた。青い顔をして、よろよろと歩いている。

俺は小太刀さん、弓月と顔を見合わせる。

二人は、俺に任せると言わんばかりに、こくんとうなずいた。

俺は男たちのほうへと歩み寄りつつ、声をかけることにした。

「どうかしましたか?」

「すまん、『毒消しポーション』が余っていたら、一本譲ってほしいんだ。もちろん礼はする。頼む」

なるほど。おそらく「毒消しポーション」を切らした状態で、女性のほうが毒を受けてしまったのだろう。

「小太刀さん、『毒消しポーション』余ってます?」

「うん。八本残っているから、一本渡すぐらいならまったく問題ないと思います」

【アイテムボックス】を出現させて中身を確認した小太刀さんが、そう返事をしてくる。

「渡してあげたらいいんじゃないっすか? 困ったときはお互い様っすよ」

弓月も賛成の意思を見せていた。

二人に異論がないなら、俺も否《いな》やはない。

「分かりました。一本で足ります?」

「譲ってくれるか！　マジで助かる。一本でもありがたいが、できれば二、三本もらえるともっと助かる」

そろそろダンジョンを出る頃合いだし、俺たちの都合を考えても、毒消しポーションは五本も残っていれば十分すぎるぐらいだ。

そう考えて、俺たちは八本あった毒消しポーションのうち三本を、男に渡してやった。

男は礼金込みの代金として、3万円を渡してきた。

武具店で買うと一本5000円だから、一本1万円での買い取りならおいしい取引だ。

つらそうな顔をしていた女性探索者《シーカー》は、受け取った毒消しポーションを一本、ぐいっと飲み干す。

やがて女性は顔色が良くなり、ホッと一息をついた。

「ありがとう、あんたたち。恩に着るよ。あまり見ない顔だけど、三人とも新人かい？」

「うっす。うちは探索者《シーカー》を始めて、まだ一ヶ月もたってないっすね。六槍先輩と風音さんはうちよりちょっと早いけど、似たようなもんっす。お姉さんたちは、ベテランの探索者《シーカー》っすか？」

弓月がそう聞き返すと、女性は苦笑する。

「ああ、十年近くも探索者《シーカー》をやってるんだから、ベテランってことになるだろうね。それがこのザマじゃ、まるで格好つかないけど」

「いや、ホント悪い！　【アイテムボックス】にまだ残ってたはずだったんだよ。思い違いだったみたいだ」

男が女性を拝んで頭を下げ、女性は「まあ管理をあんた任せにしてたあたしも悪いから、いいけどさ」などと言っていた。

一方で、話を横で聞いていた小太刀さんは、女性探索者《シーカー》に向かって感嘆の声を漏らす。

「はぁーっ、十年も。じゃあやっぱり、レベルはとっくに25ですか？」

「そりゃあね。レベル25のカンストまでは、最初の半年もかからなかったよ。兼業で探索者《シーカー》をやってるやつだったら、もっとかかるだろうけどさ」

「そっかぁ。そうですよね。私たちは一ヶ月ぐらいで今のレベルだし、それはそうか」

25レベル。それが一般探索者《シーカー》のレベルの上限値だ。

26レベルを上回る探索者《シーカー》もいるが、それは探索者《シーカー》全体のうちのごく一部。

ちなみに、そのごく一部とは何者かといえば、例えば武具店のオヤジさんがそれだ。

限界突破探索者《シーカー》。

それ自体がスペシャルな探索者《シーカー》たちの中でも、特にスペシャルな存在だ。

限界突破探索者《シーカー》には、なりたくてなれるものじゃない。

限界突破探索者《シーカー》になるためには、「限界突破イベント」と呼ばれるダンジョン内の仕掛けに出会わなければならないからだ。

今日《こんにち》では、一般探索者《シーカー》が「限界突破イベント」に遭遇するのは、宝くじで億を当てるのと同じぐらい奇跡的なことだと言われている。

「じゃ、またな。助かったよ」

男女二人組のベテラン探索者《シーカー》は、手を振って去っていった。

俺たちもまた、探索を再開する。

その後、つつがなくダンジョン探索を終えて帰還した俺たち。

今日の収入は、魔石換金額だけでも１６万円程度になった。

これに宝箱から出てきたアイテムによる収入や、消耗した毒消しポーションの経費、あの二人組から受け取った３万円なども考慮すると、トータルでは１８万円ほどの探索収入となった。

この収入を使って、武具店で買い物だ。

今日は５万円の「毒除けの指輪」を二つ購入。俺と小太刀さんがそれぞれ装備した。

このアイテムを装備していると、バッドステータスの「毒」を受けたときに５０％の確率で無効化してくれるのだという。

なお「麻痺除けの指輪」というアイテムも売られているが、同じ「装備部位」のアイテムは二つ同時に効果を発揮できないという「ダンジョン世界のルール」がある。

麻痺を魔法で治療できる俺たちのパーティは、毒防御を優先することにした。

またこの日の探索で、俺、小太刀さん、弓月の三人ともが、１レベルずつのレベルアップを果たしていた。

六槍大地
レベル：15（＋1）　経験値：8351／10402
HP：76／76　MP：85／85（＋5）
筋力：17（＋1）　耐久力：19　敏捷力：14（＋1）　魔力：17（＋1）
スキル：【アースヒール】【マッピング】【HPアップ（耐久力×4）】
【MPアップ（魔力×5）】【槍攻撃力アップ（＋12）】【ロックバレット】
【プロテクション】【ガイアヒール】【宝箱ドロップ率2倍】（new!）
残りスキルポイント：0

小太刀風音
レベル：16（＋1）　経験値：11200／13527
HP：60／60（＋4）　MP：45／45
筋力：15（＋1）　耐久力：15（＋1）　敏捷力：25（＋1）　魔力：15
スキル：【短剣攻撃力アップ（＋10）】【マッピング】【二刀流】【気配察知】
【トラップ探知】【トラップ解除】【ウィンドスラッシュ】【アイテムボックス】
【HPアップ（耐久力×4）】【宝箱ドロップ率2倍】【クイックネス】
【ウィンドストーム】（new!）

残りスキルポイント：0

弓月火垂
レベル：14（+1）　経験値：5922／7902
HP：56／56（+4）　MP：145／145（+5）
筋力：12（+1）　耐久力：14（+1）　敏捷力：16　魔力：29（+1）
スキル：【ファイアボルト】【MPアップ（魔力×5）】【HPアップ（耐久力×4）】
【魔力アップ（+6）】【バーンブレイズ】【モンスター鑑定】
【ファイアウェポン】【宝箱ドロップ率2倍】（new!）
残りスキルポイント：0

新人探索者《シーカー》の俺たちも、順調に強くなっている。

でもこうしたレベルアップによる強化も、25レベルに至るまでの期間限定だと思うと、少し寂しくはある。

そんな風に思っていた俺だったのだが——

どうやら運命は、俺たちをもっと大きな奔流《ほんりゅう》へと投げ込もうとしているらしい。

そのことを俺は、しばらくの後に知ることとなる。

＊＊＊

第六層探索、初日を終えた後の、夕食の場。

餃子《ギョウザ》で有名なチェーン店に入った俺たちは、テーブル席の一つを占拠して会議の場を持っていた。

餃子やチャーハン、麻婆豆腐《マーボーどうふ》などの料理が次々と並んでいく前で、俺は席で両手を組んで議長面をする。

「それでは今日の会議を始めます。議題のある方はいますか？」

俺がそう言って小太刀さん、弓月の順番で視線を送る。

すると後輩ワンコが、ぴょこっと挙手をした。

「はい、六槍議長。提案があるっす」

「弓月探索者《シーカー》、発言をどうぞ」

「うっす。うちはそろそろ、うちらの日給を上げる提案をしたいっす。パーティが前より儲かってるのに、ずっと日給1万円はどうかと思うっすよ。うちら労働者の賃金アップを要求するっす」

「なるほど。確かに検討の余地ありだな」

我がパーティで働く探索者《シーカー》の一人、弓月の提案は、賃上げに関するものだった。

パーティが儲かっているのだから、日給を1万円のままではなく、もっと上げてもいいのではないかという意見である。

確かに一理ある話だと思う。

日給1万円という金額は、独身者ならそれで生活できないこともないが、快適な生活を送るのに十分な給与とは言えないだろう。

小太刀さんもまた、弓月の提案にうなずく。

「確かに、そろそろ私たちの日給アップを考えてもいいかもしれませんね。装備強化が緊急課題だった一週間前とは、状況が変わっていますし」

ちなみに小太刀さんには、ビールの注文は待て《ステイ》を言い渡してある。

一杯でもあっさりできあがるので、まともな話をするためには、彼女に飲酒を許してはいけないのだ。

「ええ、俺も同意です。ただ探索収入の全額を日給に回すわけにもいきませんけど」

「そりゃそうっすよ。これからも下層に進んでいくんすから、装備強化は必要っす」

賃上げは労働者の権利だ。

しかし今後のパーティ運営も考えて、装備への投資も意識していかなければならない。

そこで、考え込む仕草を見せていた小太刀さんが、一つの考え方を提案した。

「じゃあ、こういうのはどうでしょう？　今日のパーティ収入は、諸々《もろもろ》考えて18万円ぐらいでした。その一日の収入の一割ずつを、私たちに支払う日給にするというのは」

「んーと。それだと今日の収入なら、三人とも1万8000円ずつの日給ってことっすか？」

「うん。もしそれで1万円を下回ることがあれば、そのときは1万円の支給にする」

「なるほど。アリですねそれ。今日の収入なら、単純計算で時給2000円以上か」

小太刀さんの提案は、いい感じにバランスが取れたものだと思えた。

下層に進むにつれてさらなる賃金アップも望めるから、今後のモチベーションにも繋《つな》がるしな。

結局、その小太刀さん案に対して大きな反対意見はなく、日給の件はひとまずその方式が採用されることになった。

そんなわけで、議題その一、終了。

議題その二は、小太刀さんからあがった。

「えーっと、【アイテムボックス】の話です。前々から話していたかと思うんだけど――」

「あー、容量が危ないって話っすね」

「そうそう。今のところ間に合わなかったことはないんだけど、今日二人が【宝箱ドロップ率2倍】を取ったでしょ？　それで、そろそろ危ないかなーと思って、また議題にあげてみました」

「そっか……。抜けてたな。俺か弓月のどっちか、【アイテムボックス】を先に取っておくべきだったか」

議題その二は、【アイテムボックス】の容量の話だった。

うちのパーティでは今のところ、【アイテムボックス】のスキルを修得しているのは小太刀さんだけだ。

俺も弓月も修得可能スキルリストに載ってはいるが、いまだに修得はしていない。

【アイテムボックス】は中に入れられる容量が「30単位」までと決まっている。

HPポーションなどのポーション類は、一個あたり一律で1単位。

武器や防具などはものによって差があるが、一個で数単位ぶんの大きさになるのが普通だ。

ダンジョン用アイテム以外のものは、重量や体積などによって単位数が決まるようだ。

例えばお弁当やお菓子などは、「一個につき1単位だと思う」というのが小太刀さんの見解。しかしお菓子などは、まとめて袋に詰めるなどすると、一個1単位だったものが複数のお菓子まとめて1単位になったりするなど、謎の挙動も見せるらしい。

ともあれ重要なのは、【アイテムボックス】にも容量があって、それがそろそろ不足してくるかもしれない、ということだ。

せっかく【宝箱ドロップ率2倍】のスキルを修得しても、【アイテムボックス】の容量不足で、出てきたアイテムを持ち帰れないのではもったいない。

「分かりました。それなら次のレベルアップで、俺が取るかな」

「あっ、でもうちも今、スキルポイントにはわりと余裕あるっすよ。【魔力アップ】が＋

6のあと、次がまだ出てこないんすよ」

「俺も似たような感じだ。【槍攻撃力アップ】が＋12で止まってる。まあそのときにな
ったら、また相談して決めるか」

「そっすね。とりあえずどっちかは取るってことで」

というわけで、議題その二、終了。

議題その三としては、俺が一つ、パーティ全体の意思確認をした。

第七層の「ダンジョンの妖精」絡《がら》みの件だ。

あの少女に言われたとおりの行動を、試すか、試さないか。

何らかのリターンがある可能性があるが、まったく未知の出来事なので、どんなリスク
が待ち受けていないとも限らない。

三人で話し合った結果、結論としては満場一致で「試す」ということになった。

理由はいろいろとあるが、決定打となったのは「好奇心」だったように思う。

つまり「だって試してみたいじゃん」である。

俺たち探索者《シーカー》は、わりとノリで生きている人種なのかもしれない。

というわけで、以上をもって今日の会議終了だ。

俺は小太刀さんに向かって、禁則の解放を言い渡す。

「それじゃ小太刀さん、いいですよ」

「わーい♪　――店員さーん、生《なま》くださーい！」

「一杯だけですからね」

「分かってますよぉ」

「……すでに手綱《たづな》を握ってるっすね、先輩」

その後、おいしそうに生ビールを飲み干した小太刀さん。

案の定、たった一杯で酔っぱらって、俺や弓月に絡んできた。

それでも家に帰れないほどべろんべろんなわけでもないし、何より小太刀さんが楽しそうだから、まあいいかと思う俺であった。

なお、酔っぱらった小太刀さんが俺に抱きついてきて、嬉しかったことを付け加えておく。

俺は弓月同様、抱き枕か何かだと思われているらしい。

それにしてもホント、酒飲むとガードゼロになるよなこの人。

＊＊＊

第六層探索は、二日目と三日目も順調に進んだ。

マップ開拓もつつがなく進み、三日目の終わり頃には第七層への階段も発見した。

二日間の稼ぎは、諸々トータルしておよそ３６万円。「毒除けの指輪」や【宝箱ドロップ率２倍】などの効果により、収入・経費ともに改善していた。

俺たち三人分の日当を支払った後、残りのダンジョン予算を使ってアイテムを購入する。

まずは小太刀さんに「疾風のブーツ」（１０万円）を購入。

また防御力・耐久値《たいきゅうち》ともにガタが来ていた俺の「ブロンズシールド」をお役御免にし、代わりに「アイアンシールド」（５万円）を購入して装備した。

さらに、いざというときの保険として「帰還の宝珠」（１０万円）を購入。

この使い捨てのアイテムは、ダンジョン内で使用すると即席の転移魔法陣を生み出し、パーティ全員をダンジョンの外に瞬間転移させる効果がある。

使い捨てアイテムとしては非常に高価なので、なるべく使わずに済ませたいところではあるが、それでも一個持っていると安心感が違う。活動の幅も広がるだろう。

なお、この二日間の第六層探索で、俺たち三人は各自１レベルずつのレベルアップを果たしていた。

六槍大地
レベル：１６（＋１）　経験値：１０９３１／１３５２７
ＨＰ：８０／８０（＋４）　ＭＰ：９０／９０（＋５）
筋力：１７　耐久力：２０（＋１）　敏捷力：１５（＋１）　魔力：１８（＋１）
スキル：【アースヒール】【マッピング】【ＨＰアップ（耐久力×４）】
【ＭＰアップ（魔力×５）】【槍攻撃力アップ（＋１４）】（Rank up!）

【ロックバレット】【プロテクション】【ガイアヒール】【宝箱ドロップ率2倍】
残りスキルポイント：0

小太刀風音
レベル：17（+1）　経験値：13820／17433
HP：60／60　MP：64／64（+19）
筋力：15　耐久力：15　敏捷力：26（+1）　魔力：16（+1）
スキル：【短剣攻撃力アップ（+10）】【マッピング】【二刀流】【気配察知】
【トラップ探知】【トラップ解除】【ウィンドスラッシュ】【アイテムボックス】
【HPアップ（耐久力×4）】【宝箱ドロップ率2倍】【クイックネス】
【ウィンドストーム】【MPアップ（魔力×4）】（new!）
残りスキルポイント：0

弓月火垂
レベル：15（+1）　経験値：8442／10402
HP：60／60（+4）　MP：150／150（+5）
筋力：12　耐久力：15（+1）　敏捷力：17（+1）　魔力：30（+1）
スキル：【ファイアボルト】【MPアップ（魔力×5）】【HPアップ（耐久力×4）】

【魔力アップ（＋6）】【バーンブレイズ】【モンスター鑑定】

【ファイアウェポン】【宝箱ドロップ率2倍】【アイテムボックス】（new!）

残りスキルポイント：0

16レベルで修得可能スキルリストが更新され、俺は【槍攻撃力アップ（＋14）】を修得。このため【アイテムボックス】の修得は弓月に任せることになった。

そうして三日目の探索を終えた後。カラスが鳴くから帰る時間を、少し過ぎた頃。

ダンジョン前の土手で自転車にまたがった俺は、同じく自転車に乗った小太刀さん、弓月と別れの挨拶をする。

「じゃ、明日は第七層に下りるってことで。二人とも、また明日」

「うっす、また明日っす。愛してるっすよ、先輩♡」

「はいはい、俺も愛してるよ」

弓月が相変わらず適当なことを言ってくるので、俺も適当な言葉で返す。

でも小太刀さんの前でそういうのは、ちょっとやめてほしい。勘違いされたらどうするんだ。そのときは責任取れよ。

などと思っていると——もう一つ、予想外の言葉が飛んできた。

「わ、私も愛してますよ、六槍さん。それじゃ、また明日です」

「え……？　あ、え……あ、はい。俺も愛してます、小太刀さん。また明日……」

小太刀さんがぶつけてきた言葉があまりにも予想外で、俺はしどろもどろの言葉を返してしまった。

一方の小太刀さんは、何事もなかったかのように自転車を漕《こ》いで、俺の帰路とは反対方向へと走っていった。

いや、ちょっと耳が赤かったような……？

そのあとを、俺と小太刀さんを交互に見た弓月が、慌てて自転車で追いかけていく。

俺もまた、そこで止まっていてもしょうがないので、家に向かって自転車を漕ぎ始める。

……何だったんだろう、今の。

俺と弓月のやり取りを真似《まね》ただけ……だよな……？

俺もつい同じ返しをしてしまったけど……あれ、どうなるんだこれ。

頭の中で思考にならない思考がぐるぐると回って溶けていく。

そうして、ぼんやりしながら自宅への道を進んでいると、次なるアクシデントに出会った。

「きゃあああああっ！　ひったくりよ！　誰か捕まえて！」

「はっ、バーカ！　誰が捕まるかよ！　――オラッ、どけっ！　殺されてぇのか！」

人通りもそこそこな住宅街。道の先で、騒動が起こっていた。

五十絡みの女性が道路に倒れている。

その女性を押し倒してバッグを奪ったと思《おぼ》しき男が、手に持ったナイフをちらつかせながら、道行く人々をモーゼのように道端によけさせつつ走ってきた。

男は俺のほうに向かってくる——いや、別に俺に向かってきているわけじゃないんだろうが、逃走方向が俺のいるほうだったのだ。

俺はその場で自転車を停《と》める。

そして男を待ち構えるように、自転車の前に立った。

男に道を開けてやるという選択肢は、まったく頭に浮かばなかった。

「なっ……⁉　おいテメエ、そこをどけっ！　殺されてぇのか！」

俺のすぐ前まで来た男が、手に持ったナイフを振り回してきた。

周囲の人々から、悲鳴やざわめきの声が上がる。

男はナイフを当てるつもりはあまりないらしく、その動作はただの脅しのように見えた。

まあ当てる気があったとして、そうそう当たる気もしないんだけど。

せいぜいがコボルドぐらいの動きなので、槍や盾を持っていなくてもどうとでもなる。

俺は男の動きを見切って、ナイフを持ったほうの手首をつかむ。

つかんだ手に少し力を入れて、ナイフを取り落とさせた。

「——ぐぁあああああっ！　な、なんだこのバカ力は……⁉」

「はい、おとなしくしてください。すいませーん、誰か110番してもらえますか？」

俺は男を路上に倒して、その上に馬乗りになって取り押さえる。

それから警官が来るまでその場に拘束して、警官が来たら男を引き渡した。

その後、いろいろ事情を聞かれるなどして、解放されたのは男を捕まえてから三十分ほどたった後だった。

ひったくりに遭《あ》った女性からは感謝され、警官からも働きを称《たた》えられた。

ちなみに、刃物を持った相手に立ち向かうのは危ないのでやめるようにとも言われたが、探索者《シーカー》であることを明かすと、そういうことならと納得された。

あらためて、探索者《シーカー》って世間的には超人なんだよなと思った出来事であった。

＊＊＊

翌朝。

いつものようにダンジョン前に集合すると、小太刀さんが珍しく遅刻してきた。

遅刻といっても五分程度だが、本人は慌ててすっ飛んできたという様子で、心底申し訳なさそうにぺこぺこ頭を下げた。

「小太刀さんが遅刻なんて、珍しいですね」

「ううっ……すみません」

「にひひっ、なんすか風音さん～。もしかしてあの後、家でずーっと悶《もだ》えてて夜も眠れなかったんすかぁ？」

「んにゃっ⁉　……ほ、火垂ちゃ～ん？　少し黙ろうか～」

「むぐっ……!?　ふぐぅうううっ、むぅううううっ……！」

小太刀さんは持ち前の素早さで弓月の背後に回り込み、その手でターゲットの口をふさいだ。まるで暗殺者の動きだった。

そんな謎のコメディを繰り広げつつ、俺たちは今日もダンジョンへ。

今日はいよいよ第七層だ。

転移魔法陣で中継地点に降り立ち、第五層、第六層と進んで目的の階層へとたどり着く。

第七層の風景は、相変わらずの森林ダンジョンだ。

新緑の匂いに包まれながら、俺たちは探索を開始する。

第七層といえば、例の「ダンジョンの妖精」絡みの件が待ち受けている。

だがその前に、第七層のモンスターを攻略しないといけない。

マップ北東の端までたどり着いて戻ってくるためには、この地をフルタイムで探索できるだけの能力が必要になるだろう。

「この第七層、新出のモンスターは『ミュータントエイプ』だったっすよね」

「ああ。だがデススパイダーやジャイアントバイパーの出現数も厄介だな」

「その代わり、この階にはキラーワスプは出ないんですよね。麻痺攻撃をしてくる敵がいないのはいいですけど」

「うちのパーティ、麻痺は先輩の【ガイアヒール】で治せるっすけど、毒はポーション頼みっすからねぇ。あんまり相性は良くない階っすよね」

「そうだな。一応の対策はしたが、あとは出たとこ勝負をするしかないか」

前衛で敵の攻撃を被弾する俺と小太刀さんは、「毒除けの指輪」を装備している。

「毒消しポーション」も普段より多めに用意してきた。

加えて攻撃面でも、この階のモンスター群に対応できるよう、ある程度の準備はしてきたつもりだ。

「最初のお客様が来たみたいですよ。蛇ちゃん、多いです」

小太刀さんが警告の声をあげる。

その声に反応して俺と弓月が身構えると同時、森林ダンジョンの道の先に、多数の大蛇が姿を現した。

そいつらはうねるように地面を這い、こちらに向かって高速で近付いてくる。

第六層で三日間探索した俺たちにとっては、すでにお馴染《なじ》みのモンスター、ジャイアントバイパーの群れだ。

ただし数がアホほど多い。全部で七体か。

「いきなり第七層の最大数だな。弓月、小太刀さん。先頭五体、頼みます」

「ラジャーっす！」

「了解です！」

二人の女性探索者《シーカー》が、その身に魔力の光をまとわせる。

俺もまた、体内の魔力を高めていった。

第七層で同時に遭遇するジャイアントバイパーの数は、五体から七体だ。

第六層では三体から五体なので、およそ五割増しに数が跳ね上がる。

対応慣れしたモンスターだからと、甘く見てはいけない。

モンスターの数が多いと、殲滅能力が追い付かなくなり、敵の攻撃にさらされる機会が劇的に増えてしまう恐れがある。

そこで頼りになるのが、多数の敵をまとめて攻撃できる範囲攻撃魔法なのだが――

「行くっすよ――【バーンブレイズ】！」

弓月お得意の、火属性攻撃魔法【バーンブレイズ】。

装備補正を含めた弓月の化け物魔力により、今やキラーワスプの群れを一発で殲滅できるほどの威力を持つ。

だがその威力をもってしても、ジャイアントバイパーを殲滅するにはまだ足りない。

そこで、小太刀さんの新技の出番だ。

「風刃の嵐よ、すべてを切り裂け！　【ウィンドストーム】！」

弓月の炎の魔法と、小太刀さんの風の魔法がほぼ同時に炸裂し、炎の嵐を巻き起こした。

ごうっと唸《うな》りを上げ、大蛇の群れを炎が焼き、風の刃が切り裂いていく。

それに巻き込まれた五体のジャイアントバイパーはまとめて消滅し、魔石となった。

「っし！　これがうちと風音さんの連係プレイの威力っすよ！」

「六槍さん！　残り二体、来ます！」

先頭の五体よりわずかに遅れていた後続の二体が、一拍遅れて突っ込んでくる。

俺はそれを待ち構えていた。

「残り二体なら――【ロックバレット】！」

うち一体に、俺は岩石弾を放つ。

岩石弾はジャイアントバイパーに直撃したが、そいつが撃破されることはなかった。

それももちろん予定通り。

「小太刀さん！　無傷のほうは任せます！」

「はい！　――やぁあああああっ！」

二刀流の小太刀さんのほうが、トータルの物理攻撃力は俺よりも上だ。

小太刀さんは二本の短剣で切りつけ、無傷のジャイアントバイパーを瞬殺した。

俺もまた、もう一体に槍で追加攻撃を加え、撃破に成功する。

七体のジャイアントバイパーを、すべて倒した。

結果的には完封勝利だ。俺たちはいつものように、ハイタッチで勝利を祝う。

その後、弓月が俺の前に、かわいらしげにぴょこんと立った。

「先輩、勝利のお祝いに、うちにチューしてもいいっすよ♡」

「えっ、マジで？　じゃあ遠慮なく。んーっ」

「ギャーッ！　待った待った！　本気でやるとは思ってなかったっす！　やめっ、やっ、嘘っ……あっ……」

「――って、本当にやるわけないだろ。なに雰囲気出してんだよ」

「んなっ……!?」

弓月が顔を真っ赤にして、口をパクパクしていた。

ふっ、バカめ。自分から仕掛けておいて墓穴《ぼけつ》にハマるとはな。

男芸人同士でチューする芸があるけど、弓月相手にあれをやるのはさすがに抵抗がある。

こんなのでも一応、生物学的には女子という点を尊重したい。

そんなことを思っていると――

「……六槍さん」

「はい?」

小太刀さんが俺の手を、ぎゅっと握ってきた。え、なに? やわらかい。

小太刀さんは不満そうに唇をとがらせ、何か言いたげな上目遣いで俺を見つめてくる。

「あの、何でしょうか……?」

「……いえ、別に。ちょっとモヤッとしただけです。何でもありません」

小太刀さんは俺の手を離すと、そそくさと離れていった。

宝箱が一個出ていたので、それのトラップ処理を始めたようだ。

えー……。俺、どうしたらいいんだろう。

なおどうする必要もなく、少しの後には、弓月も小太刀さんも普段通りの様子を取り戻して談笑していた。

「風音さん、作戦うまくいったっすね」

「うん。でもやっぱり、ＭＰがちょっと不安かな」

「【ウィンドストーム】の消費ＭＰが７で、風音さんの最大ＭＰが６４だったっすか。確かに毎回の戦闘で使うには、ちょい不安っすよね。うちの有り余るＭＰを風音さんに分けてあげたいっす」

「ずっと消費ＭＰ２の【ウィンドスラッシュ】しか使ってこなかったから、【ＭＰアップ】を取ってなかったんだよね。前のレベルアップで慌てて（×４）を取ったけど」

「ま、なるようになるっすよ。ね、先輩？」

「だな。そもそも小太刀さんの【ウィンドストーム】がなかったら、こうもあっさりジャイアントバイパー七体を攻略できなかったわけだし。小太刀さん様々ですよ。あとはＭＰの残量を踏まえつつ、進むか退《ひ》くかは臨機応変で考えていけば」

「えへへっ、ありがとうございます。このまま北東部には、向かいます？」

「ええ。ひとまず向かってみて、状況を見て進退を検討すればいいかなと思ってます」

「賛成ーっす」

俺たちは第七層初戦の戦利品を回収すると、当初の予定通り、「ダンジョンの妖精」絡みの何かが予想される北東部方面に向かって進んでいく。

ちなみに、宝箱に入っていたのは「毒消しポーション」だった。

消耗なしで、一本追加。いい滑り出しだな。

＊＊＊

俺、小太刀さん、弓月の三人は、第七層を北東部に向かって進んでいく。

第七層入り口の階段から目的地までは、おそらく三、四時間ほどかかるだろう。

一時間に二回程度モンスターと遭遇するとして、乗り越えなければならない戦闘回数は、片道で六回から八回程度と予想される。もちろんこれは、あくまでも目安だが。

しばらくして、二回目の戦闘に遭遇した。デススパイダーが三体。

これは綺麗《きれい》に対応がハマり、問題なく完封勝利できた。ＭＰ消費も控えめで済んだ。

続いて、三回目の戦闘。今度はデススパイダーが五体。

これはさすがに、そこそこ苦戦した。三体相手と五体相手とでは脅威度が雲泥《うんでい》の差《さ》だ。

小太刀さんにも【ウィンドストーム】を使ってもらってフル火力で戦ったのだが、それでも戦闘終了までに、俺と小太刀さんが毒牙《どくきば》を一発ずつ被弾してしまった。

そのうち俺が受けた毒牙攻撃では、「毒」の効果は受けずに済んだ。「毒除けの指輪」の効果で自動的に中和されたようだ。

戦闘終了後、「毒消しポーション」を一本使って小太刀さんが受けた「毒」を取り除き、さらに俺の【アースヒール】を二回消費して二人のＨＰを全快した。

なおこの戦闘でも宝箱が一つ出てきて、中身は「毒消しポーション」だった。

毒消し魔法がなくても自給自足できそうなこの感じ。【宝箱ドロップ率2倍】が効いている感じがするな。とはいえこの運がずっと続くことは、さすがにないだろうが。

ここまでで、目的地までの道のりの半分近くまで来ていた。

MP消費はまあまあ大きいが、この調子なら行けそうな気がしていた。

だがそこで、この階の本命と遭遇する。

「出たっすね、『ミュータントエイプ』！」

弓月の言葉が示すとおり、第七層の四戦目で遭遇したのは、これまでに戦ったことのない初見のモンスターだった。

巨大なゴリラのような姿をしたモンスターだ。

直立すれば、体長三メートルほどにもなるだろうか。周囲の木々とのサイズ感の対比がおかしく見えるぐらいの巨大さだ。

凄《すさ》まじい太さの腕は、木の幹をも容易《たやす》くへし折りそうなパワーを感じさせる。普通の人間であれば、一発殴られただけで潰れたトマトみたいになってしまうだろう。

俺たちは超人的な能力を持った探索者《シーカー》ではあるが、それでも相当の威圧感を覚える。

そのモンスターの名は、ミュータントエイプ。

森林層のモンスターは毒や麻痺などの搦《から》め手《て》攻撃が目立つが、その中にあって珍しく、単純なパワー型のモンスターだ。

バッドステータス系の攻撃がない代わりに、HPや攻撃力、防御力、敏捷力などの各種ステータスは、森林層の他のモンスターと比べてもバカ高い。

その強さがどのぐらいかというと、第一層のボス、ゴブリンロードとほぼ互角と評価されている。

ようはゴブリンロードが雑魚モンスターとして出てきたようなもの。

そいつが一体。俺たちと遭遇するなり、地鳴りとともに猛スピードで突進してくる。

ゴブリンロード戦と違って取り巻きがいない点は有利だが、こっちにも裏技による補助魔法の恩恵はない。

「小太刀さん、弓月、作戦通りで。というか、いつも通りよろしく」

「了解（っす）！」

俺、小太刀さん、弓月の三人が、魔法発動のために魔力を高めていく。

接触までの時間を利用して補助魔法を使おうとも思わない。

基本的に、補助魔法が攻撃魔法よりも有利に働くのは、長期戦になるケースだけだ。

敵を瞬殺できるなら、補助魔法は悪手である。

「くらえ、【ロックバレット】！」

「切り裂け、【ウィンドスラッシュ】！」

「お久しぶりのぉ、【ファイアボルト】っす！」

三人同時に魔法攻撃を放つ。

岩石弾が、風の刃が、火炎弾が、一斉にミュータントエイプに突き刺さる。

ミュータントエイプは、それでも怯《ひる》まずに突っ込んできた。

俺と小太刀さんが、それぞれ武器を構えて迎え撃つ。

「弓月！　残りＨＰは！」

「43っす！　魔法で三分の二は削れたっす！」

「よし！　小太刀さん、仕留めます！」

「はい！」

「「――はぁあああっ！」」

眼前まで迫ったミュータントエイプは、太い腕を振り上げて小太刀さんを殴りつけようとした。

それが振り下ろされるよりも一拍早く、俺の槍と、小太刀さんの二本の短剣が巨大モンスターの体に深々と突き刺さる。

ミュータントエイプはそれで、びくんっと痙攣《けいれん》し、黒い靄になって消滅した。

あとにはやや大きめの魔石が残る。戦闘終了だ。

ゴブリンロードと互角の相手といっても、今の俺たちの実力ならこんなものだろう。

俺たちもずいぶん強くなったもんだな。

「「うぇーい！」」

パン、パン、パンと、俺たちはいつものハイタッチをする。

次に弓月が抱きついてきたので、抱きとめてから、くるりと回って手放した。

さらに小太刀さんも抱きついてきたので、同じように抱きとめてくるりと回って手放し……って、あれ？

「やったっすね、風音さん♪」

「うん。やったやった♪　嬉しいから火垂ちゃんにチューしちゃう」

「えっへへー♪　風音さんから、ほっぺにチューされたっすよ♪　――どーっすか先輩？羨ましいっすか？」

「……あ、ああ。羨ましいな」

「先輩も、ほっぺにだったらうちにチューしていいっすよ。マウストゥマウスはダメっす」

「いや、遠慮しとく……」

「うわ、六槍先輩がガチで放心してるっすよ。風音さん、破壊力抜群っすよ」

「な、なんのことか分からないな～。私は火垂ちゃんの真似してるだけだし。ぴゅーぴゅぴゅーっ」

「めっちゃ分かってんじゃないすか」

小太刀さんと、わずかの間だけど抱き合った。

硬革鎧《クイルブイリ》越しだから、腰の柔らかい感触とか何とか、そういうのはあまりなかった。でも距離が近くて、小太刀さんの匂いがした。

以前に酔っぱらった小太刀さんに抱きつかれたことはある。あのときも嬉しかったけど、今回はなんか、違う。

俺が呆《ほう》けていると、いつの間にか小太刀さんが、俺のすぐ横に立っていた。

小太刀さんは俺の耳元に顔を寄せ、ささやいてくる。

「そろそろ気付いてくれないと、私も拗《す》ねますよ？」

「あ、はい」

小太刀さんはそれから、すぐに俺のそばから離れていった。

でも後ろ姿を見ると、小太刀さんの耳が確かに真っ赤になっていた。

あー……。

「俺、ダメだなぁ……」

「先輩。自分のダメさ加減が、やっと分かったっすか？」

小太刀さんと入れ替わりでやってきた弓月が、「だから言ったっしょ？」とばかりに俺をおちょくってくる。

「何も言い返せないからやめてくれ。あと弓月、お前に言われるとなんか無性に腹立つ」

「これもヘタレな先輩への罰っすよ。先輩はもっと、日々移ろう可憐《かれん》な乙女心《おとめごころ》を理解しないとダメっす」

「そんな難しいこと言われてもなぁ」

「難しくても分かれっす！」

「痛っ」

弓月が俺のすねを蹴っ飛ばしてきた。

あれ、こいつこんなことするやつだったか？

「バーカバーカ、六槍先輩のバーカ！　唐変木《とうへんぼく》！　鈍感系ラノベ主人公！」

「それはもう分かったから」

「分かってねーっすよ」

そう言い残して、弓月はぷいっとそっぽを向いて去っていった。

何だあいつ……？

＊＊＊

さて、俺にとっては、とても衝撃的な出来事があったわけだが。

それを仕事には影響させないのが、プロの探索者《シーカー》である。俺たちはプロ探索者《シーカー》だから（キリッ）。

いやまあ、実際にはダンジョン探索の最中にあまりそこを触ってもなぁという、暗黙の了解のような何かが働いた次第。

今はダンジョン探索が優先、いいね、と誰に言い聞かせるでもなく——第七層探索、再開。

もうちょっとで目的の場所——マップの北東部の端までたどり着くので、そこに向かって俺たちは歩みを進めた。

ミュータントエイプに遭遇した次の戦闘では、ジャイアントバイパー六体の群れと遭遇、これを撃破。

速攻で殲滅できたため、被弾はなかったが――

「これで残りMPが『35／64』かぁ。やっぱり【ウィンドストーム】重いなぁ」

「もう少しで最大値の半分っすか。たしかにちょっと厳しくなってきたっすね」

この戦闘でも【ウィンドストーム】を使った小太刀さんのMPが、残り半分近くまで削られていた。

帰り道も考えれば、そろそろ前に進むのを躊躇《ちゅうちょ》すべきラインに差し掛かってはいる。

「でも『毒消しポーション』も俺のMPも、まだほとんど減ってないからな。小太刀さんのMPが足りなくなってきても、多少の無理はきくはずだ」

「そのときはお願いします。本当にいざというときには『帰還の宝珠』もありますしね」

目的地まではもうちょっとだ。俺たちは強気で前進を続けた。

次の戦闘は、デススパイダーが四体だった。

この戦闘は、俺が一発だけ毒牙を被弾した以外は、特に問題なく勝利。

小太刀さんの【ウィンドストーム】の使用もなしだ。

ちなみに毒効果は「毒除けの指輪」で無効化されたため、【アースヒール】を一発使っただけで状態を全回復することができた。

俺の「毒除けの指輪」、50％の毒回避率のわりにいい仕事するな。

問題はその次の、第七層・七戦目の戦闘だった。

目的地まで本当にあとわずかというところで、そのモンスターの群れと遭遇した。

「出ましたね、この階の真の本命――ミュータントエイプ、二体」

小太刀さんが不敵に笑いつつ、腰の鞘から二振りの短剣を引き抜く。

そして魔法発動のため、緑色の魔力光を体にまとわせていく。

「一体と二体とじゃ、脅威度が段違いだ。油断するなよ弓月」

「分かってるっすよ、先輩」

俺と弓月もそれぞれに武器を構え、魔力を高めていった。

そんな俺たちに襲い掛かってくるのは、二体の強大なモンスターだ。

俊敏《しゅんびん》な動きと巨体のストライドを活かして、二体のミュータントエイプは猛烈《もうれつ》な速度で迫ってくる。

森林層の通路は、街路樹のように整列された木々によって形作られていて、その道幅は国道の一車線にほぼ等しい。

そこを左右並んで走ってくる二体のミュータントエイプを止めるには、俺と小太刀さんが一人一体ずつを受け持つ必要がある。

先の戦闘のように片方をさっさと片付けられればいいが、そのために一体に全戦力と意識を集中すると、もう一体がフリーになってしまう。

一体を相手にするのと、二体を同時に相手にするのとでは、難易度が段違いなのだ。

それでもどうにか、まずは一体を手早く仕留めたいところだが——

「弓月、【ファイアボルト】で右のやつを撃ってくれ！　俺と小太刀さんも単体魔法で右を集中砲火！　そのあと小太刀さんは右を迎え撃って！　俺は左を止めます！」

「了解っす！　【ファイアボルト】！」

「はい！　右をすぐに倒して援護に入ります！　【ウィンドスラッシュ】！」

「無理はしないで、小太刀さん！　【ロックバレット】！」

左右二体のミュータントエイプのうち右の個体に、火炎弾と風の刃、岩石弾が立て続けに突き刺さった。

もちろん頑強なミュータントエイプのこと、それだけで撃破されることはない。

無傷の一体と、魔法によるダメージを蹴散らすようにして突進してきたもう一体を、俺と小太刀さんがそれぞれに迎え撃つ。

「くらえっ！」

「これで落ちて！」

俺の槍《パルチザン》と、小太刀さんの短剣《クリス》二刀流による攻撃が、それぞれに受け持った敵を穿《うが》つ。

だがそれでも、どちらも落ちなかった。

ここで右のやつを仕留められれば、だいぶ楽になったのだが。

二体のミュータントエイプによる強烈な反撃の拳《こぶし》が、俺と小太刀さんに向かって振り下ろされる。

「ぐぅっ！」

俺はどうにか盾《アイアンシールド》で攻撃を受け止め、ダメージを最小限に抑えた。

体に伝わった衝撃力から察するに、ノーダメージではなさそうだが、今すぐどうこうというダメージではない。

だが――

「しまっ――きゃあああああっ！」

小太刀さんは、早く倒して俺を援護しようと焦ったのか、はたまた単に足元が滑ったのか。

運悪くミュータントエイプの拳の直撃を受けて、吹き飛ばされてしまった。

「小太刀さん⁉」

「くっ……！　だ、大丈夫です！」

小太刀さんは吹き飛ばされつつも、うまいこと受け身を取ってすぐに立ち上がる。

硬革鎧《クイルブイリ》の一部が大きくひしゃげ、小太刀さんの口元からわずかに血がたれていた。

大丈夫と言ったが、その表情は苦しげに見える。

「よくも風音さんを！　いい加減に落ちろっす！　【ファイアボルト】！」

弓月が二度目の魔法攻撃を放つ。

それが右のミュータントエイプに命中すると、そいつは今度こそ撃破され、魔石となった。

よし、これで残るは一体。

あとは俺がこいつを止め切って、削り落とせばいいだけだ。

「小太刀さんは下がって！　こいつは俺が止めます！」

「でもっ……！　――わ、分かりました！」

俺の心配をしたい想いがありつつも、自分のダメージが小さくないことも分かっているのだろう。小太刀さんは葛藤《かっとう》を見せつつも、指示には従ってくれた。

結局、その後。俺がもう一撃、今度は盾による防御が間に合わずに直撃でダメージを受けたが、こちらの被害はそこまで。

俺の槍による攻撃と、小太刀さんの【ウィンドスラッシュ】、それに弓月の【ファイアボルト】がミュータントエイプに殺到すると、そいつもついには倒れた。

そうして、戦闘終了。

どっと疲れが出て一息をつきたくなったが、それよりも治癒が先だ。

「小太刀さん、大丈夫ですか？」

「うん、私は大丈夫です。六槍さんのほうこそ」

「俺はわりとＨＰがありますから……って、それでも結構削られたな。残りＨＰ３８って、最大が８０だから、半分以上削られたのか。盾防御の上から一発、直撃一発のダメージでこれか……」

「ひぇっ。あ、でも私も、残りＨＰ２５だ。最大が６０だから……うわぁ、一撃で六割近く持っていかれてる。これじゃ痛いわけだよ……」

「いや、一撃で六割って、二発もらったら落ちるやつじゃないですか」

「ですね。怖《こわ》ぁっ」

ミュータントエイプ、単体相手なら楽勝感あったけど、やはり二体になると一気にヤバくなるな。

ここまでの流れで第七層も概《おおむ》ね攻略できた感があったけど、全然そんなことはなかった。まだまだ危なっかしさあるわ。

俺は【アースヒール】をトータル四回使って、俺と小太刀さんのＨＰを全快。

俺のＭＰもこの戦闘で一気に１８点削られ、現在値が「５０／９０」と少し心もとなくなってきていた。第七層はやっぱり手ごわいな。

だが目的地は、もう目の前だ。

軽く休憩を終えた後、俺たちは目的の場所へと向かって歩を進めていって——

俺たちはついに、目標地点へとたどり着いた。

＊＊＊

目的地と思しき地点までたどり着いた。

第七層マップの北東の端。通路の先が行き止まりになっている場所だ。

さて、鬼が出るか蛇《じゃ》が出るか。

俺は小太刀さんと弓月に視線を向けて、二人がうなずいたのを確認すると、件《くだん》のペンダントを地面に置いた。これでいいんだよな……？

ペンダントを地面に置いても、最初は特に何も起こらなかった。

あれ、間違ってるか？　それとも謀《はか》られたか？　などと不安になってきた頃に、それは起こった。

まずはペンダントが、淡い輝きを放ち始める。

次に、森林ダンジョンの、行き止まりだったはずの場所。その行き止まりを形成していた草木が、ひとりでに動いて左右に開き、そこに新たな通路を作り出した。

いや、草木が動いたというよりは、大地そのものが動いたといったほうが適切かもしれない。とにかく、現代っ子である俺たちが呆然とするしかないファンタジーな光景が、目の前で繰り広げられたのだ。

「ほえー……すごいっすね……」

「うわぁ……！」

「さすがに驚くなこれは」

ダンジョンの妖精も不可思議《ふかしぎ》だったが、この現象も大概だろう。

だがここで足を止めていても仕方がない。

俺は二人の仲間と再びうなずき合うと、新しくできた通路を進み始めた。

いくつか角を曲がりつつ、森林の間にできた通路をしばらく進んでいく。

ほどなくして、一つの小広間にたどり着いた。

小広間にあるもので注目すべきは、広間の四隅に置かれた四つの「宝箱」だ。

形状はモンスターがドロップするものと同じ。

小太刀さんが気後れした様子で声をかけてくる。

「モンスターが落としたのじゃない宝箱って、初めてですね……。開けます……よね？」

「まあ、そうでしょうね。ここまで来て、開けない選択肢はないかと」

「ミミックかもしれないっすよ？　開けようとしたら、宝箱が牙を剝き出しにしてグワーッと襲い掛かってくるっす」

「もっと下の階層には、そういうのも出てくるらしいけどな。じゃあ開けるのあきらめて帰るかっていうと」

「それはないっすねー」

「ミミックを見破るには、【トラップ探知Ⅱ】っていうスキルが必要らしいんですよね。でもそんなスキル、修得可能スキルリストにも出てきてないですし。出たとこ勝負するしかないかぁ……」

四つの宝箱に、小太刀さんが一つずつ【トラップ探知】を試みていく。

結果、いずれもトラップは仕掛けられていない反応だった。

「じゃあ、開けるぞ」

俺が代表して、最初の一つのふたを開く。

何かあってもすぐに対応できるように準備していたが、結果的にはその必要はなかった。

「種《たね》……みたいだな」

宝箱の中に後生大事に入っていたのは、植物の種のようなアイテムだった。

取り出してみても、何の変哲もない種に見える。

だが「種」といえば、探索者《シーカー》ならば思い出すものが一つある。

「『シード』っすかね？ 『筋力のシード』とか『敏捷力のシード』とかのあれ」

「その可能性は高そう。実際のところは【アイテム鑑定】してみないと分からないけど」

「【アイテム鑑定】、うちリストにはあるけど取ってないんすよねぇ」

「持って帰って、武具店のオヤジさんに【アイテム鑑定】を頼むのがベターだろうな。鑑定料は取られるだろうけど、これのために弓月が【アイテム鑑定】を取るのもどうかと思うし」

超レアアイテム「シード」。

特定の能力値を1ポイント永久に上げることができるというトンデモアイテムである。

ただ実際にそれであるかどうかは現段階では分からないし、仮にシードであったとしても、どの種類のシードであるかが分からない。

ひとまずその「種」は、小太刀さんの【アイテムボックス】に収納して持ち帰ることにした。

ちなみに弓月も【アイテムボックス】は修得しているのだが、なんか危なっかしいから弓月のには入れたくないと主張したら、当人からめちゃくちゃ抗議された。

さておき、二つ目の宝箱である。

やはり警戒を保ちつつ、俺がふたを開けると――

「巻物だ。『スキルスクロール』か……?」

二つ目の箱に入っていたのは、一巻の巻物だった。

これも【アイテム鑑定】してみないと正体は分からないが、やはり探索者《シーカー》なら連想するアイテムがある。

「シード」同様の超レアアイテム「スキルスクロール」だ。

巻物を開いて中を見ることで、特定のスキルをタダで修得できるという、これまたトンデモなアイテムである。

もちろんそれも、これが「スキルスクロール」であればの話だが。

しかし「シード」といい、これだけ期待感を煽《あお》る条件が整っていると、そうでないと想定する方が難しい気はする。期待が高まるのは当然のことと言えよう。

「よし、じゃあ次、開けるぞ」

続いて、三つ目の宝箱に取り掛かった。

俺はその宝箱のふたを、警戒を緩めずに開いていく。

「黒い衣服……防具か？」

中に入っていたのは、黒装束《くろしょうぞく》とでも呼ぶべき衣類だった。

フィクション作品の「忍者」を連想させるデザインだ。

ダンジョン内の宝箱に入っているのだから防具の類だろうと思うが、効果のほどは分からない。

「これもオヤジさんに【アイテム鑑定】してもらうしかないか。いきなり『着てみる』って選択肢はないよな。小太刀さんに似合いそうな気はするけど」

「そ、そうですか……？」

俺の感想を聞いた小太刀さんが、少しテレテレとしていた。

ときどき暗殺者を思わせる動きをするから、などとは今さら言えないので、俺は曖昧《あいまい》に笑っておいた。

というわけで、それも【アイテムボックス】にしまって、最後の宝箱。

ふたを開けると——

「ん……？　またペンダントだな。あとこれは、石板……？」

宝箱の中には、「ダンジョンの妖精」から受け取ったのと似たペンダントと、小さな石板が入っていた。

石板を手に取って見てみると、文字が彫り込まれているのが分かる。

文字は日本語。内容は——

「『第九層、南西部の端』か。また思わせぶりな」

「え、書いてあるの、それだけっすか？」

「ああ、それだけだな。不親切な気もするが、まあ、そういうことだろ」

石板に書かれていた文字は、短く「第九層、南西部の端」だけ。

ほかに何の情報もなく、この宝箱の中身だけを見せられれば、何のことだかよく分からなかっただろう。

しかし俺たちには、この場所に至るまでの経緯がある。

その流れでこの宝箱の中身にたどり着けば、自然と連想するものがある。

すなわち、ここと同じような「隠し部屋」が、第九層にもあるのだろうということ。

その隠し部屋に至るキーアイテムが、この宝箱に入っていた二つ目のペンダントであろうということ。

この小広間には、それ以上の何かはなさそうだった。

宝箱も、それぞれ中身を取り出した段階で、黒い靄になって消えてしまっていた。

俺たちはせっかくなので、この小部屋でお弁当を取り出し、昼食タイムとした。

食事を終えると、小部屋をあとにし、ここまで来た道をたどってダンジョンを出る。

出口にたどり着いた数時間後には、俺と小太刀さんのＭＰがほぼ枯渇状態《こかつじょうたい》だったが、どうにか「帰還の宝珠」のお世話にはならずに済んだ。

転移魔法陣を使ってダンジョンを出た俺たちは、夕刻ながらまだ明るい初夏の空の下を歩いて、さっそく武具店のオヤジさんのもとへと向かった。

＊＊＊

武具店に入ってオヤジさんに事情を話すと、オヤジさんは快く【アイテム鑑定】を引き受けてくれた。

鑑定手数料は一個あたり1000円。今の俺たちにはリーズナブルなお値段だ。

三つのアイテムをカウンターに置いて【アイテム鑑定】を試みたらしきオヤジさんは、一つ鑑定するごとに表情を歪《ゆが》ませていき、最後には「……嘘だろ？」とつぶやいて口元をひくつかせた。

それから大きくため息をついて、こう伝えてきた。

「まず最初に一言。俺は鑑定結果に関して嘘を言わんが、【アイテム鑑定】を引き受けるってやつの中には、嘘の情報を教えて騙《だま》そうって輩《やから》もいる。そういう手合いには注意しろよ。特にこういうとんでもねぇアイテムを持ち込むときはな」

「そんなにとんでもないアイテムだったんですか？」

「ああ、とんでもねぇ。三つともだが、特にそのうち二つだ」

まあ「シード」と「スキルスクロール」はほぼ確定だと思っていたので、この反応は予想の範囲内だ。

ただ「スキルスクロール」に関しては、修得できるスキルによって恐ろしく価値が変わる側面がある。あまり誰も欲しがらないスキルの場合は、言うほど大きな価値にはならない。

そういった意味では「シード」のほうが、安定して高価値なアイテムであると言える。「能力値」は、およそどんな探索者《シーカー》にとっても役に立つオールラウンドなものだからな。

だがオヤジさんは、まず「種」を指して、鑑定内容をこう伝えてきた。

「一番『普通』のやつからいくぞ。察しは付いているだろうが、こいつは『シード』だ。より具体的には『魔力のシード』。食べると魔力を永久に1ポイント上昇することができる。競売に出せば、少なくとも数百万円の値は付くだろう。場合によっては一千万円を超えることもあり得るな」

「競売」というのは、探索者《シーカー》の間で行われる取引の一形態だ。

ネット上で行われるものや、全国各地に会場を立てて定期的に行われるものなどがあるが、いずれにせよ稀少品《きしょうひん》の取引が高値で行われるのが特徴である。

「ほえーっ、一千万円超えまであるっすか。そんな値段で売れたら、しばらく遊んで暮らせるっすね。でもそれが、一番『普通』なんすか?」

「ああ。何しろほかの二つがヤバすぎる。この二つは甲乙つけがたいんだが——まあ、次はこっちからいくか」

弓月の声を受け、オヤジさんが次に指さしたのは、例の黒い衣服だった。

「こいつの名称は、見たまんま『黒装束』だ。『装備部位：胴』の防具だが、ヤバいのはその性能だな。防御力はなんと『６０』」

「「「６０⁉」」」

待ってくれ。

えーっと……今、俺や小太刀さんが装備している「クイルブイリ」の防御力が9、弓月が装備している「ルーンローブ」の防御力が7だったはずだ。防御力６０とか、桁《けた》が違う。

ちなみに、この武具店で売られている最高ランクの胴防具は、２００万円の「プレートアーマー」だ。この鎧は「敏捷力－４」の不利がかかる代わりに「防御力５１」という莫《ばく》大《だい》な装甲を得られる防具、という認識だったのだが……。

「その『黒装束』は、防御力が高い代わりに、何かマイナス効果があったりするんですか？」

「いやぁ、それがな……逆なんだよ」

「逆……？」

「ああ。特殊効果として『筋力＋2』『敏捷力＋2』『魔法威力＋2』って三つの効果が付いてやがる」

「「「はぁあああああっ⁉」」」

「だから言っただろ、とんでもねぇって。世界最強クラスに名を連ねるＳ級防具と言って過言じゃねぇ。売れば数千万円は堅いだろうな。場合によると億を超えるかもしれん。欲しがるやつがどれだけ持っているかで値段が決まるやつだ」

まったく意味不明である。何それ怖い。夢なの？

「え、でも、じゃあ……それと同じぐらいの価値がある、これは……？」

小太刀さんがおそるおそる巻物を指さし、オヤジさんに質問する。

オヤジさんは腕組みをして、こう答えた。

「こっちは『【三連衝《さんれんしょう》】のスキルスクロール』だ。使うとスキル【三連衝】を修得できる」

「【三連衝】？　名称的に、おそらく武器攻撃スキルですよね？　そんなスキルありましたっけ」

ネットにあげられている探索者《シーカー》のスキル一覧の中に、そんなスキル名を見た覚えがない。

武器攻撃系のスキルには、例えば【二段斬り】や【二段突き】といったものがある。

これらがスキルリストに出てくる探索者《シーカー》でも、21レベルで解放されるのが普通らしく、俺も小太刀さんもまだそこにはたどり着いていない。

だがその俺の問いに、オヤジさんは難しい顔で答える。

「そんなスキルがあるかといえば、あるにはある。が、俺が知っている中じゃ【三連衝】を使える探索者《シーカー》は日本でただ一人だ。そいつは【限界突破】探索者《シーカー》の一人で、俺の知り合いなんだがな。ネットに公開されているスキルリストなんぞには載ってないだろうよ」

「…………」

オーウ……。

世の中に幾多《いくた》あるスキルスクロールの中でも、超Ｓ級のやつってことじゃないですか。

「オヤジさん」

「おう、なんだ」

「これ、ヤバいですよね……？」

「ああ、ヤバいな。こんなのを新人が持っていることが知れ渡ったら、どういうことになるか予想もつかん」

「…………」

なるほど。これは「祝福」にして「呪い」かもしれない。

ダンジョンの妖精、怖いわー。

饅頭《まんじゅう》怖いわー。

＊＊＊

駅近くにある、回るお寿司《すし》のチェーン店。

もうすぐ夕食時の時刻とあって、ちらほらと客が入り始めている。

俺、小太刀さん、弓月の三人は、テーブル席の一つに陣取って、タッチパネルでひと通りお寿司を注文した。

そして三人分、湯飲みにお茶を注ぐと、いつぞやと同じように会議を始める。

「さて、今日の議題は――俺たちのパーティが手に入れてしまった『とんでもないアイテムたち』をどうするかです。選択肢は大きく二つ」

俺は小太刀さん、弓月を順番に見る。

それから二人に向かって、人差し指を立ててみせた。

「選択肢その一、競売などで売り払う。オヤジさんの見立てでは、『黒装束』と『【三連衝】のスキルスクロール』は、数千万円から億超えの売り値が見込めるだろうとのこと。これらを売れば、うまくいけば『ＦＩＲＥ《ファイア》』まであり得るかもしれません」

ＦＩＲＥとはこの場合、Financial Independence, Retire Early の略で、「経済的自立と早期リタイア」を意味する言葉だ。

ようは人生に必要なお金を早いうちに稼いでしまって、あとはあくせく働かずとも運用やら何やらで優雅《ゆうが》に暮らせる状態を作ろうぜ、という考え方である。

軽く調べてみたところ、７５００万円あれば、運用益年間４％を見込んで年３００万円の生活ができるんじゃないかとか何とか書いてあった。

二つのアイテムが億単位の値段で売れれば、三人で等分したうえで所得税やら何やらを考慮に入れても、そのぐらいの金額が残る可能性は十分にある。

これは我々小市民にとっては、非常に魅力的な話である。

だが――俺はピースをするように中指も立てて、次なる選択肢を提示する。

「選択肢その二、これらのアイテムを自分たちで使う。俺たちは今後もダンジョンに潜り、探索者《シーカー》として生きていく。S級アイテムの助けがあれば、一般の探索者《シーカー》よりも有利な立場に立てるかもしれません」

「うーん……難しい問題ですね……」

注文したサーモンが三皿流れてきたのを見て、小太刀さんが皿を取って、各自の前に一枚ずつ配膳していく。

三人で同時に「いただきます」を言って、各自サーモンに取り掛かった。

うまい。とろける脂の甘みが舌に絡んでうんたらかんたら。

一皿に二貫載っていたサーモンをあっという間に平らげると、ちょうどいいタイミングで俺が注文したエンガワが流れてきた。

俺がそれを取って自分の前に置いたところで、同じくサーモンをやっつけた弓月が口を開く。

「あの、どっちが正解かとかは分かんないんすけど、率直《そっちょく》な感想言っていいっすか?」

「ん、ひとまず聞こうか」

「うっす。んーと、なんて言ったらいいのか分かんないっすけど……うちらだけが手に入れたせっかくの超アイテムを、売り払ってお金にしちゃうのって、なんかつまんなくないっすか?」

「「あー」」

弓月の意見を聞いた俺と小太刀さんが、共感の声をハモらせた。

「火垂ちゃんのそれ、すごく分かる。損得で考えると、売り払っちゃったほうがいいのかもしれないんだけど……」

「そう、それ。俺も分かります。売った方が賢明な気はするんですけど、なんか心が抵抗するんですよね。お前それでいいのかって」

「なんだ。三人とも一緒じゃないっすか」

「まあなぁ。合理的ではない気もするんだけどな」

仮に首尾よくＦＩＲＥできるだけの高値でアイテムが売れたとして、その先を想像すると、心にぽっかりと穴が開いたようになる。

小太刀さんや弓月と一緒にダンジョンに潜る時間が、お終いになってしまうのか。

そんなの、つまらない。弓月の言うとおりだ。

このままダンジョンに潜り続けて、行けるところまでは行ってみたい。

もちろん、それらのアイテムを売り払った上で、さらにダンジョンダイブを続けるという選択肢もあるにはあるのだが――

「……俺たちで使いたくないか？」

俺の口から、ボソッとそんな言葉が漏れた。

ついで小太刀さんや弓月の口からも、同じような言葉が漏れる。

「……うん」

「あの黒装束、風音さんにすごく似合うと思うんすよ」

「なら【三連衝】は六槍さんですよね。突き系の攻撃技、私の短剣でも使えなくはないですけど、私ばかりじゃアンバランスですし」

「じゃあ『魔力のシード』はうちがもらうっすかね。ちょっと見劣《みおと》りはするっすけど」

話の流れは、いつの間にか固まっていた。

「第九層にも何かあるだろうしな。そのとき弓月に役に立つものがあれば優先的に回そう」

「捕らぬ狸《たぬき》の皮算用っすねぇ」

「あはは。だいぶふわついてきましたね、私たちも。ふわつきついでに、そろそろ生頼《なま》んでいいですか？」

「まあ、会議は終わったと見ていいですかね。でも一杯だけですよ」

「はぁい」

小太刀さんがウキウキしながら生ビールを注文し始める。

俺は苦笑しながらその光景を眺め、弓月はなんだか分からないが俺を見つめていた。

こうしている時間が楽しい。

こんな時間がずっと続けばいいのにな——

俺はそんな何かのフラグのようなことを考えながら、少し時間がたってしまったエンガワを口に運ぶのだった。

＊＊＊

俺たち三人が、早めの夕食と会議を終えて回転寿司店を出たのは、午後の六時を少し過ぎたぐらいの時間だった。

例によってビール一杯でできあがった小太刀さんは、ハイテンションで俺たちに絡んできていた。

「六槍さん、火垂ちゃん！　二軒目行きましょう二軒目！　ハシゴ酒です！　二軒目なら二杯目以上ももちろんオーケーですよね？」

「どうしてそうなるんですか。ほら、帰りますよ小太刀さん」

「ええ～っ、やぁ～だぁ～！　今日は帰りたくな～い～！　もっと楽しいことしたい～！」

「子供ですか。まったくもう」

「何ですかぁ、六槍さんこそ大人ですかぁ？　そんな大人な六槍さんには、こうしちゃいます。えいっ♪」

「わっ……！　ちょ、ちょっと、小太刀さん！」

小太刀さんは俺に飛びつき、抱きついてきた。

駅近くの店舗の前の通りだ。人通りは多く、通りすがりの人々がちらちらと視線を向けてくる。

はたから見たら、完全にバカップルだろう。

俺は後輩に助け船を求める。

「おい弓月、助けてくれ！」

「はあ？　何言ってんすか先輩。うちお邪魔虫みたいだから帰るっすよ」

「えっ……？　お、おい、弓月……!?」

「じゃ、風音さんもまた明日っす。良い夜をお過ごしくださいっすよ」

「え、火垂ちゃん帰っちゃうの？　もっと一緒に遊ぼうよ〜」

「風音さんもそういうの、どうかと思うっす。酔ってるのか、ふりなのか知らないっすけど。それじゃ、先輩も風音さんもまた明日。遅刻しちゃダメっすよ」

弓月はそれだけ言い残して、さっさと自転車に乗って去ってしまった。

あとに残されたのは、俺と小太刀さんの二人だけ。

しかも小太刀さんに抱きつかれた状態でだ。

「火垂ちゃん……」

小太刀さんが心配そうな声でつぶやく。

なんか今日は、弓月の情緒《じょうちょ》が不安定だった気がする。

本気で不満を抱えていそうな、そんな声色だと感じることが何度かあった。

普段コメディリリーフなやつが本気のトーンになっても、俺もどうしていいか分からなくなる。

「弓月のやつ、何かあったんですかね……ていうか、そろそろ離れません？」

「あっ……そ、そうですね。あははは、私ってば、酔っていてつい」

小太刀さんの温《ぬく》もりが、俺から離れていく。

赤くした頬を、ぽりぽりとかく小太刀さん。

俺から視線を逸らしている姿は、酔っている小太刀さんというよりも、普段の小太刀さんのようだ。

なんか空気が変だ。いつもと違う。

いや、いつもと違うのは、今に始まったことじゃない。ダンジョン探索のときからだ。

今の回転寿司店での会議も、みんな一時的にいつも通りを演じていただけなのかもしれない。

俺は、いつも通りをしていてはいけない理由を積み残している。

忘れていたわけじゃないが、それを言い出せる空気を作れなかった。

弓月はそんな俺を見かねて、場を作ってくれたのだろうか。

分からない。それだけではない気もするが。

でも、今しかないとも思った。ここで言い出さないようなら、永久に無理だろう。

「あの、小太刀さん」

「は、はひっ！」

俺の声のトーンが、いつもと違うことに気付いたのだろうか。小太刀さんが一気に緊張した様子を見せる。

周囲にはたくさんの人通りがある。でも今の俺には、小太刀さん以外の人々などは、すべてが取るに足らないモブとしか感じられなかった。

「あの……俺、小太刀さんのことが、好きです」

言った。言ってやった。

あまりにも遅すぎたし、これだけじゃ全然足りないようにも思うが、ともあれ俺の口から自分の想いをはっきりと言った。

これだけは絶対、やらなきゃいけないことだと思っていた。

もっとロマンティックなシーンで言わないとダメだとか、いろいろと考えたけど、そんな難しいことを考えていたら実行力を失ってしまう。

「……はい。私も、六槍さんのことが好きです」

小太刀さんが、そう応じてきた。

頬は真っ赤で、ガチガチに緊張している様子だった。

たぶん俺も、似たような顔をしているんだろう。

いいのかな。

いいんだろうか。

――えぇい、ままよ。

俺は小太刀さんの腰と背中に手を回して、抱き寄せる。

小太刀さんは一瞬だけ驚いた様子を見せたが、やがて俺に身を任せて、まぶたを閉じた。

俺は小太刀さんの唇に、唇を重ねた。

小太刀さんの腕が、俺の背中へと回され、ぎゅっと抱きしめてきた。

俺もまた、小太刀さんの体を、強く抱きしめ返す。

心地よくて、温かくて、大好きな人の感触。

俺はそれをいつまでも感じていたくて、ずっと長い間、小太刀さんを抱き続けていた。

＊＊＊

どれだけ長いあいだ抱き合って、キスを続けていたのか分からない。

どちらからともなく唇を離したとき、小太刀さんは恥ずかしそうな上目遣いで、こんなことを聞いてきた。

「……すみません。やっぱり、お酒くさかったですか？」

「えっ……？　いや、そんなこと考えもしませんでしたよ。とにかく気持ちよかったです」

「はわっ……！　そ、そ、そういう恥ずかしいこと、結構言いますよね、六槍さんって」

「そ、そうですか？　そんなつもりはないんですけど」

「……でも、嬉しいです。一緒の気持ちになれて。ありがとうございます」

「え、あ、はい。こちらこそありがとうございます」

お互いしどろもどろだ。

なんで抱き合ってキスして、どっちもお礼言ってるの？　これ普通？

「あの、六槍さん。名前……『大地くん』って呼んでもいいですか？」

「は、はい。俺も『風音さん』って呼んだ方がいいですかね？」

「もう、そこは私に聞かないでくださいよぉ」

「あっ……す、すみません。……か、風音さん」

「……はい、大地くん」

頬を真っ赤にして、はにかんだ表情を見せる小太刀さん——改め、風音さん。

再び強く抱きついてきたので、俺も抱きしめ返す。

しばらくそうしていると、ようやく周囲を歩く人々の目が気になり始めた。

こんな公道のド真ん中でやるようなことじゃないな。

「場所、移しましょうか」

「そうですね。でも、どこに行きます？」

そう聞かれて、俺の頭の中にパッと、ピンク色の背景で「ワァーオ」と擬音が入るような場所が思い浮かんだ。

いやいやいやいやいや。待て待て、落ち着け。

俺がぶんぶんと首を振っていると、不思議そうに見ていた風音さんが、くすっと笑う。

「某大衆向けイタリアンレストランで、いろいろつまみながらワインとかどうですか？」

「い、いいですね。——ところで風音さん、今の風音さんって、酔ってないですよね？大丈夫ですよね？」

「あはははは……えっと、実は私、ビール一杯ぐらいの酔いならある程度テンションコントロールできます。酔ってないわけじゃないんですけど、なんだろう、酔ったときのテンションに身を任せるかどうか決められる、みたいな？　実は責任能力はあります。えへんっ」

「えっと、それは……これまでのも、全部？」

「そ、それ今、聞きますか？　……しょうがないじゃないですか。大地くんが悪いんだよ？　ずっとＯＫサイン出してるのに、攻めてきてくれないんだもん」

「すみませんでしたーっ！」

「あははっ。でもいいです。なんだかんだ言って楽しかったし、今も楽しいし」

その後、俺は風音さんと二人で、みんな大好き大衆向けイタリアンレストランのチェーン店に入った。

向かい掛けの二人席について、あれこれと注文を頼みつつ——

俺はずっと疑問だったことを、風音さんに質問する。

「でも風音さん、どうして、その……俺なんかのことを、気に入ってくれたんですか？

言っちゃなんですけど、俺、何の取り柄もないし。風音さんだったら、もっと相応《ふさわ》しい人がいるんじゃないかって思うんですけど」

するとと風音さんは、スッと冷たい目を俺に向けてきた。

「大地くん、それ絶対にダメ。悪いけど、それは許せない」

「えっ……？」

「『俺なんか』って、それじゃあ大地くんを好きになった私の見る目がなかったみたいになるでしょ？」

「あー、いや、そういうつもりじゃ」

「そういうつもりじゃなくてもダメ。今後『俺なんか』は絶対禁止。分かった？」

「……はい。すみません」

「よろしい。……ていうかさぁ、大地くんのいいところなんかいっぱいあるじゃん。優しいし、思いやりあるし、誠実だし、私のダメなところにも寛大《かんだい》だし、ちょっとかわいいところあるし。何より一緒にいて楽しいもん」

「あ、あう……」

「あ、照れてる照れてる。そういうとこだぞ♪」

正面に座る風音さんは、にひひっと笑いながら、指先でつんつんと俺の頬をつついてくる。

ダメだ、完全に弄《もてあそ》ばれている。

「最初に会って一緒にラーメン食べたときから、この人なんかいいなー、一緒にいて心地いいなーって思ってたよ。だから、波長が合うんじゃないかな」

「波長……」

「大地くんは、私と波長、合わない？　合わないって言われたらショックで寝込んじゃうから、合うって言ってほしいんだけど」

「えーっ……。いや合いますけど」

「にゃははははっ。そういうとこ、そういうとこ♪」

気が付けば風音さんの前にはグラスワインが配膳されていて、風音さんはそれをちびちびと飲んでいた。

そういえばこれ、前の店のビールに続いて二杯目のお酒だな。

風音さんはそのワイングラスを手に持って、俺に差し出してくる。

「大地くんも少し飲まない？　間接キッスだよ」

「うっ……。いや、そもそもさっき間接じゃないの、たっぷりやったじゃないですか」

「うわぁっ……。恥ずかしい話してくるね、大地くん」

「風音さんの恥ずかしいの基準が分かりません。俺さっきからずっと恥ずかしいです」

「奇遇だねぇ。実は私もだよ。ずっと恥ずかしくてドキドキしてる」

「羞恥《しゅうち》プレイしてたんですか」

「してたんです」

そんなあれやこれやの会話をしながら、二人の時間を過ごす。

結局レストランを出るまでに、俺も風音さんもまあまあ飲んでしまった。

ふわふわとしながら、俺は風音さんの肩を抱いて、夜の街を歩く。

風音さんもそっと身を寄せてきて、完全に恋人っぽい何かだった。

っぽい何か、ではなくて、恋人なのか。まあいいや。

その後も、初めて尽くしの経験に戸惑いながら、俺は風音さんと二人の夜を過ごした。

そして、翌朝——

＊＊＊

俺と風音さんは一度別れ、自宅に戻って着替えなどしてから、ダンジョン前に再集合した。

集合場所に一番遅れてやってきたのは、弓月だった。

弓月は自転車を停めると、俺と風音さんのもとにやってくる。

「先輩、風音さん、おはよーっす。にひひっ、二人とも昨晩はお楽しみだったっすか〜?」

弓月は俺と風音さんの前に立って、そうからかってきた。

このときには、弓月の姿はいつも通りであるように見えた——少なくとも、俺の目には。

俺は風音さんと顔を見合わせる。

風音さんは困ったように笑い、首を傾げた。

……しょうがない、適当にあしらうか。

俺は弓月の頭に手を置いて、その髪をくしゃくしゃとなでる。

「どうあれお前には関係ないだろ。俺と風音さんのプライベートに踏み込むな」

「うきゅっ……。なんすか、関係ないってことないじゃないっすか。お邪魔虫のうちがせっかく気を利かせて帰ってあげたんすから、結果ぐらい聞かせてくれても……あっ……あれ……？」

「えっ……？」

弓月がなぜか、瞳から大粒の涙をこぼしていた。

本人にとっても意外だったようだ。弓月は手の甲で涙を拭うが、瞳からあふれ出すそれは次から次へと頰をつたって流れ落ちていく。

「あ、あれ、おかしいっす……こんなはずじゃ……う、うちちょっと、お手洗いに行ってくるっす！」

弓月は俺に顔を見せないようにして、ダンジョン総合案内の建物のほうへと走っていってしまった。

俺はそれを呆然と見送るしかない。

「あいつ、なんで突然泣いたりして……大丈夫ですかね？」

「……大地くん、それ本気で言ってる？」

だが隣にいる風音さんは、信じられないという顔で俺を見ていた。

「えっ。俺、何か変なこと言いました？」

「嘘でしょ……。そんな、そんな強力な暗示ある？」

「暗示？」

「……ごめん、大地くん。それはない。私が言えた義理じゃないけど、さすがに火垂ちゃんが可哀想《かわいそう》」

「ごめんなさい。本当に何が何だか分からないので、教えてもらえませんか？」

「はあっ……。どうしたもんかなぁ、これ……」

風音さんが途方に暮れた様子で空を見上げていた。

本当に何が何だかさっぱり分からない。

風音さんは、何も教えてはくれなかった。というか――

「んー、分かった。火垂ちゃんとは私が話をするから、大地くんはそのままでいてくれていいよ。いっそそのほうがいいかも」

などと言って、風音さんもすたすたとダンジョン総合案内の建物に向かっていってしまった。

ええーっ……。

ぼーっとしていても仕方がないので、俺もダンジョン総合案内の建物に入って、更衣室でダンジョン用装備に着替えをした。

その後、更衣を終えて風音さんと弓月が出てきたのは、いつもよりだいぶ時間がかかってからのことだった。

「やーっ、先輩、ごめんなさいっすよ。風音さんとも話がついたし、もう大丈夫っす」

そう言う弓月は、いつもと同じ笑顔を見せてくる。

少なくとも俺には、そう見えた。

「そうか？　何だか分からないが無理はするなよ——って、痛たたたたっ」

「大地くん、ごめーん。それはダメ☆」

風音さんに耳を引っ張られた。な、なんだ？

「火垂ちゃん、私には何も言う資格ないけど、大地くんのことはたくさんいじめていいからね。私が許可します」

「うっす、あざっす。でも風音さんも、そんなに気は使わなくていいっすよ。さっきも言ったっすけど、風音さんは何も悪くなくて、うちが悪いんすから。でも先輩のことはたくさんいじめるっす」

待って。何この風音さんと弓月の間で締結されたっぽい、俺にとって理不尽しかなさそうな不平等条約は。

「あの、風音さん。これは一体……？」

「大地くんには鈍感の罪として、火垂ちゃんの玩具になってもらいます。私が火垂ちゃんに許可しました。大地くんに拒否権はありません」

「えぇーっ……」

鈍感の罪って、風音さんのアプローチに気付かなかった俺の罪？

なぜそれが弓月の玩具になることに繋がるのか。

「あと火垂ちゃんには、大地くんとべたべたスキンシップをする権利は認めたので、今までどおりに火垂ちゃんとイチャイチャしていいですよ。でも私ともイチャイチャしてくださいね？」

「はあ……」

だから弓月とイチャイチャはしてないよ、と言い返せるような雰囲気ではない。

有無を言わさぬ風音さんの圧力。何だか分からないが、これは逆らわない方が良さそうだ。

俺の第六感が、著《いちじる》しい危機感を訴えていた。

＊＊＊

――Ｓｉｄｅ：小太刀風音――

火垂ちゃんは不思議な子だ。

何を考えているのか、よく分からないところがある。

でも大地くんに好意を持っていることは、間違いないと思っていた。

じゃないとあんなにスキンシップを許すわけがないし、好きでもない男子を相手にあれほど嬉しそうにするわけがない。

だけど私と大地くんの関係を応援してくれるような仕草も見せる。

そこが謎だった。私はよく分からないまま、それに甘えていた。

私も火垂ちゃんのことは好きだ。かわいいし、仲良くしたい相手だ。

それでも——私は火垂ちゃんを裏切った。

火垂ちゃんが大好きな大地くんを、私が奪ってしまった。

火垂ちゃんが涙を流したときに、私はようやくそのことを確信した。

私が逆の立場だったら、耐えられなかったかもしれない。

大地くんを奪った相手を逆恨みして、許せなかったかもしれない。

でも私が火垂ちゃんを追いかけていったら、火垂ちゃんはトイレで泣きじゃくりながら、こう叫んだのだ。

「ごめんなさい、風音さん！　うち、先輩のこと好きになっちゃったんすよ！　好きになっちゃいけないのに、風音さんとの仲を祝福しないといけないのに、でも、でも、胸がはちきれそうになるっす！　先輩がもう、うちのことを見てくれないって思ったら！　風音さんに先輩の全部を奪われちまうって思ったら！　切なくなって、苦しくなって、涙が出てきて――うわぁあああああんっ！　ごめんなさいっすー！」

どうしてこの子は、と、愛おしく思ってしまった。

私はこの子から、大地くんを奪ってしまった張本人なのに。

私はこの子から、いくら恨まれても仕方のない人間なのに。

火垂ちゃんは、自分が悪いんだと、自分自身を責めていた。私と大地くんの仲を祝福しなければいけないのに、心の底から祝福できない自分を悪者にして。

私は、私にそんな資格はないと思いながらも、火垂ちゃんを抱きしめてしまった。

火垂ちゃんも私にぎゅっとしがみついてきた。強く。強く。

この子のために何かしてあげたいと思った。

この子から、大地くんの全部を奪ってはいけない。

でも大地くんは私のものだ。誰にも渡さない。

たとえ火垂ちゃんでも、私から大地くんを奪うことは許さない。

庇護欲《ひごよく》と、所有欲。二つの欲求の間で揺れ動いた私は、ギリギリの妥協点にたどり着く。

火垂ちゃんと二人で更衣室に移動して、ダンジョン用装備に着替えながら、私は火垂ちゃんに一つの提案をした。

「火垂ちゃん。大地くんを半分こ――とは言わないけど、二人で共有《シェア》しない？」

「ふぇっ……？　シェアっすか……？」

下着姿の火垂ちゃんが、こっちを向いて聞き返してきた。

更衣室は男女別なので、この話が大地くんに聞かれることはない。

パーカーとシャツを脱いで、同じく下着姿になっていた私は、今日から装備することになった漆黒の衣服系防具を身に着けながら応じる。

「うん。私は大地くんとイチャイチャするけど、火垂ちゃんも大地くんとイチャイチャする。どう、かな……？」

「……えっと、いろいろ言いたいことあるっすけど……まずそれ、六槍先輩の意思がないっすか？」

「大地くんは、たぶん問題ないよ。——火垂ちゃん、ショックを受けないで聞いてほしいんだけど。きっと大地くん、火垂ちゃんのことは本当に『弟分』としか見てないと思う。信じられないことに」

「……うん、薄々分かってたっすけど、ショックは受けるっすよ？　うちそんなに女子としての魅力ないっすかねぇ」

「それは大地くんがおかしい。あれは変。火垂ちゃんは絶対かわいい。私が男子だったら放っておかない」

「うっす、あざっす。ちょっと自信が戻ったっす。……で、それがどうして、先輩をシェアして問題ないことになるっすか？」

「んー、つまり。火垂ちゃんは今までどおりに、大地くんとイチャイチャすればいいんじゃないかなって。それで大地くんが、火垂ちゃんを魅力的な女子として意識しはじめたら万々歳。シェア完了」

「あー……なるほどっす。それはもちろん、うちは嬉しいっすけど……でも風音さんは、それでいいっすか？　今や先輩、風音さんの彼氏っすよね？」

「私は大地くんを奪われたくないし、火垂ちゃんから大地くんを奪うこともしたくない。だから『共有《シェア》』。虫のいい話だとは思うし、非常識で不健全かもしれないけど、それが私の本音だよ」

……だと思う。分からない。あとで考えが変わるかもしれない。

「風音さん、優しいのか強欲なのか分かんないっすね」

「強欲だよ。――でも火垂ちゃん、いつから大地くんのこと好きだったの？　最初に会ったときは、そこまでではなさそうに見えたけど」

「あー……それはうちも、自分でも分からないっす。先輩と風音さんを見てるうちに、嫉《しっ》妬心《としん》？　みたいなのが湧いてきたみたいっす。自覚したのはつい最近だけど、もしかしたら最初から好きだったかもしれないっす。なーんであんな冴《さ》えない先輩を、こんなに好きになっちまうっすかねー」

「あ、私の彼氏にそんな悪口言うなら、シェアするのやめよっかな～」

「あーっ、ダメっすダメっす！　ごめんなさいっす！　六槍先輩はとっても魅力的な人っす！　うちも大好きっすよ！」

そんな火垂ちゃんの反応に、私はくすっと笑ってしまう。

人がよすぎるよ、火垂ちゃん。

大地くんもそうだけど。

性根が悪くてドロドロしてるのは私だけだなぁ〜。ふふふっ。

＊＊＊

俺にとっての不平等条約らしきものが、俺に関わりのない場所で締結されたようだ。

でもおそらく大きな実害はないだろうし、どうも俺が悪いらしい気配も感じるので、とりあえず二人のやりたいようにさせておこうと思った。

そんなわけで、いつも通りに三人でダンジョンに潜っていく。

転移魔法陣に乗って中継地点まで飛び、まずは第五層に向けて螺旋階段を下りはじめた。

その途中——

「えへへっ、先輩♪　兄妹《きょうだい》ごっこするっすよ。ぎゅーっ」

「あーっ！　じゃあ私も、大地くんと恋人ごっこする。ぎゅーっ」

「え、えぇっと……？」

俺の左腕に弓月が、右腕に風音さんが、それぞれに抱きついてきた。

待って、何事……？

風音さんはともかく、弓月のアクションがおかしい気がする。

いや、もともとこんな関係性だった気が、しないでもない……かも。

でもこうやって抱き着かれるたびに、弓月も女子だということを思い出してしまいそうになる。

だって肉体はまぎれもなく女子なのだ。

女子らしいやわらかな肌や、ふわっと漂ってくる甘いにおいが俺を混乱させる。

しかも風音さんと同時の、左右からのダブルアタックだ。

胸のサイズなどに格差社会（もちろん風音さんのほうが遥かに豊か）は感じるものの、本質的に同質のものに左右からサンドイッチされて、俺の中の価値観が崩壊しそうになる。

……ダメだ、落ち着け。

ていうかそもそも、なぜこんなことになっているのか。

「風音さん、これは何かおかしくないですか？」

「ううん、おかしくないです。さっき言ったよね、大地くん。火垂ちゃんにも、大地くんとイチャイチャする権利は与えたって」

「はあ……それらしいことは聞いた気がしますけど」

「何すか先輩。うちとイチャイチャするの嫌なんすか？　そういうこと言うと泣くっすよ。ギャン泣きするっすよ」

「いやいや、お前もいつの間にその前提に乗っかってるんだ」

この間までは俺と一緒に「イチャイチャはしてないっす」って言ってただろ。

どうした。反抗期か？

「まあ、俺はいいけど……。でも第五層についたら、二人とも離れるように。言わなくても分かると思うけど、ダンジョン探索中にこれはないです」

「「はぁーい（っす）」」

二人からは、素直な返事が返ってきた。

なんだか分からないけど、一件落着、なのか……？

俺はわけも分からないまま、二人の女子にサンドイッチされる幸福感に浸《ひた》りながら、第五層へと向かう螺旋階段を下りていった。

第四章

第五層の地に降り立った俺たちは、いつも通りにダンジョン探索に乗り出した。

だが、いつも通りでないところもある。

今日からはスペシャルな新装備や新技を携えてのダンジョン探索となるのだ。

そのことが見た目ではっきりと分かるのは、風音《かざね》さんだ。

「やっぱ風音さん、『黒装束《くろしょうぞく》』似合うっすね」

「えへへっ。ありがとう、火垂《ほたる》ちゃん。……大地《だいち》くんは、どう思う？」

「あー、その……かわいいし、格好いいしで、最高です」

「うわっ、べた褒めだ。ヤバい、嬉《うれ》しすぎて鼻血出そう」

以前は、ダンジョン用衣服の上に硬革鎧《クイルブイリ》という出で立《いた》ちだった風音さんだが、今は忍者風の「黒装束」に身を包んでいる。

もちろんこれは、例の「ダンジョンの妖精」絡《がら》みの宝箱に入っていたものだ。

防御力６０、筋力＋２、敏捷《びんしょう》力《りょく》＋２、魔法威力＋２という、チートかよと思うような性能を持ったＳ級防具である。

これをほかの探索者《シーカー》に見せてしまうのはまずいかとも思ったが、その辺は武具店のオヤジさんから、とあるアドバイスをもらっていた。

俺たちは第五層を難なく通過して、第六層へ。

すると第六層の地で偶然、いつか出会った男女二人組の探索者《シーカー》に遭遇《そうぐう》した。

「おっ、この間の坊主たちか。あのときは助かったぜ」

「うん？ そっちのお嬢ちゃん、防具が変わったみたいだね。見たことのない防具だけど、オーダーメイド品かい？」

以前に毒消しポーションを譲り渡した二人だ。

武闘家風の男性探索者《シーカー》と、鉄の鎧《プレートアーマー》に身を包んだ女性探索者《シーカー》。

女性のほうが、風音さんの防具変更を目ざとく指摘してきたが――

「はい。武具店のオヤジさんから、オーダーメイドで少しお金をかければ、防具のデザインを好きに変更できると聞きまして。奮発《ふんぱつ》して職人さんにお願いしちゃいました」

「へぇ、そういうのが趣味なんだ。でもいいね、似合ってると思うよ」

「えへへっ、ありがとうございます♪」

風音さんは嘘八百《うそはっぴゃく》の内容を、滞りなくすらすらと並べ立てる。

ダンジョン用の武器や防具は、職人に「オーダーメイド」で作ってもらうこともできる。

「職人」というのは【武器製作】【防具製作】などの生産系スキルを持った探索者《シーカー》たちだ。

彼らはモンスターが落とす魔石を原料として、武器や防具などのダンジョン用アイテムを作ることができる。

こうした職人たちが、通常どおりのレシピで武器や防具を作ろうとすると、ベーシックなデザインの武具が出来上がる。

「クイルブイリ」なら硬革製の軽装鎧《けいそうよろい》として、「プレートアーマー」なら全身を覆う鉄の鎧として完成するわけだ。

当然ながら、上位ランクの武具を作るのには、より高額の魔石が必要になる。

またアイテム生産系スキルの使用にはMPも消費するらしく、上位の武具を作るほど多くのMPを必要とするとのこと。

ところがここで、通常よりも多くの魔石とMPを使って武具を作ることで、本来のデザインとは異なる外見を持った、見た目だけオリジナルな武具を作り出すことができるというオプションがあるのだ。

それにも限界はあって、槍《やり》として使い物にならない形状の槍を作るとか、そういうのはできないらしいが。

いずれにせよ重要なのは、ダンジョン用の武具には、自由にデザインを変えられる可能性があるということ。

つまり「黒装束」のようなデザインをしているが、性能は「ルーンローブ」という防具が存在してもおかしくはない、ということだ。

ちなみに【アイテム鑑定】は、接触距離まで近付かないと使用することができないので、遠目に鑑定されるようなこともない。

よほどのことがなければ、風音さんが着ている「黒装束」が、ウン千万円以上の価値があるS級防具だと見抜かれることはないはず――というのが武具店のオヤジさんからもらったアドバイスだ。

俺たちは男女二人組の探索者《シーカー》に手を振って、その場を後にする。

やがて第七層へと続く階段までたどり着くと、それを下っていった。

＊＊＊

第七層に到着した。

今日から（厳密には昨日から）ここが、俺たちの主な稼《かせ》ぎ場《ば》になる。

この第七層、昨日の初探索の段階では「概《おおむ》ね攻略できた」という印象だったものの、いくつかの不安要素は残った。

不安要素の一つ目は、ＭＰ消費量の激しさだ。

昨日の探索でも、宝箱があった小広間までの往復コースを踏破《とうは》してダンジョンを出たときには、俺と風音さんのＭＰが枯渇《こかつ》寸前というギリギリ状態だった。

昨日のあれが、ちょうど実働八時間程度の探索だ。

毎日八時間程度、フルタイムで探索することを前提に考えると、まだいささか危ういと評価せざるを得ないだろう。

そして危うい点といえば、もう一つ。

この階層の初出モンスター二体編成との戦闘は、盤石《ばんじゃく》とは言《い》い難《がた》いものだった。

そしてどういう因果か、今日はそいつらと第七層の初戦闘で遭遇することになった。

「出たな、ミュータントエイプ二体。――風音さん、悪いですけど作戦通りで行きます。左が最初のターゲットで」

「うん、全然オッケー。私だって大変なほうを、いつも大地くんにやらせたくはないよ」

二体の巨大ゴリラが地鳴りを響かせながら、俺たちに向かって駆け寄ってくる。

対する俺、風音さん、弓月《ゆづき》の三人は、それぞれに体内の魔力を高めていく。

「弓月も計画通りだ。やつらのＨＰの動きも【モンスター鑑定】でしっかり確認しておいてくれ」

「了解っすよ、せーんぱい♪」

「その甘ったるい感じはやめてくれ。気持ち悪い」

「ひどいっす！　かわいい後輩女子から『先輩♪』って呼ばれるのは、全男子の夢じゃないんすか⁉」

「お前はそういうキャラじゃないんだよなぁ」

などと与太《よた》っている間に、魔法発動の準備が整った。

俺、風音さん、弓月の三人が、一斉に攻撃魔法を発動する。

「【ロックバレット】！」

「【ウィンドスラッシュ】！」

「【バーンブレイズ】！」

弓月が放った範囲魔法は二体のミュータントエイプを同時に焼く。

加えて、俺と風音さんがそれぞれ放った単体攻撃魔法は、左右二体のミュータントエイプのうち左側に直撃した。

だがもちろん、強靭《きょうじん》なミュータントエイプのこと。それだけで倒れることはない。

続いて俺と風音さんで、それぞれ一体ずつのミュータントエイプにあたる。

左のダメージが大きいほうを俺が。

右のダメージが小さいほうを風音さんが担当する。

ミュータントエイプ二体編成を相手にするとき、一番厄介《やっかい》なのは、二体を同時に相手にしなければならないことだ。

逆に言うと、初手で一体を撃破することができれば、残りの一体には三人がかりで落ち着いて対処できる。

ゆえに最大火力がより大きい俺が、より大きなダメージを受けているほうを相手にする戦術を選んだ。

「弓月、左の残りＨＰは！」

「５５／１３８！　残り四割っす！」

弓月からの報告を聞きながら、俺は目前に迫ったミュータントエイプに向けて槍を構え、その腕と武器にスキルの力をまとわせていく。

俺の腕から槍全体にかけてが、淡い輝きに包まれる。

ミュータントエイプがまさに直前まで来て、恐ろしい速度で剛腕を振り上げた。

俺はそれが振り下ろされるよりも一拍早く、スキルを発動させる。

「くらえ——【三連衝《さんれんしょう》】！」

俺の腕が通常あり得ない速度で、連続で前後した。

槍《パルチザン》の鋭い穂先《ほさき》が三度、ミュータントエイプの胴に深く突き刺さる。

そのミュータントエイプの剛腕が、振り下ろされることはなかった。

一瞬の後、俺の目前の大型モンスターは黒い靄《もや》になって消滅する。

「よしっ」

俺は小さく快哉《かいさい》の声を上げた。

スキル【三連衝】——例の小広間の宝箱に入っていたスクロールを使って、俺が修得した大技だ。

その効果は、近接武器による突き攻撃を、一瞬のうちに三度連続で行うというもの。

槍や剣などで使ったときに最も効果的に威力を発揮するスキルで、通常攻撃の三倍のダメージを与えることができるという。

消費ＭＰは８と重いが、それだけの価値は十分にあると思う。

ただウン千万円以上の売却代金を犠牲にして、自分で修得しただけの価値が現段階であるかと聞かれると、さすがに微妙と言わざるを得ないが。

一方で――

「ぐぅっ……！」

もう一体のミュータントエイプと交戦していた風音さんが、おそるべき拳《こぶし》の一撃を受けて吹き飛ばされた。

「風音さん！」

「っとと。最近ミス多いなぁ私。でも大丈夫、平気だよ」

風音さんはすぐに体勢を立て直し、二本の短剣《クリス》を手にミュータントエイプに向かっていく。

素早く閃《ひらめ》いた二連撃が、巨大ゴリラの胴を鋭く切り裂いた。

風音さん、以前にミュータントエイプの攻撃を受けたときとはまったく雰囲気《ふんいき》が違って、危機的な様子が見当たらない。

ダメージが皆無ではないにせよ、取り立てて深刻なものでもなさそうだった。

風音さんが身に着けている防具「黒装束」がいい仕事をしているのだろう。

あれだけの性能でもノーダメージにならないのはちょっと残念だが、ミュータントエイプを相手にそれは贅沢《ぜいたく》すぎるというものか。

結局その後、それ以上のダメージを受けることもなく、俺たちはもう一体のミュータントエイプを問題なく撃破した。

かつての強敵にも、あっさりと勝利することができた。

ハイタッチをするなどして勝利を祝い、ダメージを受けた風音さんには【アースヒール】で治癒を行う。

ちなみに治癒前の風音さんのＨＰは、「４２／６０」まで減少していた。

一撃でＨＰの六割を持っていかれた昨日と比べると、被ダメージが半減している。

「ありがとう、大地くん♪」

治癒を終えると、風音さんは満面の笑みでそう伝えてきた。いつもの天使の笑顔。

だがその後、風音さんは腰に手を当てて眉根を寄せる。

「だけど大地くん、『気持ち悪い』は本当にひどいんじゃないかなぁ。お姉さんは大地くんをそんな子に育てた覚えはありませんよ」

「えっ、何の話ですか？」

俺、風音さんに「気持ち悪い」なんて言った？　言うはずないと思うんだけど。

あと風音お姉ちゃんに育てられた覚えもないです。

と、そこに慌てて止めに入ったのは弓月だった。

「い、いいっすよ風音さん。先輩は前からこんな感じっすから」

「そう？　火垂ちゃんがいいならいいんだけど」

「ん？　ああ、弓月に言ったあれか。弓月には似合わないってだけの意味ですけど」

「あーっ、反省してないな！　それでも相手は傷つくの！　大地くんは火垂ちゃんに冷たい！　もっと優しくしてあげて！」

「え……あ、はい。すみません」

「か、風音さん、いいっすから～」

なんかパーティ内の人間関係が、以前よりややこしくなってないですか？

しかし、うーん……弓月に優しくか……。

ノリで対応しているから、優しくと言われても難しいんだけどなぁ。

＊＊＊

パーティ内の人間関係の話はさておいて、ダンジョン攻略の話をしよう。

森の中の道を歩きながら、俺は弓月に声をかける。

「で、弓月。【三連衝】のダメージはどうだった？」

「やー、何とも言えないっすね。【モンスター鑑定】を発動させたままリアルタイムでHPを見てたっすけど、55から一気に0になったことしか分からなかったっす」

「そうか。残念」

「でも先輩の槍のダメージ、ミュータントエイプ相手だと30ちょいぐらいっすから、三倍だと100ぐらい出るんじゃないっすかね」

【三連衝】一発で、１００ダメージぐらいか。

俺の最大ＨＰが８０だから、俺自身に撃ったら瞬殺案件かもなと、ナンセンスなことを考えてみたりする。

でもミュータントエイプの最大ＨＰは１３８もあるから、さしもの【三連衝】でも、それ一発だけでは落とせそうにない。あのゴリラ、タフすぎるだろ。

「あとはＭＰ消費量だよなぁ。【三連衝】強いけど、ＭＰ消費もさすがに重い。攻撃スキルで8点消費は、ヒーラーにはキツイな」

「六槍《むそう》先輩にも、うちの有り余るＭＰを分けてやりたいっすよ」

「くくくっ、いいだろう。ならば貴様のＭＰを奪い尽くしてくれるわ」

「きゃーっ、先輩に襲われるっすーっ♪　風音お姉ちゃん、助けてーっ」

「ダメよ、大地くん！　火垂ちゃんを襲うなら、私が身代わりになるわ！　さあ私を襲いなさい！」

「ふははは っ、ならば二人まとめて食らい尽くしてくれるわーっ！　……って、ツッコミ役不在なんですけど」

「正気に戻っちゃダメっすよ、先輩」

ノリで茶番劇を演じる。楽しいのはいいけど、我ながらかなり恥ずかしい。

ほかに誰も見ていないダンジョン内だからいいが、人に見られたら切腹モノだな。

「けどこの有り余るＭＰの使い道もできたっすよ。うちも今の戦闘でレベルアップして、必殺技を覚えたっす」

「ほほう」

「【ステータスオープン】！　ほらほら、これっすよ」

「んー、どれどれ」

俺は弓月が出したステータスを、横からのぞき込んだ。

弓月火垂
レベル：16（+1）　経験値：10642／13527
HP：60／60　MP：137／160（+10）
筋力：13（+1）　耐久力：15　敏捷力：18（+1）　魔力：32（+2）
スキル：【ファイアボルト】【MPアップ（魔力×5）】【HPアップ（耐久力×4）】
【魔力アップ（+6）】【バーンブレイズ】【モンスター鑑定】
【ファイアウェポン】【宝箱ドロップ率2倍】【アイテムボックス】
【フレイムランス】（new!）
残りスキルポイント：0

「ほー、【フレイムランス】か。16レベルでスキルリストに【魔力アップ（+7）】も出たんじゃないのか？　それを取らずにこっちを優先したってこと？」

「うっす。何しろ威力係数２・２っすよ。ドカーンすよ、ドカーン！」

「係数２・２か。確かにな。弓月はＭＰも余りがちだし、優先して取るだけの価値はあるか。……いや待て。これがあれば、俺が【三連衝】を使わなくてもミュータントエイプ二体編成に対応できるんじゃないか？」

「くっくっく。さすが先輩、お目が高いっす。まさにそのために取ったといっても過言じゃないっすよ」

ネットに上がっている検証班の調査報告によると、攻撃魔法の威力は「威力係数」と呼ばれる個々の魔法の性能によって大きく変わってくるという。

具体的には、「術者の魔力＋武具の魔法威力修正」に「威力係数」を掛け合わせたものが、その魔法の基本的な攻撃力になる。

例えば【ファイアボルト】なら１・８、【バーンブレイズ】なら１・３の威力係数を持つというのが、検証班が割り出した値だ。

それと比べて弓月が新しく修得した【フレイムランス】は、威力係数２・２。

この数字を見ても、言うほど派手な威力ではないと思うかもしれない。

だが何しろ、掛け算なのだ。弓月ぐらいの化け物級魔力を持っていれば、係数が少し上がるだけでも、トータルの魔法ダメージは爆発的に跳ね上がる。

ちなみに弓月のステータスを見ると、魔力が２ポイント上がっているが、そのうち１ポイントは「魔力のシード」を弓月が食べたからだ。

前述のとおり、「魔力」は魔法の威力に対して掛け算で影響するから、1ポイント上がるだけでもその効果はバカにできない。

加えて「魔力」は魔法防御力や最大MPにも響いてくるため、ほかの能力値と比べて「当たり能力値」とも呼ばれている。「シード」の取引価格で見ても、「魔力のシード」はほかのシードよりも高い値段で取引される傾向にあるのだとか。

ともあれ――弓月のスキル修得は、第七層攻略に見事にヒットした。

ミュータントエイプ二体編成という厄介な相手への対処が、弓月の単体攻撃魔法の大幅な攻撃力アップによって、大きな問題なく可能になったのだ。

結果として俺の【三連衝】は要らない子になったが、そういうこともあるだろう。

今後いつか役に立ってくれるはずだ。きっと。寂しくなんてないぞ。

となれば、残る課題は風音さんの消費MPの大きさだけだが。

これも風音さんが18レベルにレベルアップして【MPアップ（魔力×5）】を修得したことにより、いくらか余裕が生まれることになった。

小太刀《こだち》風音
レベル：18（+1）　経験値：17550／22315
HP：64／64（+4）　MP：43／80（+16）
筋力：16（+1）　耐久力：16（+1）　敏捷力：27（+1）　魔力：16

スキル：【短剣攻撃力アップ（＋10）】【マッピング】【二刀流】【気配察知】
【トラップ探知】【トラップ解除】【ウィンドスラッシュ】【アイテムボックス】
【HPアップ（耐久力×4）】【宝箱ドロップ率2倍】【クイックネス】
【ウィンドストーム】【MPアップ（魔力×5）】（Rank up!）
残りスキルポイント：0

これで第七層攻略の課題は、すべてクリアされたと見ていいだろう。

とはいえ、戦力にものすごく余裕があるような状態ではない。

一日八時間の探索を終えてダンジョンを出たときには、全員のMPが最大値の七割から八割ほど削られているような状態だ。

第八層に下りるにはまだ早い気がする。

今の戦力で安全マージンを多めにとって稼ぐには、第七層がベストだろう。

そう考えた俺たちは、来週いっぱいは第七層でレベル上げをすることにした。

今週のダンジョン探索をすべて終えた俺たちは、三人で一緒に食事をしてから、それぞれ帰宅の途《と》につく。

風音さんとまたイチャイチャしたい欲求はあったが、お互いずぶずぶに嵌《はま》ってしまいそうなので、節度を保ってイチャイチャしようということに決めていた。

俺は家につくと、ひと風呂浴びてから就寝する。

だがその晩、俺はとても奇妙な「夢」を見ることとなったのである。

＊＊＊

俺の視界に広がっていたのは、現実世界ではあまり見覚えのない風景だった。

いわゆるファンタジー世界の風景、というのが一番しっくりくるだろうか。

よく晴れた空の下、俺たちは丘の上にいる。あたりは一面の草原で、一本の道が青草の海原《うなばら》を貫いて、丘の下のずっと先まで続いていた。

「俺たち」とは、俺、風音さん、弓月の三人。いずれもダンジョン用装備で身を固めている。

ではダンジョンの中なのか、というと、そうではない気がした。

道の先を目で追うと、しばらく進んだところに街のようなものが見える。

さらに遠くを見やれば、山や森などの姿もあった。

街の姿は、俺たちがよく見知っている現代日本の都会のビル群ではない。

高い石壁にぐるりと囲まれた小規模な集落で、三角屋根の住居が多数集《つど》っており、中には城のような建物も見える。

街の周辺には、田畑が広がっている。牛馬をひいている農夫の姿も見受けられる。

街へと続く道には、行き交う人々や、馬車などの姿があった。

道が街の壁とぶつかる場所には、市内に出入りするための門があって、検問らしき作業が行われている。

俺は風音さんや弓月と何かを話し合ってから、丘の上から道を下って、街へと向かう。

俺の意識は俺になくて、状況を俯瞰《ふかん》しているような奇妙な感覚だった。

やがて俺たち三人は、門をくぐり、街の中へと入っていく。

ファンタジーアニメで見るような中世ヨーロッパ風の街並みを通り、やがて一軒の建物の前へとたどり着いた。

俺たちは、その建物の中へと入っていく。

建物の中には、武装した姿の粗野な人々がたむろしていた。

そいつらが一斉に、俺たちのほうをぎろりとねめつけ――


――と、そこで目が覚めた。


いつもの天井、いつもの自宅。

ベッド脇の窓からは、朝日が斜めに差し込んで、ベッドの上に降り注いでいる。

薄暗くこぢんまりとした部屋に、俺以外の人の姿はいない。

「ふあぁっ……変な夢を見たな……」

俺は眠い目をこすりながら起き上がり、ベッドの上でうんと伸びをした。

＊＊＊

二日休んで、次の週の頭。

「えっ、大地くんも見たの、その夢？」

「先輩と風音さんもっすか？　うちも見たっすよ」

いつものようにダンジョン森林層を探索しながら、先日見た夢の話をすると、二人からはそんな声が返ってきた。

「えっ……じゃあ、風音さんと弓月も見たの？　あの異世界みたいな夢」

「うん。ひょっとして、予知夢とかかな？」

「予知夢って、三人で異世界旅行でもするっすか？」

「そういう見た目のダンジョンかもな。森林層みたいなダンジョンがあるんだから、あんなのがあっても今更驚きはしないが」

と自分で言いつつも、そういう感じでもなかった気がする。

もっとこう、本当に異世界って感じで……。

まあ夢のことなんて、とやかく考えていても生産性がない。

俺たちはもっと、目の前にある生産性のある労働に精を尽くすべきだ。

そんなわけで、俺たちは第七層を主な稼ぎ場として、レベル上げとお金稼ぎに勤《いそ》しんだ。

すでにモンスターの攻略はできている階層だ。

特に問題もなく、毎日八時間、週四十時間程度のダンジョン探索をこなしていった。

パーティ収入は、一日あたり手取り25万円程度。

ふと立ち止まってみると、結構な収入金額になっているなと思う。

この収入だと各自の日当が2万5000円程度。企業から受け取る給料と単純比較はできないが、独身者ならまあまあ快適な生活ができる収入水準だろう。

ずっと貧乏生活に慣れてきた俺としては、持て余すぐらいだ。ちょっとお高い焼肉とか、回らないお寿司《すし》とかを食べに行ってもいいのだろうか。

あるいは、家庭や子供を持つにはいくら貯金が必要なんだろうかと、浮《うわ》ついた考えなども持ってしまう。

いや、浮ついてないのか。むしろ考えないほうが浮ついてるのか。

何しろ俺は、すでに風音さんと一緒の夜を過ごしてしまっているのだ。

しっかり責任を取らないとな。ふへへっ。

「……先輩、ニヤニヤしてて気持ち悪いっすよ。何考えてるんすか？」

「な、何でもいいだろ！　お前には関係ない！　――ていうか風音さん！　こいつのこういう『気持ち悪い』はいいんですか!?　俺だって傷つきますよ!?」

「大地くん、そういうの器が小《ち》っちゃく見えるよ？　男子ならどーんと構えてないと」

「そうっすよ先輩。器が小っちぇえっすよ」

「ひどい！　男女差別だ！　断固抗議する！」

ここのところ女子連盟が結成されていて、俺はどうも不利な戦いを強《し》いられている。

ていうか風音さんも、かなりずけずけ言ってくるようになったよね……。

そんなこんなをしながら、今週五日間のダンジョン労働がつつがなく終了した。

この間に俺たちは、各自2レベルから3レベルのレベルアップを果たしていた。

六槍大地
レベル：19（+3）　経験値：26421／27807
HP：110／110（+30）　MP：100／100（+10）
筋力：19（+2）　耐久力：22（+2）　敏捷力：17（+2）
魔力：20（+2）
スキル：【アースヒール】【マッピング】【HPアップ（耐久力×5）】（Rank up!）
【MPアップ（魔力×5）】【槍攻撃力アップ（+16）】（Rank up!）
【ロックバレット】【プロテクション】【ガイアヒール】【宝箱ドロップ率2倍】
【三連衝】（new!）【アイテム修繕】（new!）
残りスキルポイント：0

小太刀凪音
レベル：20（+2）　経験値：27920／33985
HP：85／85（+21）　MP：90／90（+10）
筋力：17（+1）　耐久力：17（+1）　敏捷力：29（+2）
魔力：18（+2）
スキル：【短剣攻撃力アップ（+12）】（Rank up!）【マッピング】【二刀流】
【気配察知】【トラップ探知】【トラップ解除】【ウィンドスラッシュ】
【アイテムボックス】【HPアップ（耐久力×5）】（Rank up!）
【宝箱ドロップ率2倍】【クイックネス】【ウィンドストーム】
【MPアップ（魔力×5）】

残りスキルポイント：0

弓月火垂
レベル：19（+3）　経験値：22472／27807
HP：68／68（+8）　MP：185／185（+25）
筋力：14（+1）　耐久力：17（+2）　敏捷力：20（+2）
魔力：37（+5）
スキル：【ファイアボルト】【MPアップ（魔力×5）】【HPアップ（耐久力×4）】

【魔力アップ（＋8）】（Rank up!×2）【バーンブレイズ】【モンスター鑑定】
【ファイアウェポン】【宝箱ドロップ率2倍】【アイテムボックス】
【フレイムランス】【アイテム鑑定】（new!）

残りスキルポイント：0

来週には第八層に向かう予定だ。
その前に、今週購入した装備品もチェックしておこう。
先週と今週で稼いだダンジョン予算は、トータル120万円ほどだ。
武具店の商品ラインナップで、今の俺たちに有用なアイテム類をリストアップすると、
こんな感じになる。

コルセスカ……35万円、槍、攻撃力21
アルシェピース……170万円、槍、攻撃力28
ククリ……25万円、短剣、攻撃力20
ルーンクリス……130万円、短剣、攻撃力25、魔法威力＋2
ソーサリースタッフ……30万円、杖《つえ》、攻撃力11、魔法威力＋3、両手装備
ウィザードスタッフ……150万円、杖、攻撃力16、魔法威力＋4、両手装備
スケイルアーマー……10万円、胴、防御力27、敏捷力－2

チェインメイル……40万円、胴、防御力33、敏捷力－2
ブレストプレート……50万円、胴、防御力21
プレートアーマー……200万円、胴、防御力51、敏捷力－4
ウィザードローブ……180万円、胴、防御力15、魔法威力＋4
スティールシールド……25万円、盾、防御力12
ヴァイキングヘルム……4万円、頭、防御力12、敏捷力－1
アーメット……20万円、頭、防御力24、敏捷力－2
ウィザードハット……100万円、頭、防御力9、魔法威力＋2
毒・麻痺《まひ》除けの指輪……25万円、指、毒と麻痺を50％の確率で無効化する
毒無効の指輪……100万円、指、毒を100％の確率で無効化する
麻痺無効の指輪……100万円、指、麻痺を100％の確率で無効化する

武具店に置かれている最上級の武具までひとまずリストアップしてみたが、100万円を超えるような品はまだ手を出しづらい。

とりあえずは俺に上位槍の「コルセスカ」を、弓月に上位杖の「ソーサリースタッフ」を購入して、攻撃力を強化した。

風音さんの短剣もランクアップしたかったが、一個上の「ククリ」は現在装備している「クリス」（攻撃力13、魔法威力＋1）と違って、魔法威力増加効果が付いていない。

それでは高い金を払って買うにはやや微妙だろうという話になって、風音さんの短剣強化は一時おあずけになった。

そのもう一個上、130万円の「ルーンクリス」が掛け値なしに優秀なんだよな。

風音さんにはなるべく早めに、せめて一本でも「ルーンクリス」を買ってやりたいところ。

だが金が……金が足りない……！

しょうがないので、残りの予算を使って「毒・麻痺除けの指輪」を二つ購入し、俺と風音さんで装備した。

これは「毒除けの指輪」「麻痺除けの指輪」の上位版アイテムで、その名の通り、毒と麻痺の両方を50％の確率で無効化してくれる。

それまで装備していた「毒除けの指輪」は、一個は売却し、もう一個は弓月に装備させた。

「弓月が毒を受けることはまずないと思うが、一応装備しとけ。俺のお下がりで悪いけどな」

「先輩がうちに指輪をくれるなんて……ぽっ♡　せっかくだから、先輩の手でハメてほしいっすよ♡」

「はいそこ、頰《ほお》を染めない。左手の薬指を差し出さない」

「でも火垂ちゃん、そんな安物でいいの？」

「あっ……や、やっぱダメっす！　あっ、先輩、ダメって言ってるのに無理やりハメるなんて――ギャーッ！」

「大地くん、無理やりハメるなんてひどぉい！　そこは女の子の大事なところなんだよ！」

「うわぁあああん、風音さぁ～ん！　先輩がひどいっす～！」

「よしよし、大地くんてばひどいね。火垂ちゃんの気持ちとか全然考えてくれないもんね」

俺の手で無理やり指輪をハメられた弓月が、風音さんの胸に飛び込んでいた。

風音さんは弓月を抱きしめ、慰めるように頭を優しくなでる。

ていうかジョークで大事なところを差し出すほうが悪くない？　俺は理不尽な圧力には屈しないぞ。

ともあれそんな具合に装備品も強化し、第八層突入の準備は整った。

あと俺には、明日と明後日《あさって》の休日二日間を使ってやるべきことがあった。

俺はダンジョン探索を終えたあとの、更衣室に向かう風音さんに声をかける。

「風音さん、『黒装束』を脱いだら、俺に渡してください」

「あっ、そっか。休日の間に回復してくれるんだっけ」

「はい。休日はＭＰが余ってますから、その間にできるだけ【アイテム修繕】で『耐久値《たいきゅうち》』を回復しておきます」

俺は今週のレベルアップで獲得したスキルポイントのうち1ポイントを使って、【アイテム修繕】というスキルを修得していた。

これは16レベルになったときに、修得可能スキルリストに新規で出てきていたもの。

このスキルを使うことによって、武具の「耐久値」を回復させることができる。

ただ使用にはMPを消費する上に、その消費量が10ポイントとかなり大きい。

かつそれで回復できる「耐久値」は、たったの1ポイントだ。

武具の「耐久値」の最大値（新品状態）は一律100なので、きわめて辛《から》い。

ゆえにダンジョン探索をしない休日、MPが余っている日を有効活用する必要がある。

ほかの武具はともかく、「黒装束」は一品モノだから、大事に使わないといけない。

「うん、分かった。それじゃあお願いね、大地くん。……でも自分が脱いだ服を好きな人に渡すのって、なんかドキドキするね」

「うっ……。へ、変なこと言わないでくださいよ。意識しちゃうじゃないですか」

「ふふふっ。もっと私のことを意識するがいいよ、大地くん」

「……あーっ、今日も猛暑っすねぇ。暑い暑い」

横で見ていた弓月が、手でパタパタと胸元を扇いでいた。

＊＊＊

二日休んで、次の週明け。

いつものようにダンジョン前に集合すると、俺は風音さんに「黒装束」を返却した。

「ありがとう、大地くん。……ねぇ、ひょっとして、匂い嗅《か》いだりした？」

いたずらっぽい笑みとともに、そんなことを聞いてくる風音さん。

「な、何を……。だいたいダンジョン用装備は自動的に浄化されるんですから、仮に嗅いだとして、着てた人の匂いなんて残ってませんよ」

「あ、試したから知ってるんだ～」

「い、いや、そんなことは……」

「怒らないから、本当のことを言ってみ？」

「はい、すみません。魔が差しました。ごめんなさい」

「ふふっ、よくできました。大地くんは変態だなぁ。でもお姉さん許しちゃう」

風音さんが俺の頭をなでなでしてきた。

くそぅっ、子供扱いしやがって。今度イチャイチャするとき覚えてろよ。

「今日もまた、朝っぱらから暑いっすねぇ」

その様子を見ていた弓月は、いつものように手でパタパタと扇いでいた。なんかすまん。

そんな早朝のウォーミングアップトークをしつつ、俺たちは更衣室で着替えてから、ダンジョンへと向かう。

今日は第八層への初チャレンジだ。

転移魔法陣で中継地点に降り立ち、第五層、第六層、第七層と順繰りに下っていく。

朝の九時ごろにダンジョンに入って、第八層にたどり着いたのは十時半ごろ。

一日八時間労働をキープするとして、帰りの道程も考えると、第八層の探索時間として使えるのは正味五時間ぐらいだ。

第八層は、森林層の最下層にあたる。

洞窟層《どうくつそう》の第四層と同じように、ボスが待ち構えている階層になる。

相変わらず代わり映えのしない森林ダンジョンの風景を眺めながら、俺たちはてくてくと歩いてマップ開拓をしていく。

するとしばらくして、第八層最初のモンスターの群れに遭遇した。

ジャイアントバイパー七体。

これは特に問題なく片付けることに成功した。

第七層でも登場するモンスター編成なので、それはそういう感じだ。

ちなみにこの戦闘では、風音さんが一度、毒牙《どくきば》による攻撃を腹部に受けたのだが――

「相変わらず『黒装束』すごいよね。ジャイアントバイパーの牙が通らないんだもん」

と、当の風音さんはまったくの無傷だった。

風音さんが装備している「黒装束」が、ジャイアントバイパーの毒牙によるダメージを完全に遮断したのだ。

当然、「毒」を受けることもない。チート級防具の本領発揮といった感じだ。

加えて隣では、弓月が控えめな胸を誇らしげに張って、高笑いを上げる。

「はぁーっはっはっ！　もうジャイアントバイパーも、雑魚雑魚《ざこざこ》の雑魚っすね。何せうちの【バーンブレイズ】で一発っすからね」

「ああ。群れが散らばってなきゃ、それだけで一網打尽《いちもうだじん》にもできるんだがな。でも風音さんの【ウィンドストーム】なしで乗り切れるようになったのはでかいよ。大したもんだ」

「でしょでしょ？　先輩はもっともっとうちを褒めていいっすよ。うちの頭も、思う存分なでなでするがいいっす」

「ああ、すごいすごい。さすが弓月だ」

「えへへーっ、でへへーっ♪」

俺が頭をなでてやると、弓月はでれでれになった。幸せそうで何よりだよ。

先週のレベルアップで、弓月は魔力を5ポイントもアップさせた。

それに「ソーサリースタッフ」の魔法威力増加効果も加わり、今やジャイアントバイパーの群れをも【バーンブレイズ】一発で殲滅《せんめつ》できるほどの魔法攻撃力を獲得していた。

これにより【ウィンドストーム】の使用頻度を減らすことができ、風音さんがMP不足に陥る心配もほぼ皆無になった。

ただ、だからと言って【ウィンドストーム】が役立たずになったわけでもない。

次に遭遇したのは、デススパイダー五体だった。

これも第七層で遭遇しうるモンスター編成で、第八層特有の強敵というわけではない。

デススパイダーたちは、八本脚を駆使《くし》した高速移動で襲い掛かってくるが――

「行くよ、火垂ちゃん――【ウィンドストーム】！」

「了解っす、風音さん――【バーンブレイズ】！」

二人の探索者《シーカー》の魔法がほぼ同時に発動し、炎の嵐となって巨大蜘蛛《ぐも》たちを包み込む。

五体のうち四体を巻き込んだ範囲魔法攻撃は、その四体すべてをまとめてなぎ払い、魔石へと変えた。

「うっし！　うちと風音さんのコンビプレイなら、デススパイダーだってちょちょいのちょいっす！」

ジャイアントバイパーよりも耐久力に優れた強敵デススパイダーは、さすがの弓月でも【バーンブレイズ】一発で殲滅することはできない。

そこで風音さんの【ウィンドストーム】の出番だ。

二つの攻撃魔法が重なれば、さしものデススパイダーもひとたまりもない。

そして、残る一体は――

「風音さん！」

「うん、大地くん！」

「「――はぁあああああっ！」」

巨大蜘蛛の胴体部を、俺の槍が鋭くえぐり、風音さんの短剣二刀流が素早く切り裂く。

二人の武器攻撃コンビネーションで、最後の一体もあっさりと撃破だ。

「「「イェーイ！」」」

三人でパンパンパンと手を合わせ、勝利を喜び合う。

第八層の最初二戦闘は、実に快調な滑り出しだ。

この調子でサクサクっと進んでいこう。

＊＊＊

俺たちは、第八層の探索を快調に進めていく。

「うーん、サーベルタイガーもマッドフラワーも、なかなか出てこないっすね」

「だな。これじゃ第七層と変わらない」

「そう言ってたら、次が来たよ。……って、またそのパターンだ」

「今度はエイプちゃんっすか」

次の第八層三戦目は、ミュータントエイプ二体のご登場だった。

第八層の新出モンスター、なかなか出てこないな。

が、こいつら相手だと、ちょっと試してみたいことがある。

「風音さん、弓月。ＭＰの無駄遣いになるかもしれないけど、『例のアレ』、試してみてもいいかな」

「あー、『アレ』っすか。いいんじゃないっすか？　ＭＰが危なくなってきたら帰ればいい話っす。それに自分らの戦力把握は大事っすよ」

「私も賛成。大地くんの格好いいところ、見てみたいな♪」

「実際にやれるかどうかは、やってみないとってところですけど、了解です。右のやつは二人に任せます。俺は左を」

そう答えつつ、俺は魔法発動のために魔力を高めていく。

風音さんと弓月も、いつも通りに魔法の準備だ。

ミュータントエイプ二体が、森の中の道をずしんずしんと駆け寄ってくる。

直立したら体長三メートルにも及ぶであろう巨体のプレッシャーも、初見の時ほど感じなくなった。

左右並んで駆け寄ってくる二体のミュータントエイプのうち、俺は左の個体に意識を集中する。

右の個体は風音さんと弓月に任せた。

あっちは二人がかりなら、問題なく片付けてくれるはずだ。

問題は、俺のほう。

「アレ」とは何かというと、「俺一人でミュータントエイプを撃破できるかチャレンジ」

だ。
洞窟層のボス「ゴブリンロード」と同格の戦闘力を持つミュータントエイプ。
それを風音さんや弓月の援護なしで、俺一人で倒せるかどうか。
あと数秒で接触、というあたりで、俺は魔法を発動する。
「くらえ――【ロックバレット】！」
俺は突き出した槍の直前から、一塊《いっかい》の岩石弾を発射する。
岩石弾はドゴッと音を鳴らし、狙い通りにミュータントエイプに直撃した。
だが巨大ゴリラは、ダメージに怯《ひる》んだ様子もなく暴走列車のように突進してくる。
その巨体に向かって、俺もまた地面を蹴った。
接触の直前。俺は槍を持った右腕に「力」を集中し、スキルを発動する。
「これで落とせるか――【三連衝】！」
俺の右腕と槍が淡く輝き、直後に三度の突きが、超高速で放たれた。
俺自身の動きとは思えないような、半ば自動的なアクション。
槍《コルセスカ》の穂先は、眼前に迫っていたミュータントエイプの胴を、過《あやま》たず三度穿《うが》った。
一拍の後――バッと、黒い靄が霧散する。地面には魔石が落ちた。
ミュータントエイプの巨体は、あっさりと撃破されていた。
「よっし！」
俺は小さくガッツポーズをする。

やったぞ。ミュータントエイプを俺一人で完封できた。

「「おおーっ！」」

風音さんと弓月が、パチパチと拍手してくる。

二人もまた、担当のミュータントエイプを片付けたようだ。

俺は頭をかきかき、「どうもどうも」と照れてみせた。

俺もまた、先週の間にレベルアップしている。

地道に上げ続けてきた【槍攻撃力アップ】のスキルは、今や（＋16）にまで到達していて、現段階で修得できる最大ランクだ。

加えて槍も「パルチザン」（攻撃力15）から「コルセスカ」（攻撃力21）にランクアップし、筋力だって上がっている。

俺が修得した【三連衝】というスキルは、事実上、通常攻撃の三倍のダメージを与えるスキルだ。

俺自身の武器攻撃の威力が上がれば、【三連衝】によって与えるダメージはその三倍のレートでアップする。

俺が力をつければつけるほど、その攻撃力は飛躍的に上がっていく。

それが【三連衝】というスキルだ。

「弓月、やつのＨＰの動き、見ててくれたか？」

「うっす。ミュータントエイプの最大ＨＰが１３８で、先輩の【ロックバレット】が入って残り114。そのあとは【三連衝】で一気に落としたっす」

「114を【三連衝】だけで削り切ったか。なかなかだな」

「かっこよかったよ～、大地くん♪」

「ははっ……ありがとうございます風音さん。ちょっと、いや、かなり嬉しいです」

「でもMP消費は重いんすよね」

「ええい、人がせっかく悦《えつ》に浸っているのに現実に引き戻すんじゃない！　そんな後輩にはこうしてやる」

「きゃーっ、また先輩に襲われるっすーっ♪　――って、あはははっ！　くすぐりは、ダメっすよ……！」

俺が弓月をひっ捕まえて脇をくすぐってやると、弓月は俺の腕の中で涙目になって悶《もだ》え苦しむ。

風音さんは、そんな俺と弓月の様子をニコニコしながら見守っていた。

＊＊＊

第八層の新出モンスターが出ないなーと思いながら探索を続けていたら、四戦目で遭遇した。

森の木々の合間から、のそりと這《は》い出《だ》してくる「虎」に似た獣《けもの》の姿。

その口からは、二本の長く鋭い牙が飛び出している。

それが、四体。

俺たちの姿を発見するなり、こちらに向かって駆け寄ってくる。

「ようやくのお出ましっすね」

「あれがサーベルタイガー……動物愛護の人たちに怒られないかな？」

「モンスターは動物じゃないという定義ですし、ミュータントエイプとかさんざん倒しているのでいまさらかと」

「だよねー」

「来るっすよ！　風音さん、魔法一緒に頼むっす！」

「任せて！　せーの――」

「【バーンブレイズ】！」

「【ウィンドストーム】！」

森の中の道をまっすぐに駆けてきた四体のサーベルタイガーは、その途上で炎と風刃《ふうじん》の嵐に巻き込まれた。

さあ、これでどうなるか。

今や弓月の【バーンブレイズ】は、キラーワスプやジャイアントバイパーなら一発で消し飛ばせるだけの威力を持つ。

デススパイダーでも、風音さんの【ウィンドストーム】が重なればひとたまりもない。

だが――四体の獣は、一体も欠けることなく、炎の嵐の中から飛び出してきた。

さすがのタフネスだな。

「でも――【ロックバレット】！」

俺は飛び出してきた四体のうち、一体に向けて魔法の岩石弾を放つ。

岩石弾の直撃を受けたサーベルタイガーは、さすがに消滅して魔石になった。

残る三体のサーベルタイガーは、俺たちと接触するより少し前の地点でジャンプし、俺と風音さんに向かって飛び掛かってきた。

俺に二体、風音さんに一体だ。

「くっ！」

「はあっ！」

俺の槍が一体のサーベルタイガーを貫き、風音さんの短剣が別の一体を切り裂く。

その二体は黒い靄となって消滅し、魔石へと変わった。

だが残る一体は、防御をかいくぐり、俺の左肩に鋭い牙で噛《か》みついてきた。

「ぐぅっ……！」

「先輩っ！　このっ――【ファイアボルト】！」

そこに弓月の魔法攻撃による援護が入り、最後のサーベルタイガーも撃破された。

戦闘終了だ。

宝箱が一個、出現していた。

俺は大きく息を吐き、HPの残量を確認してから【アースヒール】で傷を癒していく。

治療前の現在HPは、「85／110」まで減少していた。

今の俺の魔力なら、このぐらいのダメージは【アースヒール】一発でだいたい全快できる。

「大地くん、大丈夫？」

「ええ。ジャイアントバイパーやデススパイダーの攻撃と比べると痛いですけど、ミュータントエイプほどではないです。毒もないですし」

「ほっ……良かったっす。でも意外とあっさり勝てたっすね。いつも初めてのモンスターには、ワーッとかギャーッとか叫んでた気がするっすけど」

「叫んでいたとしたら弓月だと思うが。それに六層でジャイアントバイパーと初めて戦ったときも、こんな感じじゃなかったか？」

「んーっ、そう言われてみると、そうだったかもしれないっす」

サーベルタイガーは、ステータスでいえばデススパイダーより上だが、ミュータントエイプよりはだいぶ下のモンスターだ。

バッドステータスを与えてくることもなく、実際に戦ってみた印象でもこれといったインパクトがなかった。普通にちょっと強い、ぐらいのものだ。

風音さんが、宝箱の処理に取り掛かる。

「トラップは……【毒針】か。——ねぇ火垂ちゃん、まだ【トラップ解除】してないんだけど、試しにこれ開けてみる？」

「ぶるぶるぶるぶるっ！　え、遠慮するっす！　ていうか風音さん、それまだ根に持ってたっすか⁉」

「ふふっ、残念。じゃあ【トラップ解除】っと。中身は～……あれ？　ねぇ大地くん。これって『ＨＰポーション』じゃないよね？」

「あー……そうですね。ちょっと色が違う。それひょっとして『ハイＨＰポーション』じゃないですか？　武具店で見たの、そんな色だった気がしますけど」

「おーっ、『ハイＨＰポーション』だとしたら、結構なお宝だね。火垂ちゃん、一応確認お願い」

「ほいほいっすよ。それじゃ――【アイテム鑑定】！」

結局のところ、弓月は【アイテム鑑定】スキルを修得していた。

黒装束の「耐久値」を細かく把握しておきたい、というのが修得動機の決定打となった。

これまで武具の「耐久値」に関しては、武具店のオヤジさんに頼むとアフターサービスで【アイテム鑑定】をして教えてくれていたのだが、黒装束はオヤジさんの店で買ったアイテムではないからな。

ほかにもいろいろ便利なこともあって、弓月は【アイテム鑑定】を修得したのだ。

「ん、やっぱり『ハイＨＰポーション』っすね。『飲むとＨＰを５０ポイント程度回復する』だそうっす」

弓月は鑑定結果を、そう伝えてくる。

通常の「HPポーション」は、HPを10ポイント程度回復する効果があるアイテムだ。武具店での販売価格は3000円。

対して「ハイHPポーション」には、HPを50ポイント程度一気に回復する効果がある。武具店での販売価格は、確か3万円だったはずだ。

うちのパーティは回復魔法があるからさほど重要なアイテムではないが、HP回復がポーション頼みのパーティでは、【アイテムボックス】の容量問題などもあり重要なアイテムになってくるのだろう。

手に入れた「ハイHPポーション」は風音さんの【アイテムボックス】に収納。

その後、【アイテムボックス】から三人分のお弁当と飲み物を取り出して昼食休憩をとってから、俺たちはダンジョン探索を再開した。

＊＊＊

第八層の探索は、その後も特に大きな問題なく進んだ。

モンスターとの遭遇は、既出のものばかり。

ジャイアントバイパー七体、サーベルタイガー三体、デススパイダー五体、サーベルタイガー五体と戦闘を行い、これを切り抜けた。

なおサーベルタイガー五体との戦闘で、俺がレベルアップして、20レベルに到達した。

六槍大地
レベル：20（+1）　経験値：27821／33985
HP：115／115（+5）　MP：64／100
筋力：20（+1）　耐久力：23（+1）　敏捷力：18（+1）　魔力：20
スキル：【アースヒール】【マッピング】【HPアップ（耐久力×5）】
【MPアップ（魔力×5）】【槍攻撃力アップ（+16）】【ロックバレット】
【プロテクション】【ガイアヒール】【宝箱ドロップ率2倍】【三連衝】
【アイテム修繕】
残りスキルポイント：1

スキルの割り振りは、かなり迷った。

差し迫って修得したいスキルは取り切ったが、スキルポイントが余っていたら修得したい次点レベルのスキルはいくつもある。

だが迷った末に、ここはスキルポイントを使わずに、残しておくことにした。

21レベルで、修得可能スキルリストにまた新たなスキルが解放される見込みだからだ。

俺たちは、さらなる探索を進めていく。

といっても、今はもう帰路についている段階だった。

今日は、サーベルタイガーは何度も出てきたが、もう一種類の第八層初出モンスターには遭遇していない。

このまま一度も遭遇しないのだろうかと思いながら、帰りの道を歩いていたとき――

俺たちはついに、そいつと遭遇した。

「うっひょ、出たっすよ、マッドフラワー！　でかいっすねぇ！」

弓月がそんな声を上げながら、杖を構えて魔力の燐光《りんこう》を身にまとわせていく。

俺と風音さんもまた、モンスターを迎え撃つ姿勢をとった。

それは何とも歪《いびつ》な姿をした、巨大植物型のモンスターだった。

高さは俺たちの背丈の三倍近くもあって、最上部付近に色とりどりの巨大な花をいくつも咲かせている。

花の形状は、ハイビスカスをそのまま大きくしたような感じ。赤、白、黄など、異なる色の花が同じ個体に複数咲いている。

もっと奇妙なのは、茎にあたる部分だ。人の腕ほどの太さの茎が、何十本も複雑に絡み合って、太い木の幹のような形を作り上げている。

根っこらしきものは地面に埋まっておらず、足のように動いて地表を移動可能。

さらには腕のごとく伸びた何本もの蔦《つた》が、本体の周囲でゆらゆらと揺れていた。あれを鞭《むち》のようにしならせて攻撃してくるらしい。

モンスターの名称はマッドフラワー。

それが三体だ。

三体のマッドフラワーは、根っこを器用に使って、俺たちのほうに向かってきた。

かなりの速度だ。

「蔦のリーチが長いから、接近戦は向こうに先手を取られる。弓月も蔦の間合いに気を付けろよ」

「分かってるっすよ。鞭で打たれて気持ちよくなる趣味はないっす」

「麻痺効果のある花粉も撒《ま》いてくるんだっけ？　ちょっとクセの強いモンスターだよね」

いろいろな意味で、今までに遭遇したモンスターとは勝手が違いそうな相手だ。

ＨＰもミュータントエイプに肉薄するほど高く、本来ならあまり簡単に倒せる相手でもない。

だがこいつには一つ、弱点がある。

純粋な強さはともかく、相性で言えば、うちのパーティはこのモンスターの天敵《てんてき》だ。

「弓月、やってやれ！」

「任せろっす！　煉獄《れんごく》の槍よ、かの敵を焼き尽くせ――【フレイムランス】！」

弓月が掲げた杖の先から、槍を象《かたど》った灼熱《しゃくねつ》の塊が発射される。

植物型モンスターの弱点属性である火属性の攻撃が、一体のマッドフラワーの花の一つへと直撃し、そのモンスターの全身を炎で包み込んだ。

＊＊＊

弓月が使える最強の単体攻撃魔法【フレイムランス】が、マッドフラワーに突き刺さる。

炎がモンスターの全身に回ると、バッと、黒い靄となって、その全身が消滅した。

地面には魔石が落下する。

「うっし！　一撃で仕留めたっすよ！」

弓月の快哉の声。

魔法発動待機していた俺と風音さんは、別の個体に向けて【ロックバレット】と【ウィンドスラッシュ】を放つ。

弓月の【フレイムランス】だけで落とせなかったら、同じ個体に追加でぶち込む予定だったが、その必要はなかったようだ。

マッドフラワーは、かなりの高ＨＰを持つ大型モンスターだ。

弓月の【フレイムランス】といえど、普通は一撃で倒せるようなぬるい相手じゃない。

だがマッドフラワーは、火属性の攻撃に弱いという弱点を持つ。

この特性により、火属性攻撃のダメージは１・５倍という劇的な増加を見せる。

その結果、弓月の【フレイムランス】一発だけで、マッドフラワーを撃破することに成功していた。

だが問題はここから先だ。

残り二体のマッドフラワーは、俺たちの前方、十歩ほどの距離で足を止める。

そして各二本ずつの蔦を同時に伸ばして、俺と風音さんに向けて攻撃してきた。

これがこのモンスターの厄介なところだ。近接攻撃のリーチが長い。

しかもそれぞれの個体が、一度に二本の蔦で同時攻撃してくる。いわゆる二回攻撃だ。

その代わりに純粋な攻撃力は、さほどでもないのだが。

「ぐっ……！　この程度！」

「よっ、とっ」

俺は襲い掛かってきた二本の蔦のうち、片方を盾で防いだが、もう片方を防御しきれず胴を打たれてしまった。

少し痛いが我慢して、俺は無傷のマッドフラワーに向かって駆けていく。

一方の風音さんは、見事な身のこなしで蔦攻撃を二発とも回避。

そのまま華麗な動きで、魔法ダメージを負っているほうのマッドフラワーに向かって疾《しっ》駆《く》した。

「ＭＰは残ってる――くらえ、【三連衝】！」

「はぁあああっ！」

俺の三連続攻撃と、風音さんの二連続攻撃が、それぞれの相手を打ち据える。

俺の前のやつは、【三連衝】の直撃を受けて見事に消滅した。

一方、風音さんが攻撃したほうはそれで撃破とはならなかったが、追っかけで放たれた弓月の【ファイアボルト】でトドメを刺された。

戦闘終了だ。

マッドフラワー三体編成は、この階の一般モンスターの中でも最強格の相手。

それをこれだけの損害で切り抜けられたのは、上出来と言っていいだろう。

「「「イェーイ！」」」

パンパンパンとハイタッチしてから、弓月が飛びついてきたので抱きとめる。

そこに背後から風音さんも抱き着いてきて、俺はむぎゅっとサンドイッチにされた。

「先輩、うちすごいっすよね！　見たっすか、うちの【フレイムランス】の威力！」

「お、おう。さすがだな」

「大地くんの【三連衝】もすごかったよ。でも二人とも攻撃力上がっててていいなぁ。私だけしょんぼりだ」

「いや、俺は風音さんみたいに蔦攻撃を華麗によけられたりしてないですからね。あとこの体勢いつまで続けるんです？」

「先輩先輩！　うちのことすごいと思ったら、ほっぺにチューしてほしいっすよ」

「お前もどさくさに紛れて何言ってんだ」

「いいよ、大地くん。火垂ちゃんにチューしてあげて」

「は……？」

いつものじゃれ合い会話をしていたら、話が変な方向に向かい始めたんですけど。

「ほっぺでしょ？　問題ないない」

「は、はあ……いや、そもそもいろいろおかしいと思うんですけど」

「何すか！　風音さんとはお口とお口でねっとりたっぷりチューしといて、うちにはほっぺにもできないって言うんすか！」

「何でお前がそれ知ってんだぁあああっ！　覗《のぞ》き見《み》してたのかお前はぁあああっ！」

「や、カマかけただけっすよ」

「なん……だと……!?」

「そ、そんなことより大地くん。早くチューしてあげないと」

「そうっすよ先輩。早くチューするっす」

あ、あれ……？　弓月と風音さんからサンドイッチ状態で、女子の甘い匂いとやわらかさにくらくらしたままあれこれ言われて、混乱してきたぞ。

俺は弓月にチューするべきなのか。

よく分からないが、風音さんが言っているんだから、そうなのかもしれない。

「『チュー！　チュー！　ほっぺにチュー！』」

「わ、分かった。弓月のほっぺにチューすればいいんだな」

このときの俺に、自我のようなものはほとんどなかった気がする。

風音さんと弓月に言われるままに、弓月の頰に口づけをした。

「にゃはっ、先輩にチューされたっすよ♪　風音さん、援護感謝っす」

「やったね、火垂ちゃん。この調子でガンガン攻めるよ」

俺から離れた弓月と風音さんは、意気投合して再びハイタッチをするなどしていた。

いったい何がどうなってるんだ……？

冷静になってから考えても、何が何だかよく分からなかったので、俺はこの件に関して考えるのをやめた。

その後、俺たちは特に問題もなく第八層から帰還し、ダンジョンを出た。

パーティの一日の稼ぎは、手取りで30万円強。

ちなみに三人パーティや四人パーティだと、25レベルのベテラン探索者《シーカー》で、第八層か、第九層、第十層あたりが最深階層の相場らしい。

つまりこのあたりの金額が、ベテラン探索者《シーカー》パーティのざっくりとした収入相場になるわけだ。

俺ももう20レベルだしな。

天井とベテランの領域が、すぐそこまで近付いてきていた。

25レベル、一般探索者《シーカー》の天井か……。

そういえば、天井を超える可能性である「限界突破」に関しては、分からないことだらけだ。ネット上でも、あまり詳しい説明は見た記憶がない。

試しに武具店のオヤジさんに聞いてみるか。

＊＊＊

「ほう、お前らももう20レベルか。早いもんだな。ついこの間まで、レベル一桁《ひとけた》のヒヨッコだったってのによ」

武具店に入ってオヤジさんに話を聞くと、開口一番、そう言われた。

あごをなでながら嬉しそうにしているオヤジさんに、俺は本題を切り出す。

「それで『限界突破』ですけど。『限界突破イベント』っていうのがあるんですよね？」

「あー、『限界突破』なぁ。それは期待しねぇ方がいいぞ」

「そうは聞くんですけど。やっぱり気になるので、詳しいことを知っておきたいと思って」

「ははっ、まあそらそうか。お前らももう天井が近いわけだしな。分かった、俺が知っているだけのことは教えるよ」

オヤジさんはそう言って、説明を快諾してくれた。

長話になるからと、お客さん用のテーブル席に腰掛けるように勧《すす》めて、厚意でお茶も淹《い》れてくれる。

特に接待される理由もないから気が引けたが、せっかくの厚意なので、俺たちはありがたくお茶をいただくことにした。

オヤジさん自身も席につくと、お茶を一啜《ひとすす》りしてから、こう語り始めた。

「まず、近年覚醒した探索者《シーカー》にとっては、『限界突破』の見込みがほとんどねぇって話からだな。これは何でだか知ってるか？」

「いえ。宝くじで億を当てるぐらいの強運がなければ引き当てられないとか、そういうのはネットに書いてありましたけど。具体的なことは何も」

「なるほどな。そりゃあ誇張のしすぎかもしれねぇが、まあ感覚的には大外れじゃないだろう。何しろ日本中の、いや世界中のあらゆるダンジョンの『限界突破イベント』は、すでにほとんど取り尽くされているだろうからな」

「取り尽くされている……？」

オヤジさんは俺の返事にうなずくと、事の真相を教えてくれた。

およそ三十年前に、全世界で同時多発的にダンジョンが生まれ、探索者《シーカー》が生まれた。

当然ながら、ダンジョン発生当初に生まれた探索者《シーカー》たちは、ダンジョン探索の先駆者となった。

手つかずで未探索、情報も何もないダンジョン。そこに潜《もぐ》る行為は、情報が整備された現在のダンジョン探索よりもはるかに危険であったが、それゆえの果実もあった。

各ダンジョンの未探索領域では、稀《まれ》に「イベント」と呼ばれる特殊な出来事が起こった。

それは例えば、普段は遭遇しない強力なモンスターと出遭《であ》うことだったり、謎の液体が入った壺《つぼ》が置かれていて飲んだら能力値が上がるものだったり、草むらから飛び出してきたリスのような生き物に帰還の宝珠《ほうじゅ》を盗まれたりするようなものだった。

また未探索のダンジョンには、モンスターが落としたものではない、もともとダンジョンに配置されている「宝箱」もあったらしい。

俺たちが「ダンジョンの妖精」絡みで訪れた、あの小広間にあったのと同じように、だ。

そうした数々の「イベント」の中でも、特に重要だったのが「限界突破イベント」だ。

概ねどこのダンジョンでも、第九層以降に現れ始める「限界突破イベント」。

それは通常25レベルで頭打ちになる探索者《シーカー》たちに、さらなるレベルアップのチャンスを与えた。

一口に限界突破イベントといっても、その内容やレベルアップの度合いは様々だという。

オヤジさんは、自身が経験した限界突破イベントの一つを、こう語って伝えてくれた。

「俺が経験した限界突破イベントの中で一番ヤバいと思ったのは、どこにあるとも知れねぇ謎のダンジョンに閉じ込められたときだな」

「閉じ込められた……ですか?」

「ああ。普通にダンジョン探索をしていたら、行き止まりの広間で突然、足元に転移魔法陣が現れてな。気が付いたら見たこともないダンジョンの中にいた。しかも出口が見付からねぇし、『帰還の宝珠』も当然のようにウンともスンとも言わねぇときた」

「えっ……。それで、どうなったんですか?」

「仕方ねぇからってんでダンジョン探索を始めたら、すぐに住居になる場所を見つけてな。

そこにはベッドだとか、魔石を入れると食料が出てくる謎のアイテムだとか、調理器具だとかがが置かれていた。でもって、指示があったんだ。『限界突破イベントへようこそ。全四層からなる特殊ダンジョンをクリアしよう。期限は三十日。期限内にクリアできなかったら、キミたちは崩壊するダンジョンに埋もれて死ぬ』ってな」

「「「えぇー……」」」

話を聞いていた俺、風音さん、弓月の三人は、あきれた声をあげてしまった。

オヤジさんから聞いたのでなければ、真っ先に嘘を疑っていただろう。

「いや、あのときはマジで死ぬかと思った。そのダンジョンにいる間は、25レベルを超えていてもレベルが上がったんだが、何しろそこのモンスターが強くてな。三十日ギリギリで第四層のボスを倒して、元のダンジョンに戻ってきたときには、生きて帰ってきたことを深くかみ締めたもんだ」

そう言ったオヤジさんは、どこか過去を懐かしむような目をしていた。

ちなみに限界突破イベントにはほかにも、ボス敵と戦うだけだとか、腕立て・腹筋・ランニングなどの運動を指定量こなすと1レベル上がるだとか、本当にいろいろとあるのだという。

「そういうわけでな。探索済みダンジョンの探索済み階層じゃあ、限界突破イベントには普通ありつけねぇだろうって話だ。たまにどこかの国で新規ダンジョンでも見つかろうものなら、情報が出回り次第、全世界から探索者《シーカー》が殺到して大わらわになるって寸法だ」

「どこの世界も世知辛《せちがら》いんですね。ちなみにオヤジさんって、レベルいくつなんです？」

「俺は46レベルだ。日本の探索者《シーカー》の中でも、十本の指には入るはずだぜ」

「46レベル……。今さらですけど、すごい人だったんですね、オヤジさんって」

「はっはっは、まぁな。とはいえ今の俺は、ただの武器屋のオヤジだがな。――さ、今日は何を買っていってくれるんだ？」

オヤジさんはそう言って、ニヤリと笑った。

＊＊＊

第八層に初めて挑んだ日の、四日後。

俺たちは第八層の終着点へと到達していた。

「ここがボス部屋に続くゲートか」

俺はつぶやいて、目の前にそびえ立つ巨大な門を見上げる。

石造りの大扉は、蔓延《はびこ》るコケや植物の蔦で、その面積の半分が緑色に染まっていた。

この大扉の向こうに、第八層のボスが待ち受けている。

門の脇には台座が一つあり、青色のオーブが備え付けられていた。

そのオーブに手をかざすと、大扉が開くわけだが――

「ねぇ先輩。イタズラでオーブに手ぇかざしてみていいっすか？」

「そういう恥ずかしい真似《まね》はやめなさい。お前ももういい大人だろうに」

「まだ十八歳のピチピチギャルっすよ？」

「言葉選びが現代の十八歳のそれじゃねぇんだわ」

「大地くーん、二十歳《はたち》のお姉さんはどうしたらいい？」

「別に何も。普通にしていてください」

「ぶーっ、大地くん冷たーい！」

「そうっすよ先輩。冷たいっす」

「「ぶーぶー！」」

「はいはいキミたち、精神年齢を大人に戻して」

そんな二人の子供はさておいて。

この五日間、第八層を探索してきた俺たちは、こうしてボス部屋の前までたどり着いていた。

あとはこの先のボスを倒せば、森林層はクリアとなる。

次の「遺跡層」へと進む切符を手に入れるためには、通らなければならない道だ。

なお、この五日間で俺たちは、全員が２１レベルに到達していた。

六槍大地
レベル：２１（＋１）　経験値：３７０８１／４０９３５

ＨＰ：１２０／１２０（＋５）　ＭＰ：８８／１２６（＋２６）
筋力：２１（＋１）　耐久力：２４（＋１）　敏捷力：１８　魔力：２１（＋１）
スキル：【アースヒール】【マッピング】【ＨＰアップ（耐久力×5）】
【ＭＰアップ（魔力×6）】(Rank up!)
【槍攻撃力アップ（＋１８）】(Rank up!)【ロックバレット】【プロテクション】
【ガイアヒール】【宝箱ドロップ率2倍】【三連衝】【アイテム修繕】
残りスキルポイント：０

小太刀凪音
レベル：２１（＋１）　経験値：３８６２０／４０９３５
ＨＰ：９０／９０（＋５）　ＭＰ：５９／９０
筋力：１８（＋１）　耐久力：１８（＋１）　敏捷力：３０（＋１）　魔力：１８
スキル：【短剣攻撃力アップ（＋１２）】【マッピング】【二刀流】【気配察知】
【トラップ探知】【トラップ解除】【ウィンドスラッシュ】【アイテムボックス】
【ＨＰアップ（耐久力×5）】【宝箱ドロップ率2倍】【クイックネス】
【ウィンドストーム】【ＭＰアップ（魔力×5）】【二刀流強化】(new!)
残りスキルポイント：０

弓月火垂
レベル：21（＋2）　経験値：34142／40935
HP：90／90（＋22）　MP：150／195（＋10）
筋力：15（＋1）　耐久力：18（＋1）　敏捷力：21（＋1）
魔力：39（＋2）
スキル：【ファイアボルト】【MPアップ（魔力×5）】
【HPアップ（耐久力×5）】（Rank up!）【魔力アップ（＋8）】【バーンブレイズ】
【モンスター鑑定】【ファイアウェポン】【宝箱ドロップ率2倍】
【アイテムボックス】【フレイムランス】【アイテム鑑定】
【エクスプロージョン】（new!）
残りスキルポイント：0

ここでボスに挑むか。あるいはもっとレベルを上げてから挑むか。はたまたこの第八層を終着点と決めて、ボスに挑むのをやめるか。

三人パーティにとっては、この第八層ボスは、一つの試金石になるという。

25レベルになって、装備も整えて、それでも勝てないパーティは勝てないらしい。

ボスに挑むと、入り口の扉は封じられて脱出できなくなるが、「帰還の宝珠」は有効とのこと。挑んでみて勝てそうになければ、逃げ帰るのも一つの手だ。

ただそれも、確実なものじゃない。「帰還の宝珠」を使っている余裕がないぐらいの危機的状況に追い込まれれば、そのまま全滅も十分にあり得る。

森林層のボスデータを見た感じでは、俺たちなら現状戦力でも、多分勝てると思った。

まだ21レベルだが、「黒装束」や【三連衝】など普通のパーティが持ち合わせていない有利があるし、弓月の火属性魔法はボスモンスターとの相性もいい。

今この場で挑んでも、MP残量は問題ないだろう。これだけ残っていれば、ボス戦中にMP切れすることはまずありえない。

その上で、どうするか。

俺の「多分勝てる」は、あくまでも「多分勝てる」だ。

「風音さん、弓月。精神年齢を大人に戻した上で聞きたいんだけど、このままボスを倒しに行くべきだと思う？」

「んー、何とも言えないっすねぇ。多分勝てるとは思うっすけど」

「取り巻きが確か、サーベルタイガー二体とマッドフラワー二体だったよね。ボスモンスターのHPは400ぐらいだっけ？　マッドフラワーのパワーアップ版みたいなボスって話だけど」

「デモンズフラワーのHPは450ですね。取り巻きさえ瞬殺できれば、まず負けはないと思うんですが」

「くっくっく。ならうちの新魔法、【エクスプロージョン】の出番っすね！　デススパイダーの群れすら一発で殲滅する威力を見せてやるっすよ」

「それに私の【ウィンドストーム】も重ねれば、サーベルタイガーは多分落とせる、はず」

三人であれやこれやと検討していく。

だいたい三人とも見解は一致していて、「多分勝てる、はず」ぐらいのニュアンスだった。

しかしその中で、風音さんがぽつりとつぶやく。

「でもここまで来たら、急ぐ必要もないって思うのもあるかな。25レベルまで上げてからでもいいような」

「「あー」」

俺と弓月が共感の声を上げた。

そうなんだよな。別にこれといって急ぎの理由もないんだし、天井までレベルを上げてから挑んでもいいんじゃないのか。

しかも21レベルで修得可能スキルリストが更新されて、魅力的なスキルがいくつも出現している事情もある。

例えば、俺が21レベルになったときの修得可能スキルリストは、こんな感じだった。

●修得可能スキル（どれもスキルポイント1で修得可能）
武器：【槍攻撃力アップ（＋18）】（new!）【二段突き】（new!）
魔法：【グランドヒール】（new!）【ロックバズーカ】（new!）
一般：【筋力アップ（＋1）】【耐久力アップ（＋1）】【敏捷力アップ（＋1）】
【魔力アップ（＋1）】【HPアップ（耐久力×6）】（new!）
【MPアップ（魔力×6）】（new!）【隠密《おんみつ》】【気配察知】【アイテムボックス】
【宝箱ドロップ率3倍】（new!）【命中強化】（new!）【回避強化】（new!）

もうね、アホかとバカかと。

こんなにあれこれ新規で来て、25レベルまでで取り切れるわけがないだろうと。

20レベルになったときにスキルポイントを貯めておいたのは結果的に大正解だった。

俺は21レベルになったとき、即座に【MPアップ（魔力×6）】を修得し、さらにもう1ポイントを使って【槍攻撃力アップ（＋18）】を修得した。

現在のスキルリストには、【槍攻撃力アップ（＋20）】が出現している。これまでのパターンを考えると、この（＋20）が【槍攻撃力アップ】の上限になると思われる。

話が逸《そ》れた。

とにかく言えるのは、21レベルから25レベルまでの成長は、全員かなりの戦力アップに繋《つな》がるだろうということだ。

「問題は、25レベルまで上げるのに、どのぐらいかかるかだな」

「んー、今週一週間で全員1~2レベルのレベルアップだから、あと4レベル上げるには二週間じゃ足りないはず。一ヶ月とか、そのぐらいじゃないかなぁ」

「一ヶ月っすか~。ちょっと焦《じ》れったい気もするっすけど、そのぐらいならアリっすかね。何年もかかるって言われたら、さすがに嫌っすけど」

「確かなことは経験値テーブルを確認しないと言えないが。じゃあ安牌《あんぱい》とって、この階で25レベルまで上げるか」

「「賛成~！」」

というわけで、俺たちはこの第八層で25レベルまで上げてから、森林層のボスに挑むことにした。

チキンすぎる気もしないでもないが、一応はデスゲームだしな。

＊＊＊

25レベルの天井に届くまで、レベル上げをする日々が始まった。

当初は一ヶ月ほどかかるかと予想していたが、経験値テーブルを確認してみたところ、実際には三週間もかからずに目標を達成できそうということが分かった。

とはいえ、これだけ長期にわたってレベル上げを続けるのは初めてだ。第八層突入前から数えると、ほぼまるまる一ヶ月間、第八層メインでの探索を続けることになる。

このぐらい長期のレベル上げになると、それまでには見えていなかった要素が見えてくるようになる。

具体的に言うと、武具の「耐久値」の消耗問題だ。

武具の「耐久値」の消耗はモノによって、あるいは戦い方によっても変わってくるのだが、消耗が早いものだと一ヶ月を待たずに「耐久値」を使い切ってしまう傾向にある。

うちのパーティの場合、最も消耗が激しいのは「武器」だ。

特に俺の槍と、風音さんの短剣は、ごりごりと「耐久値」が減っていく。

これはつまり、一ヶ月を待たずに武器を買い替えなければならない、ということだ。

これがなかなかにダンジョン予算を圧迫する。

それでも風音さんの「クリス」は、今の収入に対して安価な武器を使っているから、さほど大きな問題はない。

だが俺の「コルセスカ」は35万円と、まあまあのお値段になる。

これを一ヶ月（週五日間のダンジョン探索をする前提で実働は二十二日程度）を待たずに買い替えなければならないとすると、それだけでダンジョン探索一日あたり2万円近い経費が発生していることになる。

消耗するのは武器だけではないので、諸々《もろもろ》考えると、一日あたり5万円ぐらいは武具経費で飛んでいる計算になる。

ちなみに第八層をメインとした探索では、実働八時間程度のダンジョン探索で、一日のパーティ収入は手取りで30万円程度。

5万円程度で済むなら、収入に対する適正な経費として吸収できる範囲と言えるだろう。

しかし、より高価な武具を使用していれば、より高額な武具経費がかかる。

100万円を超えるような武具を多用するのは、今の収入額で持続可能なダンジョン探索を続けるにあたって、少々厳しいと評価せざるを得ない。

したがって凪音さんに「ルーンクリス」(130万円)を買っても、しばらく【アイテムボックス】に入れておいて雑魚戦は「クリス」で戦ってね、みたいな扱いをするなどした。

安物の武具で戦える相手なら、安物を使った方がいい。

経費削減！　コストカット！　企業の偉い人の気持ちが少しわかってしまった。

なお、その環境下にあって、俺の【アイテム修繕】は神スキルだった。

もちろん「黒装束」が最優先だが、余力があればほかの高価なアイテムに対してもチマチマと「耐久値」の回復ができる。

たとえば35万円の「コルセスカ」の「耐久値」を1ポイント回復すれば、実質3500円相当の経費削減に繋がる。

MP10点も使って、たった1ポイントしか回復できないのかよとか思って悪かった。

【アイテム修繕】、お前は確かに神スキルだった。

ちなみに風音さんと弓月の修得可能スキルリストには出ていないらしい。

いいスキルを授かった感あるな。裏方的で目立たなくはあるが。

さて、余談はこのぐらいにして、本題だ。

俺たちは、およそ三週間かけてレベル上げに挑み、全員が25レベルに到達した。

三週間かけて、と言ってしまうと一言で終わるけど、実際には長かった。

毎日同じようなことを続けるのって、やっぱりどうしても飽きるよね。

もしこれが一ヶ月でなくて一年だったら、どこかで痺《しび》れを切らしてボス部屋に突入していたと思う。

ともあれ、そんな苦労の果てに完成した三人のステータスが、こちら。

六槍大地
レベル：25（+4）　経験値：67445／67445
HP：162／162（+42）　MP：144／144（+18）
筋力：24（+3）　耐久力：27（+3）　敏捷力：20（+2）
魔力：24（+3）
スキル：【アースヒール】【マッピング】【HPアップ（耐久力×6）】（Rank up!）
【MPアップ（魔力×6）】【槍攻撃力アップ（+20）】（Rank up!）

【ロックバレット】【プロテクション】【ガイアヒール】【宝箱ドロップ率2倍】

【三連衝】【アイテム修繕】【命中強化】（new!）【グランドヒール】（new!）

残りスキルポイント：0

小太刀風音
レベル：25（+4）　経験値：67445／67445
HP：120／120（+30）　MP：105／105（+15）
筋力：20（+2）　耐久力：20（+2）　敏捷力：34（+4）
魔力：21（+3）
スキル：【短剣攻撃力アップ（+16）】（Rank up!×2）【マッピング】【二刀流】
【気配察知】【トラップ探知】【トラップ解除】【ウィンドスラッシュ】
【アイテムボックス】【HPアップ（耐久力×6）】（Rank up!）
【宝箱ドロップ率2倍】【クイックネス】【ウィンドストーム】
【MPアップ（魔力×5）】【二刀流強化】【回避強化】（new!）
残りスキルポイント：0

弓月火垂
レベル：25（+4）　経験値：67445／67445

ＨＰ：１２０／１２０（＋３０）　ＭＰ：２７０／２７０（＋７５）
筋力：１７（＋２）　耐久力：２０（＋２）　敏捷力：２４（＋３）
魔力：４５（＋６）
スキル：【ファイアボルト】【ＭＰアップ（魔力×６）】(Rank up!)
【ＨＰアップ（耐久力×６）】(Rank up!)
【魔力アップ（＋１０）】(Rank up!×２)【バーンブレイズ】【モンスター鑑定】
【ファイアウェポン】【宝箱ドロップ率2倍】【アイテムボックス】
【フレイムランス】【アイテム鑑定】【エクスプロージョン】
残りスキルポイント：０

スキル選択とかいろいろあるけど、いちいち説明していると長くなるので割愛。

俺と弓月は比較的収まるべきところに収まった感じがあるけど、スキル選択で一番悶絶《もんぜつ》していたのが風音さんだった。

取るべきスキルが多すぎて、まったくスキルポイントが足りなかったんだとか。

俺だってもちろん、【ロックバレット】の上級魔法【ロックバズーカ】とか、できれば取りたかったのに取れなかったスキルはあるけど。

装備品は、風音さん用に「ルーンクリス」を一振り購入したほかは、今まで通りのものを適宜《てきぎ》買い足しただけだ。

ダンジョン予算と「耐久値」管理の都合上、これ以上装備をランクアップさせてしまうと破綻しかねないからだ。

世間はどこも世知辛いが、仕方ない。ありものでやりくりするしかないのだ。

そうして、決戦の準備が完了。

俺たち三人は、再び第八層の最深部、ボスが待ち受けるゲートの前に立った。

見上げるほどの大きさの荘厳な門と、そこを固く閉ざす大扉。

ボスに挑まないという選択肢も何度も検討したが、その都度、その選択肢はないという結論に至っていた。

これまでの三週間は、あくまでも、多分勝てる相手に対してより一層の準備をしてきたにすぎない。

臆病風に吹かれたニワトリさんになるために、ここまで頑張ってきたわけではないのだ。

「よし、行くぞ」

「うん。絶対に勝つよ」

「決戦のときが来たっすよ～！」

俺は台座の上のオーブに、ゆっくりと手をかざす。

ゴゴゴゴッという石擦れの音を立てて、大扉が開いていった。

＊＊＊

開いた大扉をくぐり、奥へと進んでいく。

大扉の奥は、草木の緑に囲まれた大広間だった。

体育館ほどの広さがあるのは、洞窟層のボス部屋と一緒だ。

俺たちが進んでいくと、薄暗かった大広間が手前側から順に明るくなっていく。周囲の草木が発光しているようだ。

それと同時に、入り口の大扉が閉じていく。

慌てることはない。ここにはボスを倒しに来たのだから。

大広間の奥には、巨大で奇妙な植物のようなものがいた。

マッドフラワーと似ているが、それよりもさらに大きく、背丈は二階建て住居の屋根をもゆうに超えるほど。

その上部には、十輪近い数の不気味な巨大花が、歪に入り乱れて咲いている。

巨大花を支える太い茎も、数十本が支離滅裂に絡み合っている。

ねっとりとした糸を引いていることも相まって、生理的な嫌悪感を催させる外見だった。

根っこにあたる部分が足のようにうねうねと動くのは、マッドフラワーと同じ。

周囲に何本もの蔦を揺らめかせているのも同様だ。

その巨大で奇妙な植物型のモンスターは、俺たちが大広間の中央あたりまで来たところで、全身から無数の「目」を開いた。

花にも、茎にも、根にも、蔦にも。真っ赤な「目」が、巨大植物型モンスターの全身のあちこちで大量に開いて、俺たちのほうを一斉に凝視してくる。

「ひぃぃっ、怖い怖い怖いっす！　【ファイアウェポン】！」

「前情報で分かってはいたけど、実際に見るとやっぱりおぞましいなぁ。鳥肌立つよ～。【クイックネス】！」

「モンスター名『デモンズフラワー』――日本語にすると『悪魔の花』ってところか。たしかにちょっと悪魔っぽさあるな。【プロテクション】！」

「って先輩、ちょっと平然とし過ぎじゃないっすか⁉　【ファイアウェポン】！」

ボスモンスターの登場シーンでは、攻撃をしても無効化されるのは定例どおり。

この間に三人で、補助魔法を使っていく。

殊に今回は、弓月の【ファイアウェポン】が途方もない威力を発揮しそうだ。

もともと【ファイアウェポン】は、付与した武器に「術者の魔力×0・5」の攻撃力を加算する魔法だという検証結果が出ている。

これを今の弓月の化け物的魔力で使用すると、魔法の火炎が付与された武器の攻撃力は、通常より22点も増加することになる。

つまり俺の槍だったら、「コルセスカ」の攻撃力が「21」から「43」に跳ね上がるような話だ。この時点でわりと狂った性能だと思う。

それに加えて、火属性に弱点を持つモンスターを攻撃する場合は、効果に1・5倍の補正がかかるらしい。

そしてデモンズフラワーは「火属性に弱点を持つモンスター」だ。

さらにこの効果は、攻撃がヒットする回数が増えれば、その分だけ倍増しで威力を発揮することになる。

その条件下で、俺の手には【三連衝】があり、ボス戦だから後先のMPを気にせずに使い放題だ。

好条件が揃《そろ》い過《す》ぎている。果たしてどんなことになるのか——

俺たちが全員に補助魔法を掛け切ったあたりで、ボスの登場シーンも完了する。

最後はデモンズフラワーの周囲に四つの鬼火が現れ、それが取り巻きのモンスターへと姿を変えた。サーベルタイガーが二体、マッドフラワーが二体だ。


——ケヒャヒャヒャヒャッ！


デモンズフラワーからけたたましい叫び声が上がり（発声器官がどこにあるのかは不明）、モンスターたちが動き始める。戦闘開始だ。

デモンズフラワーを含めた五体のモンスターは、俺たちに向かって真っすぐに近付いてくる。

ここで左右に散らばったりされると面倒なのだが、こうルーチン的に動いてくれると、こっちとしては楽でいい。

「来るぞ！　風音さん、弓月、雑魚の殲滅頼む！」

「了解！　切り裂け、風刃の嵐！　【ウィンドストーム】！」

「任せろっす！　猛き爆炎よ、すべてを焼き尽くせ！　【エクスプロージョン】！」

風音さんと弓月の魔法が、ほぼ同時に発動する。

俺たちに襲い掛かろうとしていた五体のモンスターをすべて巻き込み、爆炎と風刃の嵐が炸裂《さくれつ》した。

＊＊＊

風音さんの【ウィンドストーム】と、弓月の【エクスプロージョン】。

二つの範囲攻撃魔法が、五体のモンスターすべてを巻き込む形で、ほぼ同時に炸裂した。

このうち【エクスプロージョン】は、弓月が21レベルになったときに真っ先に修得した新魔法だ。

目標地点に大爆発を巻き起こして、広範囲の敵に火属性のダメージを与えるという実にシンプルな範囲攻撃魔法で、平たく言えば【バーンブレイズ】の上位版。

スキルツリー的にも【バーンブレイズ】を修得していないと出てこないらしい。

消費MPは11で、【バーンブレイズ】の二倍以上。

威力係数は【バーンブレイズ】の1・3に対して、【エクスプロージョン】は1・6だ。

例によって一見地味にも思えるが、これが弓月のお化け魔力と嚙《か》み合《あ》うと、とんでもない火力を発揮することになる。

爆炎と風刃の嵐がやむと、五体のモンスターのうち四体――サーベルタイガー二体とマッドフラワー二体は、跡形もなく消滅して魔石に変わっていた。

「やった、全部仕留めた！　予定通り！」

「まずは仕事したっすよ、先輩！」

「いいぞ！　こいつはオマケだ――【ロックバレット】！」

結果待ちをしていた俺も、岩石弾をボスに向けて放つ。

万が一、雑魚の撃ち漏らしがあったらそいつにぶつけるつもりだったが、範囲魔法だけで仕留められたのは僥倖《ぎょうこう》だ。

俺の【ロックバレット】もデモンズフラワーに直撃。

大したダメージを与えたようにも見えなかったが、これはもとよりオマケだ。

『――ケヒャヒャヒャヒャッ！』

デモンズフラワーの巨体が、恐るべき速度で接近してくる。

取り巻きを一瞬のうちに落とされたことなど何の痛痒《つうよう》とも思っていないようにも見える

が、そもそも人間的な思考や感情があるのかどうかも不明だ。

「弓月、ＨＰは！」

「３４０！　四分の三ぐらいまで削れてるっす！」

「よし！　――風音さん、接近戦行きます！」

「うん！」

風音さんと同時に地面を蹴り、二人でデモンズフラワーに向かっていく。

風音さんがかけた補助魔法【クイックネス】の効果で、いつもよりも身が軽い。

だが向こうとて、やられてばかりではない。

デモンズフラワーの連続攻撃が、俺たちに向かって襲い掛かった。

「――っと」

攻撃の一つは、風音さんが圧倒的な反応速度を見せて、見事に回避した。

横薙《よこな》ぎに襲い掛かった鋭い蔦の攻撃を、素早くしゃがんでよけてみせたのだ。

ちょっと尋常じゃない回避の速さと巧《うま》さだ。

風音さんが修得した【回避強化】の効果もあるのだろう。

だが一拍遅れて降りかかってきたもう一つの攻撃に対しては、そうもいかなかった。

巨大花の一つが急速に下りてきて、俺たちの前で花粉のようなものを撒き散らしてきたのだ。

「くぅっ……！」

それを受けた風音さんの動きが、わずかに鈍る。

浴びると麻痺効果のある花粉だ。広範囲にばら撒かれ、回避の余地もほとんどないというなかなかに凶悪なバッドステータス攻撃。

俺もまた花粉の範囲に含まれていたが、麻痺の影響を受けた感覚はなかった。

見れば俺の指にはまった「毒・麻痺除けの指輪」が輝いていた。どうやら50％を引いたようだ。

風音さんも同じものを装備しているが、今回は効果を発揮してくれなかった模様。このあたりは運次第だから仕方ないな。

ともあれ、デモンズフラワーの攻撃を切り抜けた俺と風音さんは、二人で悪魔植物の本体の前へと滑り込む。

槍のリーチを利用する俺のほうが、麻痺の影響を受けた風音さんよりもわずかに速い。

燃え盛る槍を手にした右手に、スキルの力を宿らせる。

直後、発動。

デモンズフラワーが驚異的な反応速度で根っこを動かして攻撃回避を試みたようだったが、俺の目と肉体は、その動作を逃さず的確に補正をかける。

24レベルで修得した【命中強化】は、地味にいい仕事をしてくれるいぶし銀スキルだ。

「いけっ、【三連衝】！」

ボボボッと、炎の槍がデモンズフラワーを三連続で穿つ。大打撃を与えた感触。

敵のＨＰを注視していた弓月から「うひょっ」と小さく声が上がった。

わずかに遅れて、風音さんの攻撃。

「はあっ！」

いつもながら華麗な、舞うような二連撃。

右手のルーンクリス、左手のクリス、二振りの短剣はいずれも【ファイアウェポン】の炎を宿している。

加えて、２１レベルで修得した【二刀流強化】のスキルによって、個々の攻撃の威力も増加しているはずだ。

結果は、歴然だった。

俺と風音さん、合計五連の攻撃を立て続けに受けたデモンズフラワーの巨体が、黒い靄となって崩れ去る。

あとにはひときわ大きな魔石が、地面に落っこちた。

「ほえっ？　倒したの……？」

トドメを刺した当人、風音さんが驚きの声を上げる。

そのぐらいの、あまりにもあっけない勝利だった。

戦闘開始から十秒もたっていないんじゃないだろうか。

広間の奥にあった大扉が、音を立ててゆっくりと開いていく。

間違いない、俺たちの勝利だ。

「先輩先輩先輩～！　どーん！」

「うぉっ⁉」

弓月が背後から、体当たりするようにして抱き着いてきた。

さらに――

「やったぁ、大地くん！」

「うわっ、ちょっ、待っ――おぉっと」

正面からは風音さんが大きく跳躍《ちょうやく》して、これまた俺に抱き着いてきた。

慌てて受け止めるが、俺はいつぞや同様のサンドイッチ状態になった。

ていうか風音さん、麻痺してるはずなのにダイナミックな動きをするな。

俺はひとまず【ガイアヒール】を使って、風音さんの麻痺を治療してやる。

「ねぇねぇ先輩、【三連衝】でいくつダメージ通ったか知りたいっすか？」

「ああ、それは知りたいな」

さっき340残ってるって言ってたよな。

それが俺と風音さんの一手ずつで消し飛んだってことで。

弓月の【ファイアウェポン】の効果もあって莫大《ばくだい》なダメージになるんじゃないかと期待はしていたけど、期待通りというか、期待以上というか。

「じゃあ先輩、うちを背後から抱きしめて『愛してるよ、火垂』って甘く囁《ささや》いてほしいっす。そしたら教えてあげるっすよ」

「却下」

「なんでっすかーっ！」

「なんでも何もあるか。常識で考えろ」

「先輩に常識を説かれるのは心外っす」

「いいから教えてくれ」

「ノリ悪いっすよ先輩～！　ぶーぶー！」

「ぶーぶー！」

「風音さんも、なんとなく乗らないで……」

「しょうがないっすねぇ。──先輩の【三連衝】一手で、２２０点一気に削ったっすよ。うちも見たとき変な声出たっす」

「マジか……」

一回の攻撃で、２２０点。デモンズフラワーの最大ＨＰが４５０だから、ほとんど半分を一手で削り落としたことになる。ボスだけに防御力も相当高かったはずだが……。

あと風音さんだって、通常攻撃で１２０点以上を一気に叩《たた》き出したことになる。与えているダメージがことごとくエグい。

このデモンズフラワーが、「三人パーティの試金石」か。

相性の良さがあったとはいえ、この結果はすごいな。

うちのパーティ、実はかなり強いのでは？

「ところで風音さん、弓月。俺たちいつまでこの体勢でいるの？」

「んー、一生かな？」

「一生っすね」

「三人で合体したまま一生過ごすとか何なの。俺たちバカなの？」

風音さんとはときどきバカップルをやっている自覚はあるけど、弓月まで付いてくるのはちょっと意味が分からない。

まあ、幸せか幸せじゃないかでいえば、幸せなのだが。

なお、「一生」というのはもちろん嘘で、しばらくして俺たちは分離した。

それからそそくさと、倒したモンスターの魔石を拾い集める。

その後俺たちは、大広間の奥に開いた扉をくぐり、先へと向かっていった。

＊＊＊

森林層のボス、デモンズフラワーを倒した俺たちは、ボス部屋の奥から続く螺旋階段《らせんかいだん》を下っていく。

ボス部屋の先の構造は、洞窟層をクリアしたあとのそれとほとんど変わらない。

螺旋階段をしばらく下っていくと、やがて中継地点の小部屋にたどり着いた。

小部屋の中央には転移魔法陣があり、奥には下りの螺旋階段がさらに続いている。

あの先に第九層――通称「遺跡層」があるに違いない。

そして第九層といえば、例の「ダンジョンの妖精」絡みの件がある。

第九層の南西の端まで行けば、何かが起こると予想できる。

もう一度、宝箱がある部屋への道が開くのか。そうではない別の何かが起こるのか。

逸《はや》る気持ちはあるが、今はそれよりも大事なことがあった。

何かというと――

「先輩～、お腹《なか》減ったっす～！」

「はいはい。今日は何食う？　ラーメンか蕎麦《そば》か丼《どんぶり》ものか、定食屋でもいいが」

「相変わらず色気ないっすねぇ。まあうちもその辺で文句はないっすけど」

「文句がないならいいだろ。俺に色気なんてものを求めないでくれ」

「あははっ。とりあえず転移魔法陣に乗って、ダンジョンの外に出よっか」

「そーっすね。ごっはん♪　ごっはん♪」

朝の九時過ぎにダンジョン入りして、今は十三時を少し過ぎた頃だ。

今日はボス戦をクリアしてから外で昼食をとる予定でいたから、弁当は持ってきていない。つまり俺たちは今、三人とも腹ペコだ。

そんなわけで、三人で転移魔法陣に乗って、ダンジョンの出口へ。

一応、第八層と第九層の中継地点に飛べるかどうかを確認してから、昼食をとるためにダンジョンを出た。

＊＊＊

どこで昼食をとるか。

それを決めたのは、風音さんの鶴の一声だった。

「大地くん、あそこはどう？　私たちが初めて出会ったときに行ったラーメン屋さん」

特に反対意見も出なかったので、俺たちは三人でラーメン屋へと向かった。

店に入り、三人分のラーメンや餃子《ギョウザ》などを注文する。

しばらくすると、出来上がったラーメンが俺たちのテーブルに運ばれてきた。

「「「いただきます」」」

三人で、ずずーっとラーメンを啜る。

やっぱりここのラーメンはうまいな。

「んーっ、おいしー♪」

「ん、うまいっすね♪　——それにしても先輩、風音さんと最初に会ったときにラーメン屋っすか？　ホント色気ないっすね」

「だから俺に色気なんてものを要求するなと何度言ったら。あとお店の人に失礼だ」

「それに火垂ちゃん、今と違うんだから。初対面の同業者の誘いに、いきなり色気なんて出されても普通に引くよ？」

「あー、それもそうっすか」

そんな話をしながら、遅れて提供された一皿の餃子をみんなでつつく。

こんな状況は、探索者《シーカー》になる以前には考えられなかったな。

それに――今と違う、か。

確かに、風音さんと初めて会ったときと比べても、何もかもが変わった気がする。

思い起こせば、もう二ヶ月ほども前になるのか。

ジリジリとセミの鳴き声が聞こえてくる今とは違い、まだ初夏の時季だった。

朝起きたら探索者《シーカー》になっていた俺が、初めてダンジョンに潜ったあの日。

命懸けのダンジョン探索の結果が、時給換算で最低賃金以下にしかならなくて、なんだこれと思った。

でも風音さんと出会って、パーティを組んで協力したら、いい感じになって。

それから弓月もパーティに加わって、怒濤《どとう》の勢いで洞窟層をクリアした。

でも森林層に入ったら、また強敵だらけで。

苦戦している中で「ダンジョンの妖精」に出会って、助けて、目の前で消え去って。

彼女から受け取ったペンダントで、第七層の隠れた道が開けて、隠れた小部屋で宝箱を見つけて、とんでもないアイテムを手に入れて――まあ、いろいろあったな。

風音さんや弓月との間柄も、だいぶ変わった。

特に風音さんとは、あれやこれやとあった。

ファミレスで酔っぱらった風音さんを介抱したり、自宅で酔っぱらった風音さんをベッドに運んだり、餃子店で酔っぱらった風音さんに抱き着かれたり……あれ、風音さんだいたい酔っぱらってるな。

でもその酔っぱらっていたのも、実は――なんて話をして、今では親密な関係だ。

弓月との関係性も、微妙に変わったような、変わっていないような。

俺の気のせいかもしれないが、以前はここまで距離感が近くはなかったように思う。

気まぐれなワンコが、以前よりさらに懐いてすり寄ってくるようになった感じ。

正直に言って、かわいくて仕方がない。生意気だけどな。

探索者《シーカー》としても、少し前まで新人だった俺たちが、今や立派な一人前だ。

そんな一人前になった俺たちは――

「先輩、何ぼーっとしてるんすか？　食べないならチャーシューもらっちゃうっすよ。あーむ♪　むぐむぐ、ごくんっ」

「あ！　ふざけんなお前。返せ！」

「きゃーっ、先輩がまた襲ってきたっすーっ♪　あ、先輩今うちの胸触ったっすよ」

「触ってねぇ！　だいたいお前、触って嬉しいほど立派なもの持ってないだろ！」

「なんだと貴様ーっ！　その性根、今日こそ叩き直してくれるっす！」

「はいはい二人とも。お店に迷惑だからやめようね。それから大地くんはあとでお説教」

「そんな……風音さんまで、俺を信じてくれないなんて……」

そんなじゃれ合いをしつつ、三人で顔を見合わせて、ぷっと噴き出す。

そしてけらけらと、みんなで楽しく笑い合った。

探索者《シーカー》としての実力が一人前になったって、俺たちは俺たちなんだよな。

やがて食事を終えると、俺たちはラーメン屋を出て、再びダンジョンへと向かう。

今日はまだ余力があるから、次の第九層——遺跡層の味見をしに行くのだ。

夏の日の炎天下、俺たちは自転車を漕《こ》いで、緑豊かな土手の上を走る。

俺たちの冒険は、これからもまだまだ続いていく——

あとがき

どうも、こんにちは。著者のいかぽんです。

いきなりですが——僕は子供の頃からＲＰＧが大好きで、中でも某スライムが出てくる国民的ＲＰＧの三作目（ＦＣ版）をこよなく愛しています。

僕があのゲームに惚れ込《ほこ》んだ最も大きな理由は、そのゲームバランスの妙《みょう》にあります。プレイヤーに、どのシーンでどういう体験をしてもらいたいのか。驚きと感動を引き起こすように計算し尽くされたデータ設定と配置の妙が、あのゲームにはこれでもかとばかりに詰まっています。あれはもう神業《かみわざ》です。ヤバいです。

とまあ、少しマニアックな話になってしまいましたが。

ずーっと思っていたのが、ああいったＲＰＧのゲーム的な面白さを、物語の形に落とし込むことができないか、ということです。

小説家になろうなどに投稿されるウェブ小説では、ゲーム文化を取り込んだファンタジー作品が一世を風靡《ふうび》し、数々の人気作を生んでいます。そのうちの多くは、ものすごく大きな力を与えられた主人公が、世界を股にかける大活躍を繰り広げるものです。

それも面白いのですけど、僕が本作で取り入れたかった「ＲＰＧらしさ」は、それとは異なるものでした。王様から銅の剣と１００Ｇを与えられた１レベルの勇者が、苦難を乗り越えながら少しずつ成長していく物語。そのゲーム的な面白さを、小説の形で伝えることができないか――そういうものに挑戦してみたかったのです。

結果として、本作の主人公である大地《だいち》くんは、銅の剣と100Gすら与えてもらえない過酷な世界に立つことになりました。……いえ、過酷は嘘《うそ》ですね。美少女に囲まれている し過酷じゃないです。大地くんずるい。この隠れイケメンの裏切り者が。何の話でしたっけ。分からなくなってきたので謝辞に移りましょう。

まず担当編集の和田様。お忙しい中、いつも迅速で的確でほどよくカジュアルな対応、ありがとうございます。こちらがカジュアルすぎてご迷惑をお掛けしていたらほどよくぶん殴ってください。

次にイラストを担当してくださったtef先生。本当に素晴らしいイラストの数々、ありがとうございます。ヤバいです。ツボを突かれまくりだし綺麗《きれい》だしで、新しいイラストを見せていただくたびに悶《もだ》えています。

そのほか、本書の制作と流通に携わってくださった、すべての方々に感謝を。

そして何より、本書を購入してくださった読者の皆様。ありがとうございます。

首尾よく二巻が発売されましたら、またお会いしましょう。ではでは～。

いかぽん

※本作には二〇歳未満の飲酒の描写がありますが、これは現実社会における二〇歳未満での飲酒を肯定するものではありません。

第1巻発売おめでとうございます!!
日常にダンジョンがある
世界観が楽しかったです。
我が家の近所にも
ダンジョン出来ませんかね。

朝《あさ》起《お》きたら探索者《シーカー》になっていたので
ダンジョンに潜《もぐ》ってみる

2023年2月28日　初版発行

著　　者　いかぽん
イラスト　tef
発 行 者　山下直久
発　　行　株式会社KADOKAWA
〒102-8177 東京都千代田区富士見2-13-3
電話 0570-002-301（ナビダイヤル）

編集企画　ファミ通文庫編集部

担　　当　和田寛正
デザイン　横山券露央、小野寺菜緒（ビーワークス）
写植・製版　株式会社オノ・エーワン
印刷・製本　凸版印刷株式会社

［お問い合わせ］
https://www.kadokawa.co.jp/（「お問い合わせ」へお進みください）
※内容によっては、お答えできない場合があります。
※サポートは日本国内のみとさせていただきます。
※Japanese text only

 ISBN978-4-04-737344-0 C0093　　定価はカバーに表示してあります。

月汰元
[イラスト]
himesuz

スキル《ダンジョン生成》を
使ったら、
最強魔王六人の
主になっていた!?
activation
{ Dungeon Generation }
未実装のラスボス達が仲間になりました。
The unimplemented end-stage enemys have joined us!
Author ながワサビ64
Illust. かわく

修太郎と
魔王たちの邂逅は、
デスゲーム世界の
希望となるのか!?
《START: DEATH GAME》
ゲーム内に
閉じ込められた
プレイヤーたちも、
それぞれの思いを
賭けて奔走する!!
The unimplemented end-stage ener have joined u
contract: { BOSS MOB }
The Six Demon Kings and the Lord of the Dunge